김탁환

1968년 진해에서 태어나 서울대학교 국어국문학과와 동 대학원을 졸업했다. 장편소설 『조선 누아르, 범죄의 기원』, 『혁명, 광활한 인간 정도전』, 『뱅크』, 『밀림무정』, 『눈먼 시계공』, 『노서아 가비』, 『혜초』, 『리심, 파리의 조선 궁녀』, 『방각본 살인 사건』, 『열녀문의 비밀』, 『열하광인』, 『허균, 최후의 19일』, 『불멸의 이순신』, 『나, 황진이』, 『서러워라, 잊혀진다는 것은』, 『압록강』, 『독도 평전』, 소설집 『진해 벚꽃』, 문학비평집 『소설 중독』, 『진정성 너머의 세계』, 『한국 소설 창작 방법 연구』, 산문집 『읽어 가겠다』, 『뒤적뒤적 끼적끼적』, 『김탁환의 쉐이크』 등을 출간했다.

열
하
광
인

1

소설 조선왕조실록

07

1

김탁환

민음사

류준필 형님께

진정한 적수로부터 무한한 용기가 너에게로 흘러든다.

— 프란츠 카프카

일러두기

* 본문에 인용한 박지원의 시문은 『연암집』(신호열 · 김명호 역, 돌베개,
  2007)과 『열하일기』(민족문화추진회 역, 1967), 정조의 시문은 『홍재전
  서』(민족문화추진회 역, 1998~2003)의 번역을 따랐다.

열하의 꿈

단 한 권의 금서(禁書)가 지금의 나를 만들었다.

스물다섯 편으로 묶인 금서의 제목은 『열하일기』고 지은이는 연암 박지원 선생이다. 선생은 건륭제의 일흔 번째 탄신일을 축하하는 진하별사(進賀別使)의 일원으로 경자년(1780년) 5월 25일 한양을 출발하여 연경과 열하를 주유하다가 10월 27일 무사히 백탑 아래로 돌아오셨다. 선생은 정사(正使)도 아니고 부사(副使)도 아니고 서장관(書狀官)도 아닌 반당(伴堂), 그러니까 정사인 박명원을 수행하는 병졸에 불과했지만, 천하의 기운을 살피고 기록하려는 열망은 드넓은 요동 벌판을 활활활 불태울 만큼 뜨거웠다.

고백하건대, 나는 단 한 권의 금서를 만났고 그로 인해 평생 불행했다!

『열하일기』를 읽기 전의 '나'와 읽은 후의 '나'가 어떻게 달라졌는가를 꼼꼼하게 기(記)하고 록(錄)하는 것은 오랜 바람이었다. 하나 이토록 아름답게 위험하고 진지하게 웃기는, 아니 위험한 탓에 아름답고 웃겨서 더욱 진지한 서책이 안긴 충격을 더하거나 빼지 않고 담을 자신이 없었다. 얕은 학문과 보잘것없는 재주는 여전하지만 힘없는 팔과 침침한 눈이, 자, 이제 더 이상 외면하거나 숨지 말라 재촉한다.

이 잡설의 주인공은 나도 아니고 꽃미치광이 김진도 아니며 백탑파는 더더욱 아니다. 이상하게 들리겠지만 이야기를 이끄는 주인공은 불행을 몰고 다니는 금서 『열하일기』다. 나비를 잡고 싶은가. 몸이 내는 소리를 모두 삼키며 다가설 일이다. 『열하일기』가 몰고 다닌 불행의 비밀을 알고 싶은가. 어렵네 힘드네 따지지 말고 침묵으로 타오르는 글자를 하나씩, 나비 날개를 쥐듯, 집어 든 후 꿀꺽 삼킬 일이다.

허장성세는 매설가에게 친숙한 습성인지라, 갯지렁이를 밟고도 황룡에 의지하여 구천을 떠돌았다 읊고 옷깃만 스친 여인과 함께 백리 천리 만리 장성을 쌓았다고 떨뜨린다. 나 역시 좁쌀 한 움큼으로 허허바다 운위한 적이 없지 않으나 이 잡설은 희언(戲言)이 아니다. 쓰고 싶다 쓰겠다 쓰자, 에잇 그만두자, 주저타가 끝내 에둘러 피한 옹이에 발목과 청려장(靑藜杖)이 함께 걸렸음이야! 쇄창(瑣窓)에 기대어 다짐컨대 이 잡설은 내 생애 마지막 향내다.

『방각살인』과 『열녀비록』을 지은 노추(老醜)의 본은 전주, 이름은 명방, 자는 홍구, 호는 청전이다.

평생지기인 꽃미치광이〔花狂〕 김진이 열하에서 귀향하지 않고 기혼(羈魂, 객지에서 죽은 혼)이 되었다면, 이야기 외고 짓는 홀로 즐김〔獨樂〕을 접었으리라. 매설 속 무대를 진(秦)에서 월(越)까지 잡고 대필을 휘두를 때 곁에서 묵향 뿜던 막내 딸아이도 누리* 몰아치던 재작년 늦가을 백가제해(百家濟海)의 옛 도읍 부여에 재취 자리로 머리를 얹혔다.

마지막 피붙이와 헤어지며 쏟은 눈물바람 탓일까? 용머리산(龍首山)에서 동쪽으로 흐르는 강물 바라보다 내려온 밤저녁부터 윈 눈이 말썽이다.

열흘 남짓 서책을 멀리한 채 뒹굴뒹굴 지냈다. 잠이 느니 영절스러운** 꿈이 잦고 잊었다 여긴 찰나가 수기린 뿔처럼 불쑥불쑥 엉덩이를 찔러 댔다. 야뇌 백동수 형님에게

* 우박.
** 아주 그럴듯하다.

13

표창을 배웠던 상크름한 봄 새벽, 청장관 이덕무 선생 댁에서 윤회매를 피운 웅신한 여름 한낮은 물론이고 꽁꽁 언다리 위에서도 현줄 가닥가닥 뜯어 육원(六院)*의 신심을 녹이던 담헌(湛軒) 홍대용 선생의 늦가을 저녁과 김영을 따라 천문을 읽던 맵짠 겨울 삼경! 그 정취 어루만질 때마다 불쑥불쑥 눈물샘 솟더니 기어이 오른 눈마저 성난 복어처럼 부풀었다. 가수알바람 밀어닥치는 언덕에 올라서도 병풍을 겹으로 두른 듯 손금 훑기마저 벅차다.

늘그막에 작은 이야기 두 편을 짓고 나니 언제부터 잡설을 탐하였느냐는 질문을 받곤 한다. 껄껄껄껄 화양건(華陽巾)이 떨어질 듯 호탕하게 웃는 모양은 일창삼탄(一唱三歎)**의 칭찬을 부끄러워하는 수작만은 아니다. 지금 이 꼴로 살아 내는 이유를 꼬집기란 얼마나 어려운가.

열흘 동안 연암협 좁은 뜰에 푸른 학 한 마리가 찾아와 머물렀다.

가까이 다가서면 네댓 걸음 비켜설 뿐 날아 피하는 법이 없다. 사람이 얼마나 독한 짐승인가를 모르는지 아예 날개를 펴지도 않는다. 아니다. 자세히 살피니 펼치려고 애써도

---

* 기생들이 모여 사는 곳.
** 한 사람이 노래를 먼저 부르면 세 사람이 화답하다.

떨리기만 할 뿐이다. 영재(冷齋) 유득공 선생의 얼굴이 겹친다. 이 세심한 사내는 특히 새를 좋아해서 슬하에 두었다. 비둘기는 우리에 넣어 길렀지만 학은 마당에 내놓았다. 날갯죽지 아래 힘줄을 끊긴 학은 고개를 쳐들고 긴 눈썹처럼 드리운 먼 산 위 구름을 좇을 따름이다. 표정을 깊이 감추던 화광도 닭처럼 구는 학 앞에서는 이마에 주름부터 잡았다.

어둑새벽, 가여운 학이 머물던 자리를 차지한 사내는 화광 김진이 분명했다. 학은 어디로 갔는가 묻기도 전에 양팔을 든다.

학춤의 묘미는 뜻밖의 순간에 찾아드는 멈춤이다. 입맞춤 후 가볍게 허리 젖히며 멈추고 누군가의 부고를 접한 후 고개 숙여 한숨 토하며 멈추고 원수의 심장에 칼날 찌르려다 멈추고 집 떠났다가 돌아온 자식을 눈물 훔치며 끌어안으려다 멈추고 새벽 물안개처럼 멈추고 저녁달처럼 멈추고 한낮 산꼭대기처럼 멈추고 한밤 난바다처럼 멈추고 절대로 멈춘 적이 없는 순간에 멈추고 멈추기로 약속한 순간보다 반 박자 빨리 혹은 늦게 멈추고 어제도 멈추고 오늘도 멈추고 내일도 멈추고 아기의 옹알이도 멈추고 노인의 빈 웃음도 멈춘다. 이제 정녕 남은 것이 없어서 멈출 수밖에 없을 때 춤이 끝났다.

김진은 국화차 한 모금 들자마자 나를 몰아세웠다.

"난쟁이 턱을 차듯 잡설을 두 편이나 썼으면 이제 연습은 충분치 않은가? 도하(淘河, 펠리컨)처럼 허둥지둥 말고 신천옹(信天翁, 앨버트로스)처럼 망연자실 아득하게 가 보게나. 뱃속에 든 일천 권 이야길 볕에 말릴 때가 되었으이. 세상을 바꾸고자 백탑 아래 모였던 열하의 미치광이들을 되살리라 이 말이야."

백탑 서생의 문체가 본격적으로 비난받기 시작한 날은 임자년(1792년) 10월 19일이다. 초계문신 남공철과 성균관 상재생 이옥을 시작으로 눈보라 몰아치던 그 겨울 내내 당파에 상관없이 많은 신하들이 두루 질책을 당했다. 문체에 대한 정조대왕과 백탑파의 관점은 기해년(1779년) 박제가, 유득공, 이덕무, 서이수 등 네 명이 검서관으로 뽑혀 규장각에 들어갈 때부터 차이가 뚜렷했다. 대왕께서는 갑진년(1784년)과 기유년(1789년) 두 차례 문체에 관하여 하문(下問)하시면서도 패관기서와 소품을 즐기는 무리가 조선의 문풍을 어지럽힌다고 지목하셨다. 백탑 서생은 부여받은 직분에 충실하면서도 옛것을 본받아 새것을 만들어 내는 법고창신(法古創新)의 정신을 잊은 적이 없다.

열하의 미치광이들이 뿜어낸 기이한 행동과 예의에 어긋나는 주장을 모자라지도 넘치지도 않게 담기 위해서는 정조대왕 시절의 빛과 그림자, 군왕과 신하, 무거움과 날렵함, 자랑스러움과 부끄러움을 남김없이 떠안아야 한다. 어둠이 짙을수록 더욱 아름답게 회고되는 그 시절을 향해 다른 사람도 아닌 내가 침을 뱉는 일이 과연 옳을까. 하나 살갗을 찢고 갈비뼈를 부수고 심장을 쪼개 그 불구덩이로 기어 들어갈 사람이 남아 있지 않다. 싫지만 이것은 나만이 할 수 있고 내가 꼭 해야 하는 일이 되었다.

화광은 이육회(二六會)*라도 구경 가듯 급히 출(出)하고 발(發)하였으나 늘 연암협으로 되돌아왔다. 내가 단 한 권의 금서에 대한 이야기를 시작하기만을 참고 기다린 것이다. 이제 마지막 붓을 놀릴 때가 되었는가. 내 딱딱한 세 치 혀가 사십여 년 전 필화(筆花)**를 탐하다 필화(筆禍)로 이어진 무거운 하늘을 향해 퍼덕이기 시작한다. 이미 날갯죽지 아래 힘줄을 끊긴 지 오래지만 백탑 위로 훨훨 날아 보련다.

---

* 악공과 의녀 등이 장악원 앞에서 음악과 춤을 연습하는 모임. 한 달에 여섯 번, 2일, 6일, 12일, 16일, 22일, 26일에 모였다.
** 붓 끝에 피는 꽃. 아주 잘 지은 글.

1장

천하 사람들이 편안히 앉아 글을 읽을 수 있게 한다면,
천하가 무사할 것이다.

—박지원, 「원사(原士)」

김진이 '꽃의 족보(百花譜)'에 담지 못한 풍악산의 꽃들과 인사를 트기 위해 도성을 떠난 지도 석 달이 지났다. 꽃에 빠져 영욕을 잊은 소쇄사(瀟灑士)지만 풍악이 개골로 변하고 꽃잎 모두 높바람에 스러졌는데도 청조(靑鳥)*는 날아들지 않았으며 우통(郵筒) 역시 텅 비었다. 취생몽사(醉生夢死), 향기에 취하여 아직도 꿈처럼 예맥(濊貊)의 험준한 땅을 헤매는가.

　의금부를 물러나와 백탑을 향해 걸었다. 오늘은 『열하』를 완독하고 책씻이를 하기로 예정된 날이다.

　저녁은 벌써 어둑어둑 넋을 거두어들이고 싸라기눈까지

---

* 발이 셋 달린 푸른 새. 서왕모의 편지를 한나라 궁궐에 가져왔다.

흩날렸다. 구름처럼 사람이 몰린다 하여 붙은 운종가(雲從街)란 이름이 무색할 만큼 행인이 적다. 손님 끌기를 포기한 젊은 여리꾼들이 골목에 쭈그리고 앉아 끽연을 즐기다가, 나를 보고 움찔 놀라며 풍모(風帽)를 벗었다.

이문동으로 접어들자 발발(犮犮)이 두 마리가 좌우로 달리기 시합하듯 따라오며 늘어진 버들가지처럼 낭창낭창짖어 댔다. 금부도사를 도둑 취급하니 사리분별 못 하는 하룻강아지임에 분명했다. 혹시 내게서 어둡고 탁한 기운이라도 발견하였을까. 걸음을 바삐 하여 철물교에 다다르고 나서야 녀석들은 짖기를 그치고 돌아섰다.

다리 위에 서서 잠시 숨을 돌렸다.

김진이 풍악으로 꽃구경을 떠난 후 내 일상은 더욱 단순해졌다.

퇴청 후엔 양자택일을 했다. 오늘 그릇〔皿〕위 창〔戈〕두 개를 높이 들면〔盞〕, 내일은 낡은 궤석에서 재주 많은 사내와 어여쁜 여인의 기막힌 염정(艶情)을 다룬 소가(小家)들의 묘한 이야기에 빠졌고, 다음 날은 그릇에 가득 채우지 말라〔不皿＝盃〕가득 채우지 말라 되뇌니 석치(石癡)* 정철조

---

* 정철조(1730~1781)의 호. 벼루의 달인이자 과학자이며 유명한 술꾼. 연암 박지원과 절친했다.

가 환생한 듯했다.* 오늘처럼 녹주(酴酒)도 마시지 않고 설마(說魔)를 달래기 위해 세책방도 찾지 않는 저녁은 드물다.

장부 나이 서른 하고도 넷이면, 혼약은 물론 자식도 서넛은 족히 두련만 나는 아직 혼자다. 강사(强仕, 마흔 살)를 훌쩍 넘기고 예순까지 바라보는 백탑의 여러 외우(畏友)들은 마음에 담아 둔 포사가 누구냐고 따져 묻는다. 야뇌 백동수가 조야총(照夜驄)**을 달려 매파로 냅뜬 적도 네 번이다. 그때마다 나는 김진을 방패막이로 삼았다.

"왜 나만 갖고 이러십니까? 화광도 아직 짝 없는 비목어인데."

백동수는 아름드리 소나무 숲을 할퀴고 지나온 바람처럼 나를 밀어붙인다.

"의금부 도사랑 꽃미치광이 처지가 같을 순 없지. 미치광이의 혼담이라면 나서서 말리겠으나 청전 자넨 비익조로 울어 예는 게 어울리지 않네. 이웃집 처녀 기다리다 장가 못 간다고 했으이. 어서 핫아비(유부남)가 되어야지. 혹 양기가 부족하다면 이 환(丸)을 먹게나."

"놀리지 마십시오. 대체 그건 뭘로 만든 건가요?"

---

* 『열하일기』「영대정잉묵」에 실린 「영재에게 답함(答冷齋)」에 술에 관한 여러 가지 논의가 자세하다.
** 세조가 즉위하기 전에 즐겨 타던 열두 준마 중 하나. 백마를 비유하는 말.

"잠자리! 머리랑 날개랑 다리는 떼어 내고 나머지만 갈아서 쌀뜨물에 반죽하였다네. 서 홉을 먹으면 아들을 낳고 한 되를 먹으면 이순(耳順) 늙은이도 열다섯 처녀와 매일 밤 운우지락을 누릴 수 있으이."

백탑 벗들은 모른다, 내가 얼마나 이야기에 미쳐 있는가를. 김진이 화광이고 정철조가 석치라면 나 이명방은 설혼(說魂)이라고 불리고 싶다. 아직은 호호탕탕한 대국에서 들여온 『소창자기(小窓自紀)』와 『정사(情史)』, 『황량전기(黃粱傳奇)』 같은 매설을 평점하며 겨우 몇 자 끼적이거나 남몰래 『열하』를 읽는 것이 전부지만.

백제의 서북쪽 삼백 리에 솟은 탑 곧 백탑(白塔)에 이르니 해가 완전히 졌다.

고개를 들었다. 싸락눈이 두 뺨을 때렸다. 어둠이 깊어 갈수록 백탑은 더욱 높아 보였다. 탑 위로 펼쳐진 어둠을 눈동자에 담으려고 애썼다. 백탑 아래 한가롭게 모여 시에 취하고 술에 취하고 음(音)에 취하고 화(畵)에 취하고 인(人)에 취하던 시절이 떠올랐다.

도성을 떠난 이들은 서찰 첫머리에 백탑 주변 풍광부터 물었고 도성으로 돌아오는 이들은 아내나 자식 얼굴보다 백탑부터 그윽하게 바라보았다. 백탑은 하얀 돌덩어리 차디찬 탑이 아니라 맑은 인연이 출렁거리는 연못이며 다양한 학설로 빽빽한 책장이고 지난 잘못을 탓하지 않는 어머니의 품이었다.

백탑을 한 바퀴 두 바퀴 세 바퀴 돌았다. 미행은 없었지만 탑골을 오가는 행인을 유심히 살폈다. 서찰에서 이른 대로 열 바퀴를 돌고 금위영이 있는 북쪽 골목을 등지고 돌아섰다. 개 짖는 소리가 어둠을 흔들어 댔다. 입술이 바싹 말라 왔다.

渡江七八四二十賞心.

이덕무가 또박또박 적어 보낸 간찰(簡札)에는 아홉 글자만 덩그러니 적혔다. 작년에 공부를 시작할 때는 따로 약속을 잡지 않고도 망일과 그믐 두 차례씩 이덕무의 초옥 서재인 청장관에 모였다. 패관소품이 천주학과 함께 공맹의 도리를 흔드는 주범으로 몰리기 시작한 지금은 삼가고 또 삼가도 모자람이 없다. 올해는 모이지 않는 편이 낫지 않을까 여겼으나 마무리는 일단 짓자는 것이 이덕무의 뜻이었다.

아홉 글자를 푸는 일은 어렵지 않다.

『방각살인』 이후론 김진의 도움 없이도 시와 문장에 숨은 뜻을 찾아내곤 했다. 아무리 복잡하게 보여도 실마리를 잡고 원리를 알면 지극히 간단한 것이 바로 암호다. 마술사가 재빠른 손놀림으로 군중을 속이듯 백탑 서생은 문장과 글자 속에 함정을 팠다. 나는 이덕무의 수수께끼를 다

25

음과 같이 풀었다.

'渡江'은 『열하』의 첫 편 '도강록'을 가리키고 '七八'은 6월 24일부터 시작된 여행 기록 중에서 7월 8일을 뜻하고 '四二'는 그날의 기록 중에서 마흔두 자째부터 시작되는 단어니 곧 '白塔'이고 '十'은 탑 주위를 열 바퀴 돌라는 뜻이고 '賞心'은 네 가지 아름다움(四美) 곧 좋은 철(良辰), 아름다운 경치(美景), 즐거워하는 마음(賞心), 유쾌하게 노는 일(樂事) 중 하나인데, 이를 동서남북에 각각 대응시키면 '賞心'은 북쪽을 등지고 남쪽을 향하라는 것이다.

"즐거워하는 마음을 지녔는가!"

등 뒤에서 장닭 울음을 닮은 소리가 들려왔다. 움찔 어깨를 떨며 뒤돌아섰다. 소매에서 흘러내린 단검을 손바닥에 붙였다. 싸늘한 기운이 손금을 타고 손목을 지나 팔꿈치까지 번져 올라왔다.

남바위를 쓴 채 왕방울 눈으로 웃는 키 큰 사내가 나타난 곳은 예상과는 달리 북쪽이었다. 게다가 이 사내는 암호문을 보낸 이덕무가 아니었다. 그는 청옥 담뱃대로 제 어깨를 톡톡 두 번 친 후 어두컴컴한 남쪽 골목으로 종종종종 걸어 들어갔다. 동래연죽(東萊煙竹)이다. 나도 흘끔 백탑을 올려다본 후 어둠의 아가리로 빠져들었다.

"같이 가세. 이보게, 공석(公石)!"

공석 조명수(趙明修)가 걸음을 늦추었다.

그는 송도에서 이름난 역관인 할아버지와 아버지의 엄한 가르침 탓인지 박제가만큼이나 대국 말에 능했다. 이덕무의 소개로 처음 만난 날부터 달소수*까지는 깍듯이 내게 공대를 했다. 예가 상실되면 재야에서 구한다고 했던가. 조명수의 시문이 백탑의 여러 벗들에게 빠지지 않음을 확인한 날 내가 먼저 너나들이를 제안했다. 양반과 중인이라는 차이에 얽매여 깊은 사귐을 포기하고 싶지 않았다. 우리는 기묘년(1759년)에 태어난 동갑이었다.

겨우 걸음을 나란히 맞출 즈음 정색을 하고 따졌다.

"상심에서 나왔어야지 낙사가 웬 말인가! 어찌 사람을 이렇듯 놀라게 하는가. 자넨 다 좋은데 앞뒤 구별 없이 장난 거는 버릇은 고치게. 하마터면……."

조명수는 고개 돌리지 않고 정면만 보며 답했다.

"어허, 내 잘생긴 얼굴을 향해 표창이라도 던지려고 그랬는가. 장난이 아니었네. 이번엔 자네가 틀렸어. 상심으로 가야 하니 낙사에서 나오는 것이 옳으이."

나는 상심'에서' 낙사로 나오리라 여겼는데 조명수는 낙사에서 상심'으로' 나아가리라 생각한 것이다. 해석의 가능

---

* 한 달이 조금 넘는 동안.

성을 다양하게 열어 둔 것 자체가 문제였다. 내가 낙사에서 상심'으로' 나아오리라 여겼다면 조명수는 오히려 상심 '에서' 낙사로 튀어나왔으리라.

이렇듯 조명수는 곰살궂으면서도 서낙한 사람이다. 또한 그는 비바람과 천둥 속에서도 이마에 주름 하나 잡지 않는 담이 큰 사내다. 칠정(七情)을 삼신할미에게 맡기고 나왔는가 놀림까지 받던 그였다.

"청장관께서 오실 줄 알았으이."

이덕무는 초옥 서재에 붙은 이름을 자신의 호로 썼다.

"남 직각(南直閣, 직각 남공철)이 마련한 북청도호 부사의 전별연에 참석하러 가셨으이. 얼굴만 내밀고 오마 말씀하셨지만 그게 어디 쉬운 일인가. 먼 길 떠나는 성 공(成公, 성대중)과도 각별한 사이일 뿐만 아니라 서 직각(徐直閣, 직각 서영보), 이 승선(李承宣, 승선 이서구), 유 검서(柳檢書, 검서 유득공) 등과 동석했다네. 석별의 정을 달래기 위해 돌아가며 오언고시라도 한 편씩 짓는다면 꽤 시간이 걸릴 듯싶으이."

"하면 오늘은 책씻이를 하기엔 적당한 날이 아니로군. 며칠 미루든가 아니면 아예 계축년 정월 좋은 날을 택할 일이지."

"하루를 미뤘다가 평생 후회할 수도 있음일세. 남 직각이 새삼스럽게 전별연을 마련한 까닭을 모르진 않겠지?"

문체에 관한 하교가 시작된 날은 10월 19일이다.

금상께서는 동지정사 박종악과 대사성 김방행을 접견하는 자리에서 초계문신 남공철이 대책문에 '고동서화(古董書畵)' 넉 자를 담은 잘못을 물어 지제교(知製敎)* 직함을 떼어버리라고 하교하셨다. 패관기서와 소품문을 즐기는 무리가 고동서화를 사들이는 데 몰두한다는 것은 널리 알려진 일이다. 또한 응제문(應製文)**을 소품체로 쓴 성균관 상재생 이옥에게 성균관 일과(日課)로 사륙문 오십 수를 짓도록 벌하라 명하셨다. 남공철은 자송문을 정성껏 지어 올린 10월 25일에나 겨우 직함을 돌려받았다.

문체를 살피는 하교는 5년 전 예문관에서 『평산냉연(平山冷燕)』이란 매설을 읽다가 발각되었던 노론의 젊은 인재 이상황과 김조순에게 확산되었다. 10월 23일 금상께서는 이상황이 새롭게 올린 글이 고문에 합당하다며 서학교수(西學敎授)로 복직시키셨고, 11월 3일에는 동지사의 서장관으로 한양을 떠난 김조순에게 자송문을 지어 바치라 명하셨다. 11월 6일 노론에 속한 부교리 이동직이 남인인 이가환의 문체야말로 패관소품의 전형이라며 엄벌을 내려야

---

* 국왕의 교서 등을 작성하는 일을 담당한 관직.
** 응제는 왕명으로 치르는 특별 과거, 혹은 왕명으로 시문을 짓는 일을 말한다.

마땅하다고 상소했지만, 등용문에 올라 막중한 직위를 맡은 노론의 젊은 신료와 백면서생으로 초야에 묻혀 지내는 이가환을 함께 논하기 어렵다고 답하셨다. 같은 날 김조순의 자송문이 도착했는데, 패관매설을 다시는 가까이하지 않겠다는 맹세가 자못 비장했다.

12월 16일, 신하들이 올린 부(賦)를 살피시다가 성대중의 글이 고문에 합당하다 칭찬하셨고, 이틀 후인 18일 정식으로 외삼품직인 북청도호 부사로 명하셨다. 성대중이 서얼인 점을 감안하면 놀라운 하명이 아닐 수 없었다. 남공철에게 성대중을 위한 축하 연회를 베풀라는 명까지 더하셨다.

두 달 가까이 이어진 하교에는 패관기서와 소품문을 가까이하면 노론이라도 엄벌에 처하고 주자학과 고문에 충실하면 서얼이라도 발탁하겠다는 뜻이 담겨 있었다.

남공철은 일찍부터 박지원의 시문을 흠모하고 청언(淸言)을 즐겨 종종 백탑의 무리와 어울렸다. 『열하』로 인해 박지원이란 이름이 천하에 길이길이 전하리라는 시까지 지을 정도였다. 나와도 한 말 술 백 편 시로 벽장동(碧粧洞)*을 누볐으며 지난여름에는 두물머리로 선유(船遊)를 다녀

---

* 한양에서 술집과 기생집이 집중해서 모여 있던 동네.

오기도 했다. 푸른 솔 아래 돗자리 깐 후 댓잎에 아침 이슬 구를 때까지, 솔가지에 새벽 별 매달릴 때까지, 작고 보잘 것없는 기와 조각이나 더러운 똥 무더기에 담긴 크고 놀라운 세상 이치를 펴고 접고 풀고 되감았다.

"금상께서 패관기서를 경계하심이 어제오늘 일인가. 문청공(文淸公)* 대감과 인연도 있으시니 바른 문체를 가지라 특별히 하교하셨겠지."

조명수가 고개를 돌려 내 얼굴을 노려보았다.

"간단히 넘길 문제가 아닐세. 사자도 무서워 우는 저 상도(霜刀)**가 누굴 노리는지 정녕 모른단 말인가?"

따지는 목소리가 불에 달군 쇠처럼 뜨거웠다. 두어 걸음 옆으로 물러나며 반원을 그렸다. 곧장 고개 돌려 살피지 않고 곁눈으로 주변을 훑기 위함이었다. 다행히 따르는 이는 없었다.

"상도라니? 남 직각에게 내린 하교가 어찌 칼날이란 말인가?"

"칼날이지. 남 직각에겐 조선 최고의 벙어리 칼 대장장이 탄재(炭齋)가 만든 무시무시한 칼날을, 성 부사에겐 넘

---

* 남공철의 아버지 남유용의 시호, 정조의 스승.
** 서리처럼 빛나고 날카로운 칼날.

치는 잔을 내렸음이야. 종삼품 도호부사일세. 밤낮없이 규장각을 지킨 청장관도 종육품 현감이 고작이지 않은가."

파격인 것만은 분명했다. 서얼허통에 관대한 전하시라도, 적서의 구별을 두는 관행을 이처럼 단숨에 뛰어넘으신 적은 없다. 시문의 수준이나 견문의 넓이를 보나 그동안 규장각 서책을 살피고 정리한 공을 따져 보나 성대중은 이덕무나 박제가에 미치지 못한다. 성대중이 그들과 다른 점이 있다면 강운(强韻)*을 불러 옛 시를 아끼고 종종 벗들과 두보와 이백을 차운하며 문장 외기를 즐긴다는 정도였다. 김영에게 천문을 듣거나 김홍도의 그림을 훔쳐볼 때는 그도 다른 백탑 서생처럼 웃고 떠들며 만취했다. 문장뿐 아니라 그 사람 됨됨이를 함께 보았다면 이렇듯 공과를 차별하지는 않으셨으리라.

"벼린 칼날이 노리는 이가 남 직각만이 아니라는 뜻이로군. 자네 말대로 하교에 칼날이 숨어 있다 치고 과연 성노를 산 이들이 누군가?"

조명수가 걸음을 멈추었다. 손을 들어 자기 자신을 가리켰다.

"공석, 자네라고?"

---

* 시 짓기에 힘든 운자.

그 손이 휙 돌아서 내 명치를 향했다.

"농이 지나치군."

그 손을 무시하고 다시 걸음을 뗐다. 조명수가 따르지 않고 받아쳤다.

"농이 아니야. 당랑(螳螂)이 매미 잡듯 백탑의 무리를 벌하시려는 것일세. 겉으로는 남 직각이나 성균관 상재생 이옥을 엄히 꾸짖으시지만 그건 다 안의현에서 청등황권(靑燈黃卷)*을 벗하며 지내는 굉유(宏儒)**이자 괴걸(魁傑)***을 노리시고 계심이야."

"굉유이자 괴걸이라고?"

조명수는 불쾌함이 가득한 내 반문을 무시하고 이야기를 이었다.

"또한 그 칼날은 굉유를 흠모하며 따랐던 백탑 서생에게도 가 닿겠지. 의금부 도사에 종친이라 해도 동아리에 섞여 유리창 빛을 쐬고 긴 밤을 나누었다면, 그 역시 무사하지 못하리란 건 당연한 이치!"

나는 뒤돌아서서 조명수에게 바짝 다가갔다. 동학(同學)이 아니었다면 벌써 주먹이 날아갔을 일이다.

---

* 푸른 등잔불과 황색 종이.
** 뛰어난 학자.
*** 생김새나 재주가 뛰어난 호걸.

"다, 시, 는! 어심을 멋대로 추론하여 광담(狂譚)을 꾸며 내지 말게. 지난 두 해 동안 『열하』를 익힌 우의가 황하보 다 깊다 해도 불충한 언행을 두고 보진 않겠네."

조명수는 내 시선을 피하지 않았다. 오른 입꼬리가 버선 코처럼 올라가며 싸늘한 웃음을 콕 찍어 머금었다.

"청전 자네의 충심이야 조선에서 으뜸이지. 국화로 치 자면 상상품인 백학령(白鶴翎)쯤 될까. 어질고도 살인할 줄 알고 용맹하면서도 순종할 줄 알고 예에서 한 발자국도 벗 어나지 않으면서 창과 칼을 휘두를 줄 아는 살천스럽고 강 항(强項)한 무인일세. 하나 우리가 왜 도둑고양이처럼 한양 거리를 걷고 있는가를 잘 생각해 보게. 자넨 종친이니 개 개빌면 혹시 연암체를 익힌 일을 용서받을 수 있겠으나 나 처럼 변변찮은 상서(象胥, 역관)는 치도곤을 당하고 영영 공 무에서 쫓겨날 걸세. 천수관음(千手觀音)이라도 이 내 목숨 구할 방도가 없어. 잡혀가느니 차라리 죽고 말지. 건둥반둥 끝날 것 같진 않으이."

처음부터 몸을 숨겨 『열하』를 읽었던 것은 아니다. 2년 전 처음 '열하광(熱河狂)'이라는 독회를 시작할 때는 검서 관은 물론이고 야뇌 백동수와 단원 김홍도까지 모여 혼돈 주(混沌酒)로 즐겼으니까.

독회에 '광(狂)'이라는 글자를 붙인 까닭은 설명이 필요할 듯하다. 완물상지(玩物喪志)를 경계하고 주자의 학문을 승계하는 노론 학자들과는 달리, 백탑 서생들은 대부분 '벽(癖)'이나 '치(癡)'를 자처하며 미치광이로 하루하루를 살았다. 공부를 할 때도 미친 듯이 하고 벗을 사귈 때도 미친 듯이 하며 꽃을 기르고 새를 키울 때도 미친 듯이 했다. 이덕무가 책만 읽는 바보(看書癡)로 스스로를 칭하거나 김진이 꽃미치광이(花狂)로 틈만 나면 꽃나무 아래 드러눕는 것도, 백탑 서생들에겐 흔한 일이었다. 『열하』를 읽는 모임을 갖자고 이덕무에게 청했을 때, 그는 빙긋 웃으며 노루 꼬리만큼 짧게 물었다.

"제대로 미쳐 보려고?"

'열하광'에 참여한 이들은 내남없이 『열하』에 미친 것을 자랑으로 여겼다.

『열하』에 대한 젊은 서생들의 관심은 대단했다. 용정(龍亭)*을 앞세우고 연경을 넘어 열하까지 다녀오는 것 자체가 극히 드문 일이거니와 긴 여정을 박진감 넘치게 담아내며 낯선 문물을 코앞에 놓인 것처럼 꼼꼼히 살펴 옮긴 솜씨가 주목을 끌었다. 박지원은 자신의 역작이 지나치게 빨리 한양에 퍼지는 것을 꺼렸지만, 그의 어깨에 올라타 천하를

---

* 나라의 귀중한 물건을 운반할 때 사용하는 가마.

살피려는 서생들의 열망은 사그라지지 않았다. 성균관 유생 대부분이 박지원의 글을 읽고 변화무쌍한 문체를 흉내 내는 것은 공공연한 비밀이었다.

올여름을 지나면서 분위기가 급변했다.

『열하』의 품과 격을 문제 삼은 이는 다름 아닌 군왕이셨다. 경연마다 공맹지도를 따르는 선비를 자처하신 금상께서 젊은 서생뿐만 아니라 용문에 오른 당하관과 당상관의 문장을 꾸짖기 시작하신 것이다. 구중궁궐 은밀한 곳에서 벌어진 일인데도 사나흘이 지나자 『열하』를 읽는 것이 장래를 망치는 위험한 일임을 사대문 안에서 모르는 서생은 없었다. 그렇다고 『열하』를 읽지 않았다는 말은 물론 아니다. 바람보다 빠르고 산보다 높으며 강보다 깊고 들보다 넓은, 때론 뒷짐 한껏 지고 중두리* 닮은 아랫배 밀며 가을 언덕 오르는 듯하고 때론 목과 어깨 오장육부까지 움츠리고 고양이 걸음으로 꽁꽁 언 겨울 절벽 위를 걷는 듯하며, 글자 하나 짚을 때마다 향기로운 기운이 코로 스미고 문장 하나 만질 때마다 푸드덕푸드덕 날아오르는 새 소리에 귀 시끄러운, 일찍이 없었고 먼 내일에도 없을, 드러누운 듯 달리고 날아오르는 듯 숨는 책이 바로 『열하』이니 어찌 이

---

* 독보다 조금 작고 배가 부른 오지그릇.

서책을 던져 버릴 수 있으리.

묵정동을 지나 훈도방이 가까워지자 조명수의 걸음도 바빠졌다. 독회를 은밀히 숨어서 열기로 정한 후부터는 남별전을 돌아 내려 교서관동에서 '열하광' 모임을 가졌다. 청나라를 오가며 책 거간만으로 천금을 모은, 반죽 좋은 장사치 홍인태가 선뜻 자신의 별채를 내놓은 것이다. 이덕무를 스승으로 삼아 벌써 십 년 가까이 시문을 익힌 그는 아무리 바빠도 '열하광'만은 빠지지 않았다. 광대무변한 대국에서 새 책을 사들이면 가장 먼저 이덕무에게 보였다. 이덕무는 손을 깨끗이 씻고 옥합을 열듯 한 장 한 장 조심조심 넘기면서 서책 위에 머물렀던 손길들을 차례차례 불러냈다.

"오늘은 어렵겠네만 다음에 날이 좋으면 안암에 별이나 보러 가세."

화광 김진은 광통교와 안암에 각각 서실을 따로 두었다. 대국의 귀한 서책들이 광통교 서실에 있다면 안암 서실에는 서책과 함께 각종 천문 지리 기기들이 있었다. 특히 별자리를 자세히 관(觀)하고 찰(察)하는 원경(遠鏡, 망원경)은 백탑 서생의 인기를 한 몸에 받았다. 조명수도 옛 고구려 별자리 지도를 들고 안암에서 밤을 지새운 적이 많았다.

"주인도 없는 집엔 가서 무엇해!"

"허어, 화광은 언제나 돌아온다던가?"

"모르지. 휘뚜루마뚜루 떠날 때도 정한 날이 없었는데 돌아올 날 또한 내 어찌 알겠나. 얼음이 녹고 흙이 풀리기 전엔 올 걸세. 지금 있는 안암 서실 위쪽에 따로 서실 하나를 더 만들었는데, 봄에는 여러 벗들을 초대하여 선을 뵈겠다고 했으이. 모르긴 해도 대국에서 사들인 새로운 기기들이 있나 보네."

"그 이야긴 나도 화광에게 들었다네. 겉가량해도 만권 서실이 셋이나 되는 건가. 홍인태(洪仁泰)가 억권루다 뭐다 곤댓짓으로 자랑을 해도 진짜 억권루를 이룰 사람은 화광뿐이지. 그이는 또한 상고당(尙古堂)*에 버금가는 감식안을 가지지 않았는가. 기대가 크군."

"그래도 서책은 억권이 꼬물만큼 더 많을 걸세. 왕세정(王世貞)**을 흉내 낸 듯 네 채의 집에 각각 유가, 선가(仙家), 불가, 시가(詩家)의 서적을 잠뿍 채웠다지 않은가. 얼마 전에도 항상 뛰어다니며 책을 파는 것으로 유명한 조신선(曺神仙, 정조 시대 최고의 서쾌)에게서 『의상지(儀象志)』를 비롯

---

* 조선 후기 최고의 감식안을 자랑했던 김광수(1696~?)의 호.
** 명나라의 문인. 다섯 별채를 두고 가운데는 아내가 살고 나머지 네 채에는 각각 첩을 두었다. 유가, 선가, 불가, 시가의 서책을 비치하고 손님이 오면 첩이 그에 맞춰 음식을 준비하였다.

한 태서(泰西, 서양)의 책 백여 권을 구입했으며 『패문운부
(佩文韻府)』 이백 책(冊)을 팔천 문(文)이나 주고 사들였다
더군."

"서쾌를 통해 그렇게 자꾸 서책을 늘여 나가는 게 마음
에 걸리는군. 이희천의 일도 있고……."

신묘년(1771년) 이희천은 태조대왕과 인조대왕을 모독한
『강감회찬(綱鑑會纂)』을 지닌 죄로 그 책을 구해 준 서쾌 배
경도와 함께 청파교에서 처형되었다. 박지원은 두고두고
비명에 간 벗을 아쉬워했다.

"어허 그 이야긴 꺼내지도 말게. 조신선의 감식안은 배
경도와는 다르다네."

"자네까지 조신선을 정말 신선이라고 믿는 건 아니겠
지? 제아무리 달라 봤자 서쾌는 서쾌야. 이문이 남는다면
건네지 못할 서책이 없다고."

이 골목만 꺾으면 장성처럼 늘어선 담벼락이 나오리라.
홍인태는 만권 장서를 사방 높은 벽 안에 감추었다. 안분당
(安分堂)*부터 만권루를 자처하는 장서가들이 늘어나자 홍
인태는 이 집 별채를 억권루라 칭하고 자신의 호도 '서질(書
疾)'에서 '억권(億卷)'으로 고쳤다. 꽃에 미친 만큼이나 서책

---

* 조선 중기 문신이며 만 권의 책을 읽었다는 이희보(1473~1548)의 호.

욕심이 올철(杌饕)*처럼 대단한 김진도 억권루에 와서는 종
종 깊은 숨을 내쉬곤 했다. 그 역시 나름대로 유리창(琉璃
窓)에 벗을 두고 신간을 사들이지만 부지런히 걷고 보고 읽
고 돈을 들여 거두는 장사치의 일솜씨에 미치지는 못했다.

서음(書淫)에 빠진 홍인태의 서재와 김진이 마련한 서실
의 차이라면, 서책의 양은 홍인태가 많지만 다루는 분야는
김진이 훨씬 다양하다는 사실이다. 대곡 김석문의 삼대환
(三大丸, 해와 달과 지구)이 공중에 떠돈다는 학설에서 담헌
홍대용의 지전설로 이어지는 성상사(星相師)와 천문에 대
한 서책은 물론이거니와 묘아안(猫兒眼)**과 망운(望雲)***, 야
소와 라마승에 관한 소상한 기록들까지 갖추갖추 지니고
있었다.

또 한 가지 매우 다른 부분은 서책을 정돈하는 방식이
다. 홍인태는 분야를 나눈 후 왕조 별로 묶고 각 왕조 안에
서는 지은이에 따라 전후를 살폈다. 따로 서동(書童) 둘을
돈을 주고 사서 이 일을 전담시킨다고 했다.

반면에 김진의 서실은 혼돈 그 자체였다. 분야도 왕조도
지은이도 따로 놀며 서책들이 뒤섞였다. 놀라운 사실은 내

---

* 도올과 도철. 둘 다 무시무시한 욕심쟁이 괴물.
** 반투명한 광물 석영. 이것으로 점을 침.
*** 구름을 보고 치는 점술.

게는 지독한 혼돈으로 보이는 서실에서 김진은 너무도 쉽게 서책을 찾아내고 또 새롭게 뒤섞는다는 것이다. 혼돈의 감춰진 구멍을 모조리 기억하는 궁전이라도 머릿속에 지었는가.

골목을 꺾었다. 담벼락에 닿기도 전 바삐 우리를 향해 걸어오는 남녀가 눈에 띄었다. 가사를 걸친 남자는 걸승 덕천이었고, 갈매 쓰개치마를 쓴 이는 이덕무가 친딸처럼 아끼는 명은주(明恩珠)가 분명했다. 둘 다 처음부터 끝까지 '열하광'을 지킨 사람이다.

"마중까지 나오시다니 참으로 황감하여……."

인사 대신 농을 걸려다가 멈칫했다. 덕천이 염주를 들어 제 가슴을 톡톡 친 것이다. 나는 저녁 골짜기처럼 어둠이 깃든 담에 등을 대고 조명수에게 눈짓을 보냈다. 덕천과 명은주가 지나친 뒤를 조명수가 빙글 몸을 돌려 따랐다. 쌍그런* 기운이 꼬리뼈에서부터 척추를 타고 뒷머리까지 올라왔다. 울퉁불퉁 튀어나온 돌조각들이 바늘처럼 등을 찔렀다. 양손에 표창을 들고 세 걸음 물러섰다.

썩 나서라!

발소리는 물론 숨소리도 없었다. 온몸이 내는 소리를 안

---

* 서늘한 기운이 있다.

으로 삼키도록 훈련받은 자들이 분명했다. 골목을 따라 흘러오는 바람씨만이 내 앞 저 어둠에 도사린 위험을 알려주었다. 막혔다가 뚫리고 또 막히는 움직임이 잦았다. 아비리가(阿非利加, 아프리카) 사내처럼 온몸이 그림자보다도 새까만 녀석들인가.

고추바람이 후욱 얼굴로 밀어닥쳤다. 전혀 막힘이 없다. 노려보기만 하다가 물러났는가.

흡.

숨을 끊으며 고개를 들었다. 정수리 위에서 살기가 느껴졌다. 담벼락으로 날아오른 녀석들이 벼락같이 떨어졌다. 왼 어깨부터 땅바닥에 대고 돌면서 어둠보다 더 짙은 어둠을 향해 표창을 뿌렸다. 그 어둠이 부챗살처럼 갈라지며 두 사내가 쓰러졌다. 한 사내는 왼 무릎을 꿇었고 또 한 사내는 엉덩방아를 찧었다. 표창이 급소에 박힌 것은 아닌 듯 사내들은 곧 일어서서 오른쪽 어깨 위로 칼을 올렸다. 콧등까지 복면을 가렸다. 길이가 한 자 정도로 찌르는 것이 특장인 왜검 해수도(解手刀)였다. 나는 표창을 뽑아 들고 물었다.

"뭣하는 놈들이기에 야심한 밤에 왜검을 들고 토유류(土由流)*를 자랑하는 게냐?"

---

* 왜검보의 일종.

녀석들 두 눈에 미소가 맺혔다.

비웃어?

그 순간 어둠에서 더 많은 사내들이 나섰다. 점점 포위
망이 좁혀졌다. 오랜 기간 무예를 연마하였을 뿐만 아니라
패도(佩刀), 급발(急拔)*, 해수도 등으로 무장한 장정들과 맞
서기란 벅차다. 품에 지닌 표창도 여섯뿐이고 그 중 둘은
이미 허공으로 날렸다.

녀석들의 칼날은 한 치의 흔들림도 없다. 내 목숨을 앗
고 사지를 난도질하기로 정한 것이다. 간격이 더 좁아지면
힘에 눌려 손발을 뻗기도 어렵다. 오래전에 배운 비법을
쓰기로 했다.

우선 팽이처럼 몸을 돌려 접근을 막았다. 눈찌를 주다
가 뒤 공중제비를 돌아 사내의 어깨에 올라섰다. 사내가
제 머리 위로 해수도를 찔러 댔다. 나는 두 발을 쭉 뻗으면
서 사내의 왼 어깨에 깍지를 껴 축으로 삼고 거꾸로 섰다
가 빙글 몸을 띄웠다. 왼손이 담벼락에 닿자 다시 모둠발
로 벽을 차며 올라섰다. 방금 전 두 사내가 살기를 품고 다
가섰던 길로 힘껏 달렸다. 왜검을 휘두르며 쫓아왔지만 날
다람쥐처럼 담과 지붕을 건너뛰는 나를 따르지 못했다.

---

* 왜검 중에서 한 자가 넘는 큰 칼.

추격을 따돌린 다음 목멱산을 넘었다.

싸락눈이 내려 철퍽거리는 밤길을 오르기란 쉽지 않았다. 땅바닥만 바라보고 가다가 마른 가지에 이마를 찔리기도 했다. 피가 나는 둥 마는 둥 했지만 눈썹을 올릴 때마다 쓰라렸다.

조명수는 무사할까. 별장 주인 홍인태는? 혹시 다른 괴한들이 있어 덕천과 은주가 붙잡힌 건 아닐까. 장정들이 우르르 날 에워쌌으니 따로 사내들이 더 있다 해도 놀랄 일이 아니다. 한데 과연 누굴까. 훈련된 장정들을 휘하에 두기란 쉽지 않다. 아, 결국 포도청이나 장용영이 움직였단 말인가. 한데 저들은 오늘 '열하광' 독회가 있다는 사실을 어찌 알았을까.

『열하』를 숨어 읽기 시작하면서부터 오늘과 같은 일에 대비했다. 최악의 경우는 막아야 하기에 다음 약속 장소를 도성 밖 두미포로 미리 정해 두었다. 끌려가서 곤과 장을 맞아도 이를 악물어 하루는 버티기로 하고, 무사한 이들은 빠른 시간 안에 모여 다음 잡도리*를 의논하기 위함이었다. 명은주를 비롯한 열하광인들이 걱정되었지만 지금으로서는 이것이 최선이었다.

---

* 단단히 준비하거나 대책을 세우다.

두미포가 가까워지자 어둠이 걷히기 시작했다.

먼 산 소나무는 여전히 검은데 길 옆 솔포기*는 옅은 바람에도 가지를 떨며 희고 푸르고 때론 붉은 기운까지 드러냈다. 마음이 급하지 않다면 가지 하나하나를 쥐고선 길이와 굵기를 재고 몇 년 후 이 나무가 만들 넓은 그늘을 추정하고 싶었다. 꽃에 미친 김진을 닮아 가는 것일까. 풀이름이라면 모르는 것이 없는 이덕무의 그늘에 오래 머문 탓일까. 요즈음은 나무만 보면 안고 기대고 볼 부비며 이 자리에서 버틴 시절과 앞으로 살아갈 나날을 챙긴다. 꽃은 너무 작고 고와서 접근하기 어려운데, 나무는 크고 씩씩하고 어느 정도는 제멋대로라서 오히려 사귀기가 편했다. 조선의 곽탁타(郭槖駝)**로 어디 한번 살아 볼까!

나루에는 청계산 날가지***로 건너가기 위해 일찍 길을 나선 장사치들이 휘항(揮項, 머리에 쓰는 방한구)을 쓴 채 삼삼오오 모였다. 강추위가 시작된 한양을 떠나 아직 온기가 남아 있는 하삼도(下三道)에서 전을 벌이기 위함이었다. 개개풀린 눈으로 배를 기다리는 이들의 면면을 살폈다. 저속에 어젯밤 왜검을 들었던 자들이 섞이지나 않았는지 걱

---

* 가지가 다보록하게 퍼진 작은 소나무.
** 당나라의 원예가로 특히 나무에 조예가 깊었다.
*** 산의 큰 줄기에서 날카롭고 짧게 뻗은 갈래.

정이었다. 모두 그놈들을 닮았고 또 모두 선량한 백성들이었다.

걸음을 돌려 나 역시 배를 기다리는 사람처럼 끝줄에 가서 섰다. 첫 배가 들어오고 사람들이 모두 오를 때까지 기다리기로 했다. 누군가 내 등을 보고 쫓아오는 것을 막기 위함이었다.

앞에 선 아낙은 등에 업힌 아기의 울음을 그치게 하느라 바빴다. 양손을 뒤로 돌려 아기 등을 토닥이기도 하고 무릎을 굽혔다 펴며 달래기도 했지만, 누렇게 색이 바랜 낡은 포대기 사이로 울음이 계속 흘러나왔다. 아기가 더 큰 소리로 울어 젖히자 사람들 시선이 아낙에게 쏠렸다. 도둑이 제 발 저린다는 속언처럼 괜히 내 얼굴이 뜨거워졌다. 포대기 끝을 내렸다. 차가운 꽁무니바람이 불어 들자 아기는 울음을 그치고 눈을 동그랗게 뜬 채 올려다보았다. 나는 양손으로 얼굴을 가렸다가 펴 보이기를 반복하며 웃고 울고 찡그렸다. 아기가 입을 벌려 까르르 웃었다.

"합환주(合歡酒) 맛도 못 본 주렴 안 귀공자…… 그러니까 귀공자라고 하긴 좀 뭐하지만…… 헤헷! 신통방통 애기 울음을…… 어른 울음도 가능합니까……. 석복(射覆)*으

---

* 덮어 가린 물건을 알아맞히는 놀이.

로 잘도 그치는군요."

어깨 너머로 아기를 살피는 이는 억권루 주인 홍인태였다. 반가웠다. 누구를 만나든 고임성*이 남다른 사내였다.

"괴한들에게 잡혀 고초를 겪지나 않는지 걱정했소이다."

"놈들은 석화전광(石火電光), 전광석화…… 하여튼 덮쳐 왔으나…… 덕천(德川) 대사 예감이 역시 최고죠……. 빨랐습니다. 대사와 은주 낭자가 대문으로 나서는 동안…… 저는 그냥 뒷마당 협문을 통해 빠져나왔습죠. 청장관께는 따로 급보를 전했으니…… 안심!"

솜옷에 패랭이를 쓰고 질빵으로 걸머진 봇짐에 짚신 두 켤레까지 대롱대롱 매단 태가 수십 년 조선팔도를 떠돈 장사치였다.

좀대추나무 화살같이 찢어진 눈과 움푹 들어간 볼, 뾰족한 턱에 옅은 눈썹은 의심 많고 날카로운 족제비를 닮았다. 왼쪽 눈에 백태가 끼는 바람에 이야기를 나눌 때면 고개를 삐딱하게 오른편으로 젖히고 뚫어져라 상대를 노려보곤 했다. 횡설수설 어눌한 말솜씨에 동문서답이 주특기인데, 맞장구를 계속 쳐 주면 공자에서 갑자기 야소로 이어지고 왜국으로 떠났던 배가 백두산에서 발견되었다.

---

* 남의 눈에 들게 하는 성미나 기질.

말솜씨 좋은 장사꾼도 물론 있겠으나 장사를 꼭 입으로만 하는 건 아니다.

오만상을 찌푸리고 뭔가 이야기를 곱씹는 순간 경계하는 첫 마음이 사라지며, 장난기 가득한 눈웃음을 보는 순간 주저하는 빛이 또 하나 꺼지고, 스스럼없이 고금의 인물과 지리에 관한 이야기를 듣기 위해 술자리를 마련한 후 그 값은 꼭 자신이 내는 모습에서 마지막 의심도 걷힌다. 나이도 고향도 시시때때로 변하는데, 착착 부니는* 의주 기생 비점을 곁에 둘 때면 평양 부벽루에서 솔봉이(나이가 어리고 촌스러운 티를 벗지 못한 사람) 시절을 보냈다 했고, 놀음차** 듬뿍 주고 남원 기생 영매의 검무를 구경할 때면 어머니가 광대놀음을 즐겨 전주에서 나주로 구경을 가다가 들판에서 이리 새끼처럼 자신이 태어났노라 자랑했다. 기생이 이 정도이니 논다니***와 보낸 즐거운 밤은 하나하나 꼽을 수 없을 정도였다. 천민을 만나면 각박한 세상살이를 이마 맞대고 푸념하고 중인을 만나면 천하 만물 중 가운데가 최고라면서 얼싸안았다. 양반들에게는 머리 조아리며 이런저런 대국 서책들을 진열했는데, 지식을 뽐내지 않으

---

* 부닐다. 가까이 따르며 붙임성 있게 굴다.
** 잔치 때 기생이나 악사에게 놀아 준 대가로 주는 돈이나 물건. 화대.
*** 웃음과 몸을 파는 여자를 속되게 이르는 말.

면서도 적절하게 말을 섞어 제값보다 두 배 혹은 세 배를
받아 냈다.

홍인태가 하대를 쓰는 것을 본 적이 없다. 남녀노소, 신
분 격차를 막론하고 건공대매(아무런 조건이나 근거 없이 무턱
대고 함)로 말을 높였다. 나는 조명수에게는 말을 놓으면서
도 홍인태와는 존대를 썼다. 신분으로 따진다면 종친인 내
가 하대를 하는 것이 당연했지만, 왠지 나도 홍인태를 입
내(소리나 말로써 내는 흉내)내며 버텨 보고 싶었다. 어떤 날
은 나보다도 열 살은 많은 사내와 동년배처럼 굴고 또 어
떤 날은 아예 셈들지* 않은 막냇동생처럼 놀았다.

두대박이** 첫 배가 떠날 때까지 아기는 다시 울지 않았다.

홍인태와 나는 바삐 걸음을 옮겼다. 나루를 지나고 길게
늘어선 고(庫)를 향해 눈길 한 번 주지 않은 채 강줄기만
따랐다. 약속 장소가 점점 가까워졌다. 싸락눈 탓에 불어난
강물이 빠르게 흘렀다. 강 전체를 얼리기엔 겨울 입김이
아직은 부드러웠다. 까아악 까악. 까마귀 두 마리가 앞서거
니 뒤서거니 강을 건넜다.

"짚이는 데는 혹 없소?"

---

* 셈들다. 사물을 분별하는 판단력이 생기다.
** 두 개의 돛대를 세운 배.

"글쎄요. 구치간핍년(驅馳看逼年)이라. 분주하게 지내는 사이 세향(歲餉, 새해 선물)도 마련하지 못한 채 세모에 닿았습니다만……. 특별히 주목을 받고 의심을 산 적은 없습니다."

"예사 놈들이 아니오. 사람 죽이기를 숟가락 들듯 한다오. 억권루 서책들을 가져갔을지도 모르오."

홍인태가 백태 낀 왼 눈을 비빈 후 삼각 턱수염을 쓸었다.

"민첩한 아낙네라야 초승달을 본다고 했습죠. 왜 하필 아낙네일까요……. 이 속언은 좀 이상하지만 어쨌든…… 이미 저들이 찾는 패관기서는 따로 옮겨 두었으니 심려 마십시오. 아, 저기 공석이 있군요."

홍인태의 손끝을 따라 아름드리 느티나무 옆을 훑었다. 과연 조명수가 느티나무에 등을 대고 기댄 채 청옥 담뱃대를 입에 물고 좌우를 살피는 중이었다. 열 걸음 앞이 바로 강이었고 나루에는 소선 한 척이 출렁대며 묶여 있었다. 조명수와 눈이 마주쳤다. 그 눈에 눈물이 그렁그렁했다.

앞서 걷던 홍인태의 어깨를 잡아 눌렀다. 그가 걸음을 멈추고 고개 돌려 눈으로 물었다.

'왜 이러십니까?'

"함정이오."

우리가 길 옆 선바위 아래로 몸을 숨기는 것과 동시에 조명수는 담뱃대를 품에 넣고 나루로 달려가서 매어 놓은 줄을 푼 후 배 위로 뛰어내렸다. 노를 쥐고 힘껏 젓기 시작하자 잠복했던 장정들이 모습을 드러냈다. 그들은 길을 가로지르고 느티나무를 돌아 나루 끝에 섰다. 그중 한 녀석 손에는 화피궁(樺皮弓)*이 들렸다.

조명수는 더욱 빨리 노를 저었지만 배는 제 속력을 내지 못했다. 물살이 거센 강 중앙에 이르자 소선이 빙글빙글 돌기 시작했다. 방향을 바로잡으려고 노를 저을수록 맴을 도는 속도가 빨라졌다.

휘이익.

장전(長箭)이 노를 든 조명수의 오른 팔뚝에 날아가 박혔다. 조명수가 허리를 굽혔고 노가 강물에 쓸려 내려갔다.

"공석이…… 죽어요……. 저 착한 공석을 구해야 합니다."

홍인태의 목소리가 심하게 떨렸다. 조명수의 두 눈에 맺힌 눈물을 발견한 순간부터 내 손에는 표창이 들려 있었다.

이것이 함정이라면 얼마나 많은 장정이 숨어 있을지 가늠하기 어려웠다. 스물, 서른 아니 백여 명이 숨어 내가 나

---

* 자작나무 껍질로 만든 활. 중국 활에 비해 길이는 짧지만 화살은 잘 나간다.

타나기만을 기다렸는지 모른다. 표창을 던져 궁수를 맞히면 조명수는 무사히 강을 따라 숨겠지만 나 의금부 도사 이명방과 몽둥이 한 번 든 적이 없는 홍인태는 죽은 목숨이다.

그래도, 죽을 때 죽더라도…….

허리를 세우고 일어나서 표창을 던지려는데, 나보다 먼저 조명수가 흔들리는 소선에 우뚝 섰다. 야소처럼 양팔을 좌우로 벌리자 과녁이 따로 없었다.

바보같이…… 앉아. 어여 앉아!

조명수가 고개를 내 쪽으로 돌렸다. 어서어서 도망가라는 듯 화살 맞은 오른팔을 휘이휘이 흔들어 댔다.

궁수가 다시 가슴을 펴고 활을 당겼다. 줌손을 뿌리듯 밀어내자 장전은 앞선 화살보다 더 짧고 곧은 궤적을 그리며 날아갔고 조명수의 오른 가슴에 박혀 흔들렸다. 그의 몸이 휘청대는가 싶더니 배가 뒤집혔다. 장정들이 강변을 따라 진동한동* 뛰었다. 가라앉은 조명수는 다시 떠오르지 않았다.

---

* 바쁘거나 급해서 몹시 서두르는 모양.

2장

학문이 정도(正道)에 보탬이 되지 않는다면 학문이 없는 것만 못하고, 문장이 실용(實用)에 맞지 않는다면 문장이 없는 것만 못하다.

— 정조, 『일득록』

오시(낮 11~1시)가 넘어서야 의금부로 돌아왔다.

두미포 초입에 숨어 덕천과 명은주를 기다린 탓이다. 두 사람은 오지 않았고 조명수를 강물에 빠뜨린 장정들도 어느새 사라졌다. 조명수의 마지막 손짓이 자꾸 눈에 밟혔다. 벗의 죽음을 넋 놓고 숨어서 보기만 한 나 자신을 용납하기 힘들었다. 사람 목숨을 망설임 없이 취한, 몸도 마음도 철저하게 훈련된 무서운 자들이다.

미안하네, 공석!

자네는 목숨을 걸고 나를 구하려 했는데 나는 자네에게 아무 일도 못 했네. 하나 이것만은 약속함세. 자네를 죽인 놈들을 찾아내어 복수하겠으이.

명은주가 무사한지를 확인하기 위하여 나장 손무재(孫

茂在)를 불러 필동에 척독을 넣었다. 명은주는 어린 나이에 부모를 돌림병으로 잃었다. 그녀의 아비와 이덕무는 충청도 천안에서 잠시 어울려 『시경』을 논한 적이 있는데, 그 시절의 인연으로 이덕무는 졸지에 고아가 된 그녀를 한양으로 데려와서 필동 붓 가게에 맡긴 것이다. 가게 주인 역시 이덕무와 호형호제하는 사이인 데다가 자식이 없어 명은주를 친딸처럼 아꼈다. 붓 주머니에 산수(山水)와 화조(花鳥)가 담긴 자수를 놓고 『효경』과 『열녀전』 혹은 언문 매설을 읽으며 소일해도 된다 했지만, 명은주는 한사코 붓을 만들겠다고 우겼다. 한두 해는 손에 물집도 잡히고 피까지 났다. 이제는 제법 그 일도 미립나서* 강호필(剛毫筆) 만드는 솜씨는 도성에서 손꼽혔다. 단봉 중봉도 무난하지만 털이 굵고 긴 장봉을 맵시 있게 묶는 재주는 이덕무도 크게 칭찬했다. 벼루는 정철조, 표구는 방효량이라면 붓은 명은주가 꼽힐 날도 멀지 않았다고 했다.

어젯밤부터 오늘 아침까지 '열하광'으로 인해 벌어진 일들을 내 방에 틀어박혀 곰곰이 짚을 작정이었다. 신참 의금부 도사들과의 만남도 며칠 미루기로 했다. 열하광인을 급습한 장정들은 도대체 누굴까.

---

* 미립나다. 경험을 통하여 묘한 이치나 요령이 생기다.

불청객이 있었다.

방문을 열자마자 내 자리에 앉았던 키 작은 사내가 가볍게 몸을 일으켜 종종종종 나아왔다. 크고 둥근 갓에 명주로 만든 창옷은 맨드리*가 고왔다. 눈가에 주름이 자글자글한데도 수염이 없다.

"탑전에서 찾으시옵니다. 따르시지요."

돌아서는 품새가 「춘면곡(春眠曲)」에 맞춰 몸 놀리는 관기를 닮았다. 응달에서 응달로 다니며 머무른 자리에는 흔적을 남기지 않고 간혹 빛 가운데로 걸어가더라도 그림자를 자처하는 이들이 바로 내관이다.

나는 주먹을 쥐락펴락하여 선하품을 쫓은 후 큰 걸음으로 의금부를 나섰다. 나장들의 인사도 응대하는 둥 마는 둥 했다.

역시 조명수의 추측이 옳았을까. 어심을 받든 자들의 소행이었을까. 하명이 있었다면 장정들의 당당하고 거칠 것 없는 태도도 괴이한 일이 아니지. 어디까지 알고 계신 것일까. 청장관의 그늘 아래 모여 연암 선생의 묵향을 따랐음을 전부 살피셨는가. 하나 이상한 일이다. 시작과 끝을 아신다면 조용히 청장관과 나를 찾으시면 그만이다. 우리가 백탑

---

* 옷을 입고 매만진 맵시.

아래에서 금낭(琴囊), 시통(詩筒), 술항아리 놓고 즐긴 시절을 누구보다도 더 자세히 아시지 않는가. 패관기서를 가까이 두더라도 어명을 목숨보다 중히 여겼다. 박제가는 시력을 잃어 가면서도 규장각 서책을 읽고 정리하는 일에 최선을 다했고, 이덕무는 적성 현감을 겸하면서도 성은에 누가 될까 진력하여 고과에서 기주(冀州)의 전부(田賦)*를 단 한 번도 놓친 적이 없다. 이와 같은 충심을 아시기에 백탑 무리를 어여삐 보시고 신린(臣隣)의 자리에 두신 것이다.

키 작은 내관은 선정전을 돌아 희정당을 지나서 대조전 앞 월대에 멈추었다.

대조전이라고?

낯설었다. 금상께서는 아침 경연을 마친 후부터 해가 질 때까지 대조전에 머무시는 법이 없다. 감환이 깊어 내의원에서 특별히 청을 넣더라도 인정전과 희정당에서 휴명(休明, 태평성대)의 터를 닦는 정사(政事)를 쉬지 않으신다.

억권루의 일을 꾸짖으시면 어찌 답해야 하나. 먼저 대죄를 청하는 편이 낫지 않을까. 홀로 용안을 우러르는 일이 적지 않았지만 독대를 할 때마다 어렵고 힘들기는 마찬

---

* 고과 점수가 상(上)이라는 뜻. 전부는 곡물에 바치는 세금으로 상상(上上)에서 하하(下下)까지 그 품질에 따라 나뉘었는데, 기주의 곡물은 항상 우수하여 대부분 상상이었다고 한다.

가지다. 종친이자 의금부 도사인 나를 은밀히 찾으실 때는 중요한 하교가 있으신 것이다. 명만 받들어 나온다면 이처럼 두렵지는 않으리라. 하나 하명을 내리기에 앞서 꼭 하문하신다.

이 도사! 너는 이 일에 대해 어찌 생각하느냐?

과인의 명이 최선이라고 보느냐?

말해 보아라. 그 둘 중에서 누가 더 적임자인가?

지금 저들을 벌하는 것이 옳겠느냐 아니면 한두 달 더 지켜보는 것이 옳겠느냐?

어심을 깊이 헤아리지도 못한 채 짧은 생각을 뱉을 때면 한겨울에도 진땀이 등을 타고 내렸다.

"금부로 돌아가니 어떠하냐? 장용영에 머물렀다면 정월엔 당상으로 올리려 했거늘."

성음에 따듯함이 담겼다. 긴장을 풀지 않으려고 두 눈에 힘을 실었다. 대역죄인을 다룰 때라도 불호령부터 내리지 않으신다. 오히려 차분하게 하나하나 짚어 나가다가 뜻밖의 순간 치명적인 약점을 틀어쥐신다.

머리를 조아리며 아뢰었다.

"성은이 망극하옵니다. 하오나 신은 배움이 짧고 어리석어 당상에 오르긴 부족하옵니다."

나는 지난여름 장용영에서 의금부로 복귀했다.

당상에 오를 욕심이었다면 장용영에서 버티는 편이 백
배 나았다. 백동수는 내 뒤통수에 종주먹 대는 시늉을 하
며 답답한 듯 들울음까지 내질렀다.

"청전! 자네가 더 큰 집에서 더 많은 재물을 쌓으며 더
높은 벼슬에 오르기를 원치 않는다는 것은 안다. 하나 언
제까지 의금부에서 도사 노릇만 하려는가. 이십 대를 흉악
범 잡아들이느라 보냈으니 이제부터는 장차 이 나라의 병
조(兵曹)를 맡을 준비를 해야지. 자네를 더욱 크게 쓰려고
장용영에 배속시키셨음을 어찌 몰라."

내 어찌 백동수의 깊은 정을 모르겠는가. 조선 최고의
마상 무예를 지녔다 해도 그는 결코 당상의 반열에 오르
지 못한다. 서자인 탓이다. 호탕한 웃음과 밤에서 밤으로
이어지는 말술로 세상 시름 잊었소 큰소리치지만, 나는 안
다. 대장부로 태어나서 조선 최고의 무예를 익힌 무인에게
어찌 천하를 평정할 기개가 없겠는가. 일찍이 유득공이 지
은 『발해고(渤海考)』를 읽고 비분강개하며 사흘 밤 사흘 낮
동안 백마를 타고 북삼도를 질주하지 않았던가. 발해의 옛
땅을 되찾기 위해서는 장졸이 필요했다. 혼자만의 재주나
당하관의 지위로는 어림도 없는 일이다. 당상관에 올라 군
왕과 독대하여 이 나라 병조의 일을 좌지우지할 때에야 비
로소 대장부의 소원을 풀 수 있는 것이다. 그는 내가 대신

그 일을 해 주기를 바랐다.

하지만 누가 뭐래도 나는 의금부가 좋다. 매일매일 훈련만 반복하는 장용영보다 어제 한 일이 다르고 오늘 할 일이 다른 의금부가 적성에 맞았다. 두려움의 상징인 의금옥이 정겹고 고깔모자를 쓴 나장들이 귀엽다.

복귀를 결심한 더 중요한 이유는 언젠가는 매설(賣說)을 짓겠다는 오랜 바람 때문이다. 집을 나서면 힘껏 범인을 탐문하여 쫓고 늦은 밤 귀가한 후에는 시간을 잊은 채 『수호외서(水滸外書)』, 『행화천(杏花天)』, 『일편정(一片情)』 같은 매설을 읽어 내렸다. 가끔 이야깃거리를 조심조심 세필로 모아 적어 갈 때면, 나관중이나 시내암과 어깨를 나란히 맞추는 기분이 들었다. 엊그제도 닭 울 녘까지 『숙향전』에 이어 『평산냉연』을 읽으며 두 여주인공 산대와 냉갈설의 미모를 상상하느라 바빴다.

하교가 이어졌다.

"표창 놀릴 때는 오추마보다 빠른데 벼슬길 따질 때는 삼백갑족(三百甲族) 우두머리인 거북처럼 구는구나. 이리 가까이 오너라."

천천히 다가가 앉았다. 서안을 가득 덮은 두루마리에 복잡한 그림 두 점이 담겼다.

"유형거(遊衡車)와 거중기(擧重機)이니라. 정약용이 화성

(華城)을 위해 은밀히 준비하고 있느니라. 유형거는 무거운 돌을 실어 나르는 수레요, 거중기는 그 돌을 들어 올리는 기기다. 이 둘을 함께 쓴다면 시일도 줄이면서 다치는 백성도 없게 하고 또한 더욱 튼튼한 성을 쌓을 수 있지."

정약용.

그 이름은 일찍부터 들었다. 서학에 관대한 남인들이 채제공을 뒤이을 미래의 영상(領相)으로 손꼽는 인재였다. 박제가는 정약용이 성실할 뿐만 아니라 서책을 정확하면서도 반지빠르게 읽고 종과 횡으로 찾아내어 정리하는 솜씨가 탁월하다고 했다. 오랫동안 규장각 검서를 지낸 박제가의 눈에 들 정도라면 남다른 재주를 지닌 것이다. 아쉽게도 아직 동석할 기회가 없었다. 박제가가 따로 자리를 마련하겠다고 했으나 부여 현감으로 나가는 바람에 약속이 미뤄졌다. 금상께서는 정약용을 백탑 서생만큼이나 가까이 두고 아끼셨다. 탕탕평평(蕩蕩平平). 조정 공론을 이끄는 노론을 경계하고 왕권을 강화하기 위한 차선책이었다.

"어떠하냐? 이 거중기를 직접 운행하고 싶지 않으냐?"

"전하! 신은 무예만 겨우 익힌⋯⋯."

"백탑 서생들은 농구(農具)는 물론 천문 기기까지 다루지 않느냐? 특히 박제가와 그를 따르는 자들의 솜씨는 빼어나지. 너도 백탑 서생과 오래 어울렸으니 거중기와 유형거도 하루 이틀이면 운행할 수 있을 게다. 얼마나 귀하고 대단한 기기인가를 알아야 지킬 때도 신바람이 나는 법이지."

"거중기를 지키는 소임은 금부가 아니오라……."

"장용영에 맡길 작정이다. 화성을 우뚝 세우는 일이 곧 시작될 테니 봄엔 장용영 초관으로 다시 옮기도록 해라. 아직도 화성을 짓는 것 자체를 싫어하는 무리가 있음을 모르지는 않겠지?"

"하오면 금부에서 그 무리를 미리 색출하여……."

"쉽게 끝날 일이 아니다. 화성 건설에 집중해야 하는데 믿고 맡길 신하는 적구나. 네가 꼭 해 줘야겠다."

"성은이 망극하옵니다."

역시 기우였는가. '열하광'을 문제 삼을 일이면 거중기와 화성을 거론하지도 않으시리라. 일 년도 되기 전에 금부를 떠나는 일이 섭섭했지만 지금은 찬밥 더운밥 가릴 때가 아니다.

화성 건설에는 군왕의 권위를 한껏 높이면서 도성 중심의 정치를 뒤흔들려는 어심이 담겼다. 화성 행차를 통해 구중궁궐에 갇힌 군왕의 모습을 벗어던지고 규장각과 장용영을 중심으로 왕실에 충성하는 새로운 문무 신료들을 키우려는 것이다. 성 하나를 세우느냐 아니냐의 문제가 아니라 노론이 좌지우지한 조정 공론을 왕실이 새롭게 장악하느냐 아니냐의 문제였다. 종친인 내가 있을 자리는 당연히 장용영이요 화성이다. 탑전을 위해 제일 앞에서 가벽(呵辟)*할 각오는 무과에 들던 첫날부터 세운 것이다.

"크고 중요한 일을 앞두었을 때는 주위부터 깨끗이 정돈하는 법이다. 이 겨울이 가기 전에 작은 문제 하나를 금부에 맡겨 마무리 지을까 하느니라."

작은 문제?

사위스러운 예감이 어깨를 짓눌렀다.

의금부에 맡긴다는 것은 곧 내게 하교한다는 것과 다르지 않다. 무엇을 어떻게 정돈하시겠다는 뜻일까. 서학(西學)일까? 아니다. 이마두(利瑪竇)**의『천주실의(天主實義)』를 비롯하여 서학을 깊이 궁구하고 믿는 서생들이 대부분 남인임을 모르시지 않는다. 지금 기리시단(伎離施端, 천주교도)을 잡아들이는 것은 곧 정약용으로 대표되는 남인 서생의 날개를 자르는 일이다. 몇 번 서학에 물든 서생을 벌하자는 상소가 올라왔으나 그때마다 공맹의 바른 도리를 널리 펴면 사악한 학문은 저절로 사라지기 마련이라며 야소교도에 대한 처벌 자체를 막으셨다. 삼가 생각하고 밝게 변

---

* 벼슬이 높은 이가 행차할 때 군졸이 소리 질러 행인의 출입을 막는 일.
** 이탈리아의 예수회 선교사 마테오 리치(1552~1610).

증하고 상세히 묻고 널리 배우기에 힘쓰라 덧붙이셨다. 정약용이 은밀히 고안하고 있는 거중기로 화성을 쌓으려는 마당에 그를 궁지로 몰 까닭이 없다.

이제부터다.

'금부에 맡겨 깨끗이 정돈한다'는 것은 법도에 어긋난 일들을 살펴 벌하시겠다는 뜻이다. 금상께서 나를 통해 하시려는 일들이 비수처럼 날아들리라.

"『평산냉연』이란 매설을 읽어 보았느냐?"

"예?"

숨이 꽉 막혔다.

내가 엊그제 밤을 꼬박 새워 읽은 매설을 거명하신 것이다. 즉답을 피한 채 갈범 앞에 웅크린 새끼 염소처럼 머뭇거렸다. 저만치 멀어졌던 불안이 소매(魑魅)*처럼 다가섰다. 천화장주인(天花藏主人)이 지은 대국 매설 『평산냉연』은 지금으로부터 5년 전 김조순과 이상황이 예문관에서 숙직하며 읽다가 발각된 문제의 매설이다.

그때부터 『평산냉연』은 금서로 자리 잡았다. 그 누구도 이 매설의 제목을 언급하지 않았다. 노론의 엄지가락인 김조순과 이상황이기에 자송문 정도로 그쳤으나 다른 신하

---

* 밤에 돌아다니는 다리가 하나뿐인 도깨비.

였다면 관직을 잃고 위리안치를 당했을 것이다.

한데 방금 각로(却老, 족집게)로 꼭 집듯 『평산냉연』을 읽었느냐 하문하셨다. 내 방 책갑(冊匣)에 깊숙이 숨겨 둔 매설을 훑어보시기라도 하셨을까. 이 하문을 무작정 피하다 간 더 큰 낭패를 볼 수도 있다. 어디까지 아시는가.

즉답이 없자 성음이 날카롭고 무거워졌다.

"의금부에서 패관기서를 가장 즐기는 이가 도사 이명방이고 이문원에서 청나라 소품을 으뜸으로 외는 이가 서리 김진이며, 둘은 친우라고 들었느니라. 과인이 잘못 안 것이더냐?"

억권루에 잠복한 장정들도 금상의 수족일까. 조명수가 화살을 맞아 한강에 빠진 일까지 아시는가. 아니다. 아직은 속단하지 말자. 꼬리에 꼬리를 물고 나아가다가는 결국 뒤엉킨 꼬리에 걸려 넘어지고 만다. 차근차근 답하며 어심을 살피는 것이 상책이다.

"……평산, 내, 냉…… 연을 읽은 적이 있사옵니다."

읽다뿐인가. 김진이 청언소품을 한 문장씩 젓가락으로 집어내듯, 남녀 주인공 두 쌍의 성(姓)으로 제목을 정한 독특한 매설 『평산냉연』에서 인연을 맺고 풀고 마침내 사랑이 결실을 맺는 순간을 읊어 댈 수도 있다. 죄를 자복했으니 누구와 어디서 언제 매설에 대한 감상을 나누었는지 밝히라는 하명이 이어지겠지. 『평산냉연』뿐만이 아니라 『열하』는 읽지 않았느냐는 질문이 날아들지도 모른다. 어심은 정말 깊고도 넓어 신하된 몸으론 헤아리기 어렵다. 당장 하옥을 명하는 둔중한 성음이 터져 나올 것만 같다.

짧은 침묵이 흐른 뒤 뜻밖의 하문이 날아들었다.

"산대가 좋더냐 냉갈설이 좋더냐?"

고개를 들어 용안을 우러렀다. 두 여주인공 중 하나를 택하라는 명이다.

『평산냉연』을 읽으신 게야.

당연한 이치지만 용상의 주인에게 금서란 없다. 누구보다도 먼저 그리고 많은 패관기서를 읽은 이가 바로 금상이시다. 연경에서 들어오는 서책을 탐독하신 후 읽도록 강권할 서책과 읽어도 그만 안 읽어도 그만인 서책, 결코 읽어서는 안 되는 서책을 규장각 검서관들의 도움을 받아 정하셨다. 이 때문에 규장각 검서관 역시 비교적 자유롭게 패관기서를 접했다. 그러나 금상께서 패관기서를 대하시는 방식과 검서관이 그 서책과 어울리는 모습은 참으로 달랐다. 금상께서는 공맹으로 돌아가서 이치에 합당한 자리에 홀로 서셨고 검서관은 낯설고 조잡하며 속된 세계에서 새로운 삶을 배웠다. 이치가 만들어진 옛날도 그 시절 사람들에겐 현재였으니 공맹이 꼭 과거 그 시절에만 나오란 법은 없다는 대담한 주장이 덧붙었다.

나는 피하지 않기로 했다. 여기까지 온 마당에 매설에 대한 응답을 미룰 까닭이 없었다. 공맹의 덕은 공맹의 덕이고 『평산냉연』의 아름다움은 『평산냉연』의 아름다움이다.

"둘 다 좋사옵니다. 그와 같은 미인을 마다할 사내가 어디 있겠사옵니까. 두 여인의 고운 자태와 영특한 재주는……."

"그만! 멈추라."

금상께서는 나를 노려보며 성음을 높이셨다. 말을 끊고 용안을 우러렀다.

전하!

『평산냉연』 따윈 들은 적도 본 적도 없다는 거짓된 답을 원하셨사옵니까. 신 이명방 오랫동안 매설을 읽어 왔나이다. 『서상기』나 『충의수호전』, 『삼국연의』, 『여선외사』, 『금병매』, 『육포단』은 물론이고 『임경업전』, 『사씨남정기』, 『구운몽』, 『숙향전』, 『유씨삼대록』, 『소현성록』 등도 읽었나이다. 한문으로 된 것도 읽었고 언문으로 된 것도 읽었고 긴 것도 읽었고 필사본도 읽었고 방각본도 읽었고 짧은 것도 읽었고 슬픈 것도 읽었고 유쾌한 것도 읽었고 남자가 주인공인 이야기도 읽었고 여자가 주인공인 이야기도 읽었고 불교에 침윤된 이야기도 읽었고 도교에 덮인 이야기도 읽었고 완질인 것도 읽었고 낙질인 것도 읽었고 전편도 읽었고 속편도 읽었고 대국이 배경인 이야기도 읽었고 조선이 배경인 이야기도 읽었고 일대에 끝나는 이야기도 읽었고 이대(二代)나 삼대(三代)로 이어지는 이야기도 읽었고 다시는 읽고 싶지 않은 이야기도 읽었고 필사하여 거듭 읽고 싶은 이야기도 읽었고 꿈에도 읽었고 생시에도 읽었고 세책방에 가서 빌려서도 읽었고 서쾌를 통해 사서도 읽었고 혼자서도 읽었고 여럿이 어울려서도 책마다 돌려 가며 읽었고 눈만으로도 읽었고 혀와 이와 입술을 놀려 박장구 치듯 장단을 살리면서도 읽었나이다.

또한 하문하시오소서. 숨어 『열하』를 읽지 않았느냐, 고문에서는 결코 담을 수 없는 비속한 단어들을 즐겁게 외치지 않았느냐, 박지원의 시문들 특히 『열하』를 멀리하라는 하명을 비웃지 않았느냐. 정녕 답을 원하시옵니까. 그러하옵니다. 신 이명방, 박지원의 시문을 일찍이 흠모하였고 또한 『열하』를 『평산냉연』보다도 더 열심히 읽었나이다.

"북청도호 부사 성대중의 『일본록』은 읽어 보았느냐?"

『일본록』은 계미사행(癸未使行)*에서 서기로 참가한 성대중이 지은 기행록이다. 백탑 서생과도 망년교(忘年交)**를

---

* 1763~1764년 통신사행.
** 나이를 잊고 사귀다.

돈독히 하여 풍류와 문묵(文墨)이 멋스러운 그였지만, 시는 성당(盛唐)을 문장은 진한(秦漢)을 담고자 노력하였다. 아훈(雅訓)하고 순정(純正)한 맛이 뛰어났다.

"예, 전하!"

"안의 현감 박지원의 『열하』는?"

"……."

즉답을 못 했다. 나는 '열하광'에서 정독하는 시간과는 별도로 그 길고 아득한 여행의 기록을 여러 곳에서 여러 번 음미했다. 때로는 목욕한 후 향불을 피우고 정좌하여 때로는 청주에 취한 채 누워 노닐며 읽었다.

신축년(1781년) 여름에는 대추와 육포를 마련하여 금천(金川) 연암협으로 가서 연암 선생 곁을 지키며 묵향을 맡았다. 선생은 열하를 다녀오시는 동안 적은 크고 작고 두껍고 얇은 초고들을 정리하느라 여념이 없으셨다. 거의 하루도 빼놓지 않고 적은 일기는 물론이고 연행의 감회를 담은 몇 편의 시, 서책과 비문에서 필요한 대목만 따로 옮긴 발췌문, 시간이 부족하여 급히 휘갈긴 단상(斷想), 대국 서생들과 주고받은 필담까지, 어떻게 저 많은 것을 여행 중에 쓰셨고 또 저 많은 것을 하나도 버리지 않고 챙기셨는지 놀라울 따름이었다. 세상의 기미를 알아차리기 위해 한 순간도 긴장을 늦추지 않은 것이다. 정철조로부터 얻은

「연경도(燕京圖)」가 서재 한쪽 벽을 차지했다. 선생은 기억에 남는 연경 풍광들을 지도에서 확인하여 사소한 착각이나 오류조차도 바로잡으셨다.

어짊(仁)뿐만 아니라 서책을 짓는 것 또한 쉽 없는 길이었다. 선생은 무더위 내내 어떤 가르침도 주시지 않았으나 나는 그 침묵 속에서 반드시 익혀야 할 것들을 깨달았다. 도성의 젊은 서생들이 열광하기 훨씬 전부터 나는 이 책을 품고 업고 이고 뒹굴었다. 공자님도 일찍이 말씀하셨다, 먹고 마시지 않는 이는 없지만 맛을 아는 이는 무척 드물다고.

"한양에서 글을 익히는 서생치고 『열하』를 한 귀퉁이나마 보지 않은 이가 없다고 들었느니라."

성음은 은근하면서도 압박을 느낄 만큼 충분히 무거웠다.

"읽은 적이…… 있사옵니다."

"『일본록』과 『열하』 중에는 어느 것이 좋더냐?"

방정(方正)한 선비 성대중의 완고한 듯 단아한 문장도 윗길 중 윗길이다. 하나 어찌 부상(扶桑)*부터 우연(虞淵)**까지 촘촘하게 담아낸 『열하』에 미칠까.

---

* 해가 뜨는 곳에 있는 나무.
** 서쪽으로 해 지는 곳.

『열하』는 단순한 연행의 기록이 아니다.『열하』는 대국의 광대하고 세밀한 문물에 대한 예찬이 아니다.『열하』는 소중화에 침윤된 조선을 향한 예리한 비판이 아니다.『열하』는 다양한 인간군상에 대한 애정 어린 시선이 아니다.『열하』는 무릎을 세우고 쉼 없이 끼적이며 모은 단어와 문장들을 꿰지 못한 야광주처럼 나열한 것도 아니요『열하』는 이미 사라진 것들을 향한 최대한의 배려도 아니다.『열하』는 필담이며 기(記)며 록(錄)이며 서(書)이며 전(傳)이다. 시며 문이다.『열하』는 그 전부도 아니요 이것과 저것의 부분적인 합은 더더욱 아니다. 하여『열하』란 무엇인가.『열하』는『열하』다.『열하』이전에『열하』와 같은 서책이 없었고『열하』이후에도『열하』와 같은 서책은 없으리라. 이 꽉 짜인 동어반복에 숨이 막혀 오는 서책, 그것이 바로『열하』인 것이다.

『일본록』도 물론 뛰어나지만 함께 일본에 다녀온 남옥의『일관기(日觀記)』와 원중거의『화국지(和國志)』도 나란히 놓을 만하다. 홍대용과 박제가 그리고 이덕무도 연행의 기록을 남겼지만『열하』에는 미치지 못한다.

"당연히『열하』겠지? 성균관 상재생 이옥이 이렇게 답하였다 하더구나. 기행록의 첫머리에 놓인 「호곡장론(好哭場論)」만 읽어도 조선 제일 문장임을 안다고."

『열하』까지도 완독하신 것이다.

「호곡장론」은 「도강록」 7월 8일 기사의 앞부분을 차지하는 글이다. 박지원은 황하(黃河)와 장강(長江)과 더불어 천하에 세 가지 큰 물에 속하는 압록강을 건넌 후 처음 요동 벌판을 마주하고 '통곡하기 좋은 장소로구나! 울어 볼 만하구나!(好哭場 可以哭矣)'라고 적었다. 정사(正使)인 박명원의 군관으로 동행했던 진사 정각이 이 멋진 광경에서 왜 하필 우느냐고 묻자, 박지원은 희, 노, 애, 구, 애, 오, 욕 칠정 가운데 슬픔만이 통곡을 일으키는 것이 아니라 일곱 가지 정(情)이 극에 달하면 모두 통곡하게 된다고 답했다. 그리고 거짓 없는 통곡의 예로 갓난아기가 세상에 처음 태어날 때 터뜨리는 울음을 꼽았다.

박지원을 탐탁지 않게 여기는 서생들은 이 크고 멋진 깨달음은 외면한 채 연암이 『수호전』에 너무 심취했다면서 '점소이(店小二, 주막의 사환)', '칠상팔락(七上八落, 혼란스러운 모양)', '두세불호(頭勢不好, 형세가 좋지 않음)'와 같은 백화체와 '애고(哎苦, 울음소리 '아이고')', '심심(伈伈, 심심함)', '백암(白巖, 뱀)'처럼 우리말을 그대로 한자로 옮긴 부분만 꼬집어 지청구했다.

"『열하』에 또한 적지 않은 문제가 있음을 신도 알고 있사옵니다. 하나 그 같은 문제는 박 현감이 연행록에 담으려는 뜻과 크게 다르옵니다. 구우일모(九牛一毛)에 지나지 않사옵니다. 세상 문물이 모여들어 뒤섞이고 또한 정리되는, 수레바퀴와 수레바퀴가 다닥치고 어깨와 어깨가 스치며 소매들이 모여 천막을 이루는 연경의 삶을 자세히 옮겨 적어서 대롱을 통해 하늘을 살피고 표주박으로 바닷물을 헤아렸던 젊은 서생들의 향암(鄕闇, 시골에서 성장한 탓에 세상 이치에 어두움)을 일깨우고 견문을 넓혀 주려는 것이 박 현감의 바람이옵니다. 조선에 없는 기이한 문물과 옛글로는 담기 어려운 다채로운 사건을 보고 듣고 만지고 긁고 뒤집고 흔들고 문지르느라 생경한 단어와 문장들이 더럭더럭 들어 있사오나 그것은 완물상지가 아니라 오히려 그 뜻〔志〕을 더욱 높게 하기 위한 차선책이었사옵니다. 서생 중 몇몇은 신기함에 쏠려 그 뜻이 흔들리기도 하겠사오나 대다수는 신기함에만 그치지 않고 그 너머로 훌훌 나아갈 것이옵니다."

"박 현감의 바람은 검서관들을 통해 이미 들어 알고 있느니라. 젊은 서생을 일깨우겠다는 희망도 결국 문장으로 나타나는 법. 문장에는 도(道)와 술(術)이 있느니라. 도는 바르지 않아서는 아니 되고 술은 삼가지 않아서는 아니 된다. 문장 자체에 흠결이 있다면 그 뜻도 의심받게 되느니라. 얼음과 숯을 섞어 놓으면 아무리 얼음이 차고 맑아도 숯으로 인해 곱고 바른 기운을 잃지. 너는 박 현감과 이야기도 나누고 수정치(水晶卮, 수정으로 만든 술잔)도 기울였기 때문에 문장 뒤에 숨은 뜻을 알겠지만 그와 일면식도 없는 서생들이 어찌 문장 너머의 속뜻까지 헤아려 살피겠는가. 박 현감은 연경 가는 길에 목도한 장관 중에서 최고 중에 최고로 똥 덩어리를 지목하고 있지 않느냐. 공맹의 가르침을 보라. 그 문장에 난삽하고 생경한 것이 있더냐. 놀람이나 재미로 가르침을 실어 나르려는 것 자체가 어리석은 짓이니라."

"전하! 박 현감은……."

탁!

금상께서 서안을 손바닥으로 내리치셨다.

"지금부터는 산대도 냉갈설도 잊어라. 『평산냉연』은 물론이고 『삼국연의』든 『구운몽』이든 마음이 움직였던 이야기라면 어느 것 하나 남겨 두어서는 아니 된다. 『열하』를 통해 연경을 누볐던 낮밤도 버려야 한다. 그 서책들은 사가(四家)*보다도 더 흉포하느니라. 박 현감의 글을 읽는 것은 독을 바른 북소리를 듣는 것과 다르지 않다. 알겠느냐?"

"저, 전하!"

이마 한가운데로 폭풍우가 밀려들었다.

"진완음기(珍玩淫技)에 물든 이들과 어울렸던 날들도, 또

---

* 도가, 불가, 양주, 묵적.

그이들과 쌓은 의리도 정도 이 순간부터 모두 없음으로 돌려야 한다. 기이함을 즐기는 몰골이 유옹(劉邕)*과 다르지 않구나. 부스럼 딱지를 줍듯 줍고 뒤틀린 심성으로 도대체 무엇을 바르게 배우고 익힐 수 있으리."

섬뜩한 하명이었다.

패관기서에 물든 이들이 누구인가. 가깝게는 내 벗 화광 김진이요, 넓게 살피자면 연암 박지원을 비롯하여 정유 박제가, 청장관 이덕무, 영재 유득공 등이며, 더 넓게 두면 야뇌 백동수나 단원 김홍도까지 포함된다. 백탑 아래 어울려 금란지교(金蘭之交)를 나눈 벗들과 절연하라 명하신 것이다. 왜 갑자기 내게 이런 가혹한 명을 내리시는가.

"하겠느냐?"

"……."

이 세상에 어명보다 중한 것은 없다.

백탑 무리를 가까이 두신 이는 금상이시다. 규장각 검서관으로 이덕무와 박제가와 유득공을 임명한 이도 금상이시고, 장용영 초관(哨官)에 백동수를 앉혀 창검 무예 지도를 총괄토록 명한 이도 금상이시다. 그 부름에 환호하며 눈물 쏟던 기억이 생생하다. 따로 나를 불러 이덕무에게서

* 남송 사람. 부스럼 딱지를 좋아하여 주워 먹었다고 한다.

는 고증의 방법을, 박제가에게는 곧은 정신을, 유득공에게는 벌레의 촉수와 꽃술까지 세는 관찰의 힘을, 백동수에게는 마상재(馬上才)를 완벽하게 배우라 명하신 이도 곧 금상이시다. 한데 왜 내게, 약관 스무 살부터 십사 년 동안 청춘을 온통 수놓은 벅찬 기억들을 단숨에 버리라고 명하시는가. 울컥 가슴이 뜨거워지면서 눈물이 고였다. 어명만 아니라면 따르고 싶지 않다. 어명이라고 하더라도, 어명이라고 하더라도…….

"전하! 패관소품을 모두 불태우겠사옵니다. 또한 백탑 아래에서 교유했던 이들과도…… 절교하겠사옵니다."

"아니다. 네 서실은 그대로 두어라. 백탑 서생과의 교유도 더욱 두텁게 하여라."

고개를 들고 용안을 살폈다. 하교를 납득하기 어려웠다. 의리도 정도 모두 없음으로 돌리라는 명과 교유를 두텁게 하라는 명이 어찌 나란히 내려온다는 말인가.

"교유를 두텁게 하되, 백탑 서생의 근황을 상세히 과인에게 알려 다오. 또한 몰래 숨어 패관소품을 읽는 무리도 색출해야 한다. 당벽(唐癖)*에 빠져 『열하』에 주해를 단 서책까지 펴냈다고 하니 특히 그들을 찾아내야 하느니라. 일

---

* 중국의 기이한 문물을 지나치게 즐기는 것.

벌백계로 엄중히 다스릴 일이다. 너를 믿고 맡기는 일이니 의금부나 포도청 누구에게도 발설하지 말고 조용히 일을 처결해야 할 것이야."

간자 노릇을 하라!

어명이라면 왜국에도 가고 청국에도 가서 평생을 보내 겠지만 백탑 서생을 염탐할 수는 없다.

"저, 전하!"

금상께서는 지난밤 일을 모르신다. 그러니 『열하』를 숨어 읽는 무리를 잡아들이라 내게 명하시는 것이다. 조명수가 『열하주해(熱河註解)』를 내자고 제안했을 때 끝까지 반대할 일이었다. 그때는 지금처럼 문체에 대한 상벌이 엄하지 않았고 또 이 책을 처음 접하는 서생들이 무척 어려워한다는 말을 듣고 응낙했었다.

눈물을 쏟으며 이마를 바닥에 대고 아뢰었다.

"절교하겠나이다. 다시는 백탑 근처는 얼씬도 하지 않겠 사옵니다. 하오니 제발 그 명만은…… 그 명만은……."

금상께서 말꼬리를 붙드셨다.

"하오니 제발 그 명만은…… 거두어 달라? 근황을 살피지 않겠다? 이상하군. 과인의 배려를 왜 마다하지?"

배려?

두 글자가 가슴을 후벼 팠다. 울음을 진정하고 크게 숨을 들이마신 후 여쭈었다.

"전하! 백탑 서생을 버리려 하시옵니까? 저들의 성품이 어리석고 거칠며 새롭고 낯선 문물에 편벽되게 빠져드는 것은 분명하오나 충심만은 동해보다 깊사옵니다. 지금의 어리석음만을 꾸짖지 마옵시고 규장각과 장용영 그리고 도화원에서 저들이 그동안 이룩한 크고 작은 일들을 살피시옵소서. 충직한 전하의 신린이옵니다. 그들을 내치시면 누가 규장각의 수만 권 서책을 검서하고 누가……."

백탑 서생은 문치(文治)의 높은 봉우리로 나아갈 때 꼭 필요한 노둣돌이었다. 규장각에서 정리하고 펴낸 수많은 서책 역시 백탑 서생의 안목과 수고를 딛고 나왔다.

"어리석다 어리석어! 과인이 왜 수족과도 같은 신린을 버리겠느냐? 그들을 내칠 작정이었다면 너를 불러들이지도 않았겠지. 잘 새겨들으라. 과인은 저들을 오랫동안 곁에 두고 싶다. 규장각도 장용영도 도화원도 아직 할 일이 태산이니라. 한데 저들에 관한 추악한 풍문이 구중궁궐 높은 담을 넘어 과인에게까지 닿는구나. 과인도 그 풍문이 과장되고 허탄한 것임을 모르진 않으나 또한 백탑 서생이 빌미를 주었음도 또한 사실이다. 하여 조용히 저들을 살펴 더 엇나가지 않고자 함이다. 너야말로 이 일에 적임자라 여겼느니라. 이제 맡겠느냐?"

나는 그제야 '배려'의 의미를 알아차렸다. 작은 불을 미리 놓아 더 큰 불을 막자는 뜻이다. 백탑 서생을 버리는 것이 아니라 더 오래 가까이 두고 쓰기 위한 예방 조처다.

"신명을 다하겠나이다."

"문체의 일로 과인을 만나고 싶을 때, 특히 주해서를 낸 자들을 찾았을 때는 잠시도 지체 말고 '열하에서 평산냉연을 읽고 싶다'고 대전 내관에게 알려 다오. 궁궐 출입이 힘들 때를 대비하여 판의금부사와 좌우 포도대장에게도 귀띔해 놓으마."

탑전에서 문체가 거론된 후 『열하』와 『평산냉연』이란 책 이름을 감히 언급하는 자는 없었다. 꼭 그 두 책을 거론해야 할 때도 다만 '연암의 매우 길고 복잡한 책'이라거나 '네 주인공의 이름으로 제목을 삼은 기이한 책'이란 식으로 둘러말했다. 이런 상황에서 두 책 이름을 정확히 밝히는 것은 역설적이게도 좋은 암호가 된다.

"알겠사옵니다."

금상께서 비로소 굳은 용안을 푸시며 명하셨다.

"직각 남공철이 기다리고 있느니라. 속히 규장각으로 가라."

3장

 '법고'한다는 사람은 옛 자취에만 얽매이는 것이 병통이고, '창신'한다는 사람은 상도(常道)에서 벗어나는 게 걱정거리이다. 진실로 '법고'하면서도 변통할 줄 알고 '창신'하면서도 능히 전아하다면, 요즈음의 글이 바로 옛 글인 것이다.

— 박지원, 「초정집서(楚亭集序)」

침전에서 부용정까지 어떻게 걸었는지 모르겠다. 고개를 숙인 채 땅만 보고 몇 개의 협문을 지났다. 해가 서서히 지고 있었다.

『열하』를 읽던 순간이 서책을 넘기듯 차례차례 떠올랐다.

순간은 여럿이지만 놀라움은 결국 하나다. 아무리 설명해도 이 책을 읽어 보지 않은 사람은 모른다. 상상하는 것 이상으로 지독하고 상상하는 것 이상으로 난폭하다. 스스로 활활 타올라 읽는 사람의 과거와 현재와 미래까지 단숨에 삼키는 책이여!

긴 여정만큼이나 여행의 기록도 다양한 크기와 두께로 나뉘었다. 처음에는 여정을 따라 각 편을 차례차례 독파하려 했지만 이내 시간순으로 읽는 것이 무의미해졌다. 이 책은 위에서 아래로 흘러내리는 계곡물처럼 질서를 가르치는 것이 아니다. 오히려 이 책은 혼돈을 일으키는 불꽃이다. 어느 대목을 읽든지 처음에는 뜻밖의 온기에 휘감겨 허리를 숙이고 콧잔등을 책에 댄다. 그러나 곧 두 눈과 열 손가락과 단 하나의 심장이 타들어 가듯 뜨거워진다. 허리를 젖히며 고개를 치켜들고 긴 숨을 몰아쉰다. 이것은 다르다. 지금까지 읽어 온 적당히 단정하고 감당할 만큼만 느낌을 담은 책이 아니다. 이 책은 읽는 이에게 어떤 배려도 하지 않고 성난 사자처럼 단숨에 목덜미를 깨문다. 그 참혹한 상흔을 입기 전과 입은 후가 어찌 같을 수 있으리.

책을 읽다가 문득 고개를 드니, 세상이 너무 평온하다. 평온한 세상을 살다가 다시 이 책을 집으니 육중한 바위가 뼈마디마디를 찍어 누른다. 불호령이 쏟아진다. 세상이 얼마나 혼돈에 휩싸였는데 감히 정리하려고 드느냐. 이미 정리되었다고 주장하는 이들부터 의심하고 침 뱉고 돌 던져라.

이 책에 담긴 사람, 사건, 사물 어느 것 하나도 지금까지 조선에서 의논한 적이 없다. 책을 덮으면 계속 자족을 이어 갈 수 있다. 그러나 각 편의 한 귀퉁이 몇 글자만 눈에 넣더라도 자족은 부끄러움으로 바뀐다. 열하까지 다녀오는 동안 보고 듣고 만지고 핥은 것들을 책에서 배우는 순간순간마다 가슴에 구멍이 뻥뻥 뚫린다. 답답함이 사라진 자리에 끝 모를 허허로움이 밀려든다. 내 곁에는 아무도 없다. 있는 사람이라곤 책을 읽는 나 자신뿐이다. 지금까지 책을 읽는 내가 이렇듯 머리끝에서 발끝까지 외로워 보였던 적이 없다. 무서워 보였던 적이 없다. 슬퍼 보였던 적이 없다.

이 책은 거대한 파도처럼 혼돈을 만들어 나를 흔든다. 하늘과 땅의 광분을 멈추기 위해 눈을 질끈 감고 책을 덮지만 고요는 순간이다. 그 다음 대목을 읽지 않고는 잠도 오지 않고 밥도 먹을 수 없다. 책장 구석에 그 책을 쑤셔 넣고 도성 밖을 배회해도 혼돈에 끌리는 마음을 다독이기 힘들다. 행여 위로가 있을까 혼돈을 가라앉히는 비법이 있을까 읽고 읽고 또 읽지만, 이 책은 철저하게 혼돈만 이어간다. 그 혼돈은 쇠종처럼 무겁다가도 깃털처럼 가볍다. 웃음 한 송이를 꽃처럼 피워 문다. 각 편 말미에 닿아서 여백을 우두커니 보고 있노라면, 책이 묻는다. 이다음 혼돈은 네 몫이야. 어떻게 할래?

그 물음이 무서워 다시 책을 펼친다. 악순환이다. 업보다. 시작도 끝도 없고 옳고 그름도 없다. 내 손에 잡힌 책과 그 책을 읽는 나만 있을 뿐이다. 그사이엔 아무것도 없다. 이것은 여행을 기록한 책이자 여행을 부추기는 책이다. 책이 다시 묻는다. 넌 이미 알고 있지? 나는 글자나 문장이 아니야. 서책이 아니야. 너와 나 사이에 정말 아무것도 없다면, 너는 곧 나고 나는 곧 너야. 그러니 내 속으로 들어와. 한 글자 한 글자를 한 걸음 한 걸음 내디디며 여행을 시작해. 그것이 이 책을 읽는 네가 짊어질 몫이야. 넌 이미 알고 있지? 혼돈 여행은 벌써 시작되었다는 것을. 어차피 여기까지 왔으니 웃어. 웃으면서 가자고. 비유가 아니라 정말 책이 사람이 되는 건 웃긴 일이니까.

장대석으로 쌓은 방당(方塘)*에 닿고서야 걸음을 멈추고 고개를 들었다. 연못 가운데 둥근 섬과 그 위로 뻗은 키 작은 소나무 너머 어수문(魚水門)이 자리 잡았다. 기둥 두 개로 지붕을 받친 일주문 형태인 어수문을 지나 구름 문양 소매돌이 아름다운 계단을 오르면 곧 주합루(宙合樓)였다.

병신년(1776년) 금상께서는 즉위 석 달 만에 주합루 일층을 규장각으로 삼아서 문치(文治)의 첫걸음을 떼셨다. 규장각 각신을 신중히 뽑고 후히 대우하며 두텁게 아끼셨다. 원래 규장각은 숙종대왕 시절 열성조의 어제(御製)와 어서(御書)를 봉안한 곳이다. 봉모각, 열고관, 개유와, 서향각 등 부속 건물이 잇달아 신축되었고, 사검서(四檢書)를 비롯한 총명하고 열정 가득한 젊은 서생들이 잠자는 시간까지 아껴 옛것을 정리하고 새것을 익혔다.

---

* 네모난 연못.

나는 섬과 소나무와 어수문과 주합루가 층층이 보이는 이 자리가 좋았다. 청장관이나 정유, 영재를 뵈러 갈 때면, 여기 서서 잠시 숨을 골랐다. 아득히 솟아 아름다운 규장각에 들면 신나는 것 해괴한 것 어려운 것 놀라운 것을 보고 듣고 묻느라 한나절도 짧기 때문이다. 조선의 국운이 욱일승천하는 듯싶어 가슴이 벅차올랐다.

늘 품던 그 연못에 그 건물이건만 오늘은 유난히 활력이 없고 을씨년스럽다. 겨울이어서가 아니다. 주합루를 둘러싼 소나무는 곧고 푸르기로 창덕궁에서 손꼽혔다. 서책을 한 아름씩 든 젊은 규장각 관원들이 주합루를 오가기 시작하면서 더더욱 생기가 돌았다. 하늘로 쭉쭉 뻗은 나무뿐만 아니라 휘거나 꺾이거나 응달에서 채 자라지 못하는 나무도 저마다의 자세를 뽐냈다. 새들도 더 빨리 날았고 더 맑게 울었다.

청장관께서는 별고 없으실까. 공석의 불행을 아실까.

마음 같아서는 든손*으로 어수문을 지나 규장각으로 가고 싶었다. 그러나 백탑 서생을 위한 배려라고 하셨지만 어쨌든 나는 이 겨울 간자 노릇을 피할 길이 없다. 남공철의 시선을 피해 이덕무와 은밀히 이야기 나누는 것도 어

---

* 서슴지 않고 얼른 하는 동작.

색하고 무엇보다 이덕무의 착한 눈을 바라볼 자신이 없다. 참담하다.

늦가을만 해도 셋이서 영화당 동남쪽 춘당대(春塘臺)를 거닐며 연경 유리창의 서사(書肆) 중 어느 곳이 좋은가 의논했다. 이덕무는 즐거운 침묵을 지켰고 남공철과 나는 양매서가(楊梅書街)를 나고 들며 오르내리느라 바빴다. 일곱 번이나 양매서가를 찾아가서 대국 서생들과 시를 논한 박지원의 글을 남공철도 나도 읽었던 것이다. 적성 열녀의 일을 해결하고 유리창을 다녀왔지만 내 눈으로 직접 거닐고 살핀 풍광보다 『열하』의 유리창이 더 사실 같았다.

"술 취한 뒤에 지은 난초, 지는 햇빛에 달린 필적이 이 정도군. 벽통배(碧筒杯)* 숨기고 대나무를 그리거나 어둑새벽 햇살 받으며 흥금을 털어놓기 시작했다면 시화(詩話)가 일백 권은 족히 되었겠네."

"거친 숲 불태우고 아름다운 나무만 솎아 뽑는다 하나, 재로 변한 숲 속에 흙덩이를 휘감는 깊은 뿌리와 회창회창 빛나는 가지가 조선의 시에는 더 많이 있음을 대국 서생도 알아차렸을 거야."

산책의 끝자락에 이덕무는 연행을 다녀올 때 반드시 명

---

* 연잎으로 만든 술잔.

심할 일 하나를 일러 주었다.

"신문(新門, 서대문)을 나서서 반지(盤池)*를 지날 때는 나는 듯하고 그 물빛이 오리 머리처럼 푸르른 압록강을 건널 때는 뛰는 듯하더니 산해관에 이르면 한숨 쉬고 북경에 닿아서는 잠시 기운을 차렸다가 귀국일이 정해지면 시름시름 앓으며 하루빨리 돌아가기만을 빈다네. 작은 여우가 강을 무사히 건너 맞은바라기에 닿기 직전에 꼬리를 적신다지 않는가. 처음과 끝을 같게 하여 몸가짐을 삼갈 필요가 있으이."

한결같기란 얼마나 어려운가. 염혼(斂昏, 황혼)이 짙고 고향집이 가까울수록 몸도 마음도 급해지기 마련이다. 처음에 다짐한 일들을 하나하나 되새기며 행여 빠진 것이 없는지 확인하고 기록하기를 박지원도 이덕무도 게을리하지 않았다.

어수문 옆 소문(小門)으로 들어가려는데 키 큰 사내가 허리를 숙인 채 나왔다. 규장각 최고의 미남자라고 일컬어지는 직각 남공철이었다.

오랜 기다림에 찜부럭이 나서 마중이라도 나왔을까.

엉거주춤 오른손을 들었다. 나를 발견한 남공철이 서향각 쪽을 고갯짓으로 가리킨 후 되돌아갔다. 나는 영화당을

---

* 모화관 근처에 있는 연꽃이 많이 피는 연못.

등지고 연못을 돌아 계단을 올랐다.

서책이나 어필을 말리는 서향각은 시원한 바람이 사시사철 끊이지 않았다. 남공철은 벽어(壁魚, 책벌레)의 위협을 막기 위해 널찍널찍 펼쳐 놓은 서책 사이에 서 있었다. 미리 명을 내렸는지 일을 돕는 서리(書吏)와 내관은 보이지 않았다.

남공철은 나보다 한 살 어리지만 백탑 아래에서 만난 날부터 너나들이를 했다. 지두화(指頭畵, 손끝에 먹을 묻혀서 그린 그림)의 명인 칠칠(七七, 화가 최북의 호)이 스스로 눈을 찌른 사연을 들려준 이도 그였고 하인 놈(疋漢)이란 호로 천하를 조롱한 천민 시인 이단전을 시주회(詩酒會)에 데려와서 소개시킨 이도 그였다.『산해도(山海圖)』*에 조예가 깊어 갖가지 괴물의 울음들을 소상히 설명하기도 했다. 용어(龍魚)**를 타는 즐거움과 비유(肥遺)***를 꿰차는 기쁨도 그로부터 배웠다. 첫인상은 새침하고 자기 것만 챙길 좀생원이지만 벗을 아낄 줄 알고 정도 많고 눈물도 많은 사내였다.

헛기침으로 인기척을 냈지만 남공철은 고개를 드는 대신 앞에 놓인 서책을 집어 들었다.

---

* 『산해경』을 그린 그림.
** 『산해경』「해외서경」에 나오는 물고기.
*** 『산해경』「서산경」에 나오는 새.

"『자양자회영(紫陽子會英)』일세. 금상께서 세손이실 때 직접 만드신 서책이지. 퇴계 선생의 『주자서절요』를 꼼꼼히 따져 통독한 후 편하셨다네. 나비 날개처럼 얇은 종이에 승두세자(蠅頭細字)*로 옮겼으니 더욱 벌레를 멀리해야겠지. 조금이라도 상해를 입으면 주자의 말씀이 한꺼번에 몇 줄씩 사라질 테니까."

그 책들도 맑은 바람에 자주 말렸을 테지.

남공철은 『열하』의 몇몇 편을 분전태사지(粉牋太史紙)에 승두세자로 옮겨 비단에 싸 두었다고 했었다. 비단으로 싸기엔 너무 뜨겁지 않느냐고 물었더니 뜨거움을 식히고자 고래 열두 마리를 비단에 수놓았다며 웃었다. 우리는 책이 토하는 불꽃이 얼마나 찬란하고 섬뜩하며 긴 여운을 남기는지를 다투어 떠들어 댔다. 단어 단어를 외우며 내 흉터가 더 짙고 크다 주장했고 문장 문장을 읊으며 내 살이 더 빨리 지글지글 타들어 갔노라 외쳤다. 남공철이 외우며 읊을 때 내 몸에 옮겨 붙은 불똥과 내가 읊고 외울 때 남공철 몸에 가 닿은 장작불이 더 큰 책을 만들었다. 사람들은 그 책을 인생이라고도 했고 깨달음이라고도 했다. 우리에게는 그저 책이었다. 책보다 더 황홀한 이름은 없었다.

---

* 파리 머리만큼 작은 글자.

"청장관께서는 등원하셨는가?"

"지금 막 오셨다네. 서고(西庫)에서 『주자선통(朱子選統)』을 살피고 계셔."

"왜 이리 늦으셨다던가?"

규장각에 늦게라도 등원하였으니 억권루 때문에 고초를 겪지는 않은 듯했다. 불행 중 다행이었다.

"감환 때문이라시더군. 아직도 논어 이불에 한서 병풍으로 지내시니 된바람만 불면 가슴과 목이 편치 않으신 게야. 지황탕(地黃湯)을 드렸으니 곧 쾌차하실 걸세."

"자넬 속히 만나라는 하명이 계셨으이."

남공철은 서책을 덮고 눈을 지그시 감았다. '고동서화(古董書畫)' 넉 자를 대책문에 넣는 바람에 그도 탑전에서 큰 곤욕을 치렀다. 왜 꼭 그 글자들을 적었느냐 물었더니, 내 눈을 들여다보기만 했다. 너도 그렇지 않느냐 내지른 불길이 활활 타오르는 것을 느낄 수만 있다면 고동서화를 백 번이고 천 번이고 쓰지 않겠느냐. 이렇게 동의를 구하는 듯했다.

남공철이 품에서 서책 한 권을 꺼내 내밀었다.

"우선 이걸 처음부터 끝까지 등초(謄草)하여 올리라 하셨으이."

『월사문선(月沙文選)』.

인조대왕 시절의 대신 월사 이정구의 문장만 따로 모은

책이다.

"숙속지문(菽粟之文, 쉬운 문장)이면서도 순후(醇厚)하고 박무(博茂)함을 따르라셨어."

일찍이 박제가는 월사의 문장이 너무 심심하여 재미가 없다고 했다. 무색무취하게 살기엔 봄 계곡 여름 산 가을 호수 겨울 들판이 너무 아깝지 않느냐는 것이다.

"도필리(刀筆吏, 문자를 베껴 쓰는 관원)가 따로 없군."

나는 그 책을 받아 품에 넣었다. 남공철이 이번에는 서찰 하나를 꺼냈다.

"이 도사, 자넨 안의현으로 걸음하여야겠으이."

"안의? 하면……."

"나도 이런 일을 하는 내가 원망스러우이. 부여로 송죄문(訟罪文)을 지어 올리라는 관칙(關飭, 공문)의 초안을 잡을 때도 마음이 아팠는데, 연암 선생에게까지 여파가 미치게 생겼으이."

금상께서는 문체를 따져 서얼 문사도 향초(香草)와 악초(惡草)로 나누셨다. 성대중과 오정근은 법도를 충실히 따랐다고 하여 감은문(感恩文)을 짓게 하고, 부여 현감 박제가에게는 용간지문(龍肝之文)*을 즐겼다고 하여 송죄문을 받으

---

* 기이한 글.

시려는 것이다. 남공철과 이상황 역시 이미 사사로운 도와 이단을 배격하는 시문을 지어 올렸다. 특히 이상황은 패관 기서 모으기를 즐기고 『서상기(西廂記)』를 백 번도 넘게 읽었다. 여주인공 최앵앵과 꿈에서 만나 운우지락을 나눈 적도 여러 번이라는 풍문이 돌았다. 이제 안의 현감 박지원까지 잘못을 물으시려는 것이다.

"관칙으로 내렸는가?"

"아닐세. 어제 따로 나를 불러 서찰을 보내라 하교하셨으이."

관칙을 내리지 않는다면 공식적인 문책은 아니다. 문체를 바로잡는 방책 중 『열하』의 지은이 박지원을 공문으로 꾸짖는 것만큼 효력이 큰일은 없다. 그 길을 마다하고 남공철에게 사사롭게 서찰을 보내라 명하셨다는 것이다.

"날더러 비노(飛奴)*를 하라 이 말이신가. 좀 더 자세히 말씀해 보게나."

남공철은 떠올리고 싶지 않은 기억인 듯 미간을 찡그렸다.

"문풍이 지금과 같이 어질더분한 까닭은 모두 박 아무개의 잘못이라 하셨다네. 『열하』가 세상에 나온 후로 미친

---

* 발에 묶인 편지를 하늘을 날아가서 건네는 비둘기.

바람이 불었으니 결자해지하라시더군."

"어떻게 결자해지한단 말인가?"

"순정한 글 한 편을 지어 바치는 것으로 죗값을 치르라
셨네. 글을 지어 올리지 않으면 삭탈관직은 물론이고 하옥
하여 중죄로 다스릴 것이며, 깊이 반성하여 진한의 문장으
로 돌아간다면 남행(南行)의 문임(文任)도 아깝지 않다 하셨
으이. 세 사람의 귀인(貴人)을 사귀지 말고 내 한 몸 삼가는
게 낫다고 하였는데 지금이 바로 그때일세."

남행은 음직이고 문임은 당상관인 홍문관의 종이품 제
학을 가리켰다. 패관소품을 즐긴 무리 중 으뜸인 박지원이
잘못을 인정하고 고문(古文)에 귀의하면『열하』에 대한 젊
은 서생의 열광도 급속하게 식으리라.

"연암 선생께서 자송문을 지어 올리실까?"

"자송까지는 필요 없으이. 그저 영남의 유려한 산수기
(山水記)면 족해. 두어 달이 고빌세. 정유 형님과 연암 선생
이 끝까지 버티시면 정말 큰일이 벌어질 수도 있음이야.
지금까지 두 사람이 지은 문장이 모조리 원중랑(袁中郞)*만
닮았다면 큰 문제겠지. 하나 그중에는 한유나 유종원 혹은

_____

* 명나라 문인 원굉도의 호. 공안파에 속하며, 백탑파 문인들에게 영향을
많이 미쳤다.

구양수에 버금가는 풍유(豐腴)하고 청원(淸圓)한 글도 있지 않은가."

사실이었다. 지금 여기의 문제를 헤쳐 나가기에는 변모 전제(弁髦筌蹄)*라 여겨 고문을 멀리하는 것이지 박지원과 박제가 모두 한유나 유종원의 문장도 허벅지를 송곳으로 찔러 가며 적바림하여(나중에 참고하기 위하여 간단히 적어 둠) 외웠다. 유쾌한 세상살이에 시시콜콜 관심이 많은 성대중이 의젓하고 담백한 고문 솜씨를 뽐냈듯이, 박지원과 박제가도 결심만 한다면 걸낫**으로 담백한 글자만 거둬 어심에 쏙 들 묘품(妙品)을 지을 것이다.

"소금에 아니 전 사람이 어찌 장에 절까. 정유 형님의 강직함을 몰라서 그만 소릴 하는가. 목숨을 내놓더라도 원치 않는 글은 짓지 않을 걸세. 『열하』에 자신의 모든 것을 쏟아부었노라 말씀하신 연암 선생께서도 마찬가지일세. 양화(陽貨)가 공자를 쏙 빼닮았다고 하여 천하의 스승이 될 수 없다 하신 말씀 잊은 건 아니겠지? 『획린해(獲麟解)』***를 오

---

* 이미 사용하여 쓸모가 없는 물건들. 변모는 관례 후에 남은 치포관과 다팔머리, 전제는 낚시가 끝난 후의 통발과 사냥이 끝난 후의 올가미. 무용지물.
** 자루를 길게 하여 먼 곳에 있는 것을 걸어 잡아당기는 데 편하도록 만든 낫.
*** 한유의 짧은 글. 고문의 전범으로 꼽힌다.

백 번 천 번 읽고 육경에 따라 고문을 짓더라도 그건 흉내일 뿐일세. 산수기를 짓는 일이야 어렵지 않으이. 하룻밤에도 서너 편은 뚝딱 막치* 만들 듯 완성하실 게야. 하나 세상에는 비밀이 없는 법일세. 어명에 굴복하여 산수기를 지었다고 소문이라도 돌아 보게. 연암 선생과 담헌 선생 그리고 백탑 아래 모인 서생들이 평생 지켜 왔던 청빈하고 참신하면서도 바른 언행들이 한순간에 무너지고 마는 걸세."

남공철이 근심 어린 표정으로 말했다.

"부여와 안의에서 순정한 글이 올라오지 않으면 성노가 백탑 전체를 휘감을지도 모르이. 청장관께서 다음 차례가 될 게고 영재도 무사하지 못해. 화원 김홍도나 천문을 살피는 김영 그리고 나와 자네도 연암 일파와 어울렸다 하여 벌을 받을 걸세."

"설마 그렇게까지 하시겠는가."

"어명을 받들지 않는 신하를 아끼고 품는 군왕은 이 세상에 없다네. 감은문과 송죄문을 나란히 지어 바치라 명하신 것부터가 백탑 서생 전체를 시험하고 계심일세. 늦기 전에 어명을 따라야 하네. 산수기 두어 권 때문에 공든 탑을 무너뜨릴 수야 없지 않은가."

---

* 되는대로 마구 만들어 질이 낮은 물건.

"그래도 연암 선생을 설득하기란 힘든 일일세. 썩은 새끼로 범을 잡는 꼴이지."

"무른 땅에 나무 박는 일이라면 나와 자네를 끼워 넣지도 않았겠지. 전하께서도 백탑 서생 전부를 잃고 싶진 않으시다네. 조선 최고의 문장과 무예와 화법과 천문을 살피는 비법을 지닌 이들이 아닌가. 용서하실 명분이 필요하신 것일세. 부여와 안의에서 글만 올라오면 악몽은 끝나는 거야. 처음으로 돌아가서 다시 전하의 신린으로 바삐 하루하루를 보내면 돼."

어깨가 무거웠다. 문체로 인해 백탑 서생 전체가 큰 화를 당할지도 모른다. 이 꼬인 실타래를 바로 내가 안의와 도성을 오가며 풀어야 한다. 쉽지 않은 일이다. 실 엉킨 것은 풀어도 노 엉킨 것은 못 푼다고 했던가.

"알겠네. 선생을 설득해 보겠네. 법고하면서도 변통을 알고 청신하면서도 전아한 문장을 능히 지으시는 분이니까."

남공철이 내 손을 굳게 잡았다.

"부탁하네. 한데 청장관을 뵙고 가려는가? 낙월봉 아래 청풍계(淸風溪)에 분송(盆松)이 새로 들어왔다는구먼. 구경을 곁들여 함께 저녁을 먹어도 나쁘진 않겠네만……."

이덕무의 긴 턱과 야윈 볼이 떠올랐다. 남공철과 함께 셋이 모이는 것은 아직 이르다. '열하광' 일을 마무리 지은 다음 저녁 자리를 마련하여 즐겨도 늦지 않다.

"청장관께는 나중에 따로 작별 인사를 아뢰겠네. 저녁 약속이 있어 이만 퇴궐해야겠으이."

적당히 뒤를 두고 이야기를 마쳤다.

4장

문장이 사람을 현혹시키는 것은 음란한 음악이나 아름다운 여색보다 심하다.

— 정조, 『일득록』

백탑의 벗들에겐 번거로워 숨겼지만 나는 한 여인을 지극히 연모하는 중이다. 이태 전, 그녀가 먼저 투향(偸香)*의 은근한 정을 드러냈고 우리는 구름과 비의 즐거움〔雲雨之樂〕을 계절과 장소를 바꿔 가며 이었다. 몸도 합하고 마음도 붙여 따로 두는 일이 없었지만 주진지계(朱陳之計)**에 대해서만은 말을 섞지 않았다. 조실부모 고아라는 점은 문제도 아니었지만 이유는 단 하나 그녀가 서녀(庶女)인 탓이다.

---

* 향을 훔치다. 진나라 때 가충의 딸이 사랑하는 남자를 위해 아버지의 향을 훔쳐서 주었다. 여자가 남자에게 사랑을 고백할 때 많이 쓰는 고사.
** 진나라의 포악한 정치를 피해 주씨와 진씨가 숨어 혼인하였다. 여기서는 혼인을 뜻한다.

대대 곱사등이*!

그녀는 제 자식이 서인(庶人)으로 힘겹게 살아가는 것을 원치 않는다 했고, 나는 그래도 평생 곁에 머물고 싶다 했다. 그녀는 유난히 깊은 입맞춤으로 내 말을 끊고 내 바람을 끊고 내 의지를 끊었다. 사랑의 물증이 필요하신가요. 이 혀를 이 손을 이 가슴과 목덜미를 삼키세요. 지금 저는 완전히 당신 안에 있고 당신 또한 그러하니 아이는 거추장스러운 혹일 뿐이죠. 포옹만으론 부족한가요. 입맞춤만으론 저를 믿지 못하나요.

스무 살 즈음에 우리가 만났다면 나는 사랑을 앞세워 세상과 맞서겠다고 나섰으리라. 하나 내 곁에 많은 벗들이, 조선에서 가장 탁월하게 시를 짓고 문을 잘 외우며 정의로운 벗들이 서얼이라는 이유만으로 번뇌하고 좌절하는 모습을 보면서, 삶은 결코 사랑의 힘으로 간단히 제압되지 않음을 알았다. 일찍이 박지원도 사점(四點)**은 일량오전(一兩五錢)***과 친구도 안 되고 나이 대접도 못 받으니 충고나 권유하는

---

* 부모의 잘못을 자식이 닮아서 낳은 족족 그러함을 비유하는 말. 여기서는 서녀의 자식도 서자일 수밖에 없음을 지적하는 것이다.
** 사점이란 서(庶)이니, 곧 조선의 서얼을 중국인들이 부르는 은어.
*** 일량오전이란 양반(兩半)이니, 곧 조선의 양반(兩班)을 중국인들이 부르는 은어.

도리도 사라지고 원망과 비방만 늘어난다며 그 처지의 어려움을 아쉬워했다. 아무리 찬란한 구슬을 감더라도 석새짚신*은 석새짚신이라는 편견을 떨치기 어려운 것이다.

이곳은 필동 붓 가게와 담 하나를 두고 물품을 보관하는 창고 겸 그녀의 서실이면서 또한 우리가 밀회를 나누는 곳이다. 그녀는 열흘에 사나흘은 이 방에서 백탑파의 서책을 탐독하면서 밤을 새웠다.

"두미포에 오지 않아서 걱정했어. 어디 있었던 거야?"

오른팔을 뒷머리에 찔러 넣어 베고 숨을 골랐다. 그녀와의 사랑은 언제나 새로워 백각(百刻)도 찰나처럼 짜릿했다. 어제도 동정호를 헤엄치고 오늘은 영주산에 올랐으며 내일은 발해 그 너머 바다에서 고래나 악어와 함께 즐겼다. 전후 행간을 따져 시시비비를 분명히 밝히는 그녀였지만, 이 방에서만은 인사를 건네기 전에 손부터 쥐고 시를 읊기 전에 옷고름부터 풀며 문장을 논하기 전에 하늘처럼 땅처럼 뒤섞이자 했다.

되곱쳐 어깨를 당겼다. 팔꿈치에 끼웠던 이불이 스르르 내려가며 봉긋한 가슴이 드러났다. 입술에서 목덜미를 지나 가슴을 차례차례 깨물었다. 허리가 흑각궁처럼 휘었다.

---

* 총이 매우 성글고 굵은 짚신.

그녀는 숲이었고 나는 석람(夕嵐, 저녁 안개)을 헤매는 길 잃은 사슴이었다. 억권루나 두미포, 대조전과 서향각을 잊고 이 순간만은 손길 닿을 때마다 뜨겁게 흔들리는 여인의 몸에 혼혼침침(昏昏沈沈)하고 싶었다.

소리마저 잦아들고 만물이 제자리로 돌아간 후에도 내 심장은 아쉬움을 간직한 채 계속 내달렸다. 속곳도 입지 않고 이불도 덮지 않은 채 이렇듯 누워 숨을 고르면서 비와 바람으로 어우러진 순간을 하나씩 짚는 것이다.

오늘만큼은 조명수의 죽음과 또 내게 불어닥친 광풍부터 이야기하리라 작정했었다. 그러나 그녀의 긴 혀가 내 입술을 막고 윗니와 아랫니를 움직이지 못하게 하자 다시 그녀에게로 녹아들었다.

윗목에 쌓아 놓은 벼루와 붓과 먹과 필세(筆洗, 붓 씻는 그릇)와 종이들의 윤곽만 겨우 눈에 들어왔다. 이덕무가 연경에서 구입하여 선물한 유미(隃麋)의 먹과 단계(端溪)의 벼루, 산호 필가(筆架)와 필산(筆山)*, 백옥 연적은 따로 자개함에 넣어 두었다. 자개함 옆에는 어제 들여온 해주의 후칠(厚漆) 먹 스무 개와 남원의 상화지(霜華紙) 오십 장이 놓였다.

---

* 둘 다 붓을 꽂는 도구.

벽에는 다양한 짐승의 털이 종류별로 걸렸다. 족제비, 너구리, 말, 고양이, 사슴에 닭 털과 쥐 수염이 가지런히 묶여 붓으로 바뀔 날만 기다렸다. 털들이 허공에서 뒤섞여 비릿하면서도 짠 냄새를 만들었다. 처음에는 그 냄새를 견디지 못해 고개를 돌린 채 숨을 고르느라 바빴지만 이제는 오히려 졸음이 쏟아질 때 콧잔등에 머물렀다 사라지는 파리 취급이었다. 내게는 이 냄새가 두 팔 두 다리 주욱 뻗고 편히 잠들거나 여인의 몸 구석구석을 만져도 좋다는 무언의 신호였다. 냄새만 맡아도 벌써 마음이 편안했다.

겨우 존재하는 희미한 빛에서도 광택이 나는 것을 보니 분명 비싼 견지(蠲紙)*다. 좌우로 마주 보는 책장에는 서책이 더 늘었다. 왕세정과 원굉도에 이어 이반룡의 『고금시산(古今詩刪)』 전질이 쌓였다. 그녀는 종종 김진의 광통교 서실에서 책을 빌렸다. 백탑 서생은 물론 나한테도 서책 빌려 주는 일만은 돔바른** 김진이지만 그녀는 예외였다.

이덕무가 아끼는 제자답게 그녀 역시 촘촘한 승두세자를 뽐냈고 그 작은 글자들에 실린 크고 놀라운 세계에 감동했다.

---

* 중국 당나라 때 만들어진 고급 종이.
** 매우 인색하다.

"어쩜! 어쩜!"

"와아, 정말 이럴 수가!"

"가야죠. 계속 끝까지 가야죠. 열하에서 돌아오지 않고 더 갔더라면 좋았을 것을!"

『열하』를 읽으면서 머리를 휘돌리고 손뼉을 치며 일어나서 발을 구르고 방 안을 빙빙 돌았다. 내가 침묵 속에서 눈으로만 환희와 놀람을 나타낼 때 그녀는 수면 위로 튀어오르는 물고기처럼 온몸을 흔들어 댔다. 강독사(講讀師)가 따로 없었다. 등장인물이 바뀔 때마다 목소리와 표정과 손짓까지 고쳐 가며 웃고 울었다. 그러다가 지쳐 책장을 덮을 때면 넋두리를 꼭 붙였다.

"언제쯤이면 산해관을 지나 연경 유리창을 거닐고 열하에서 라마승과 차를 마실 수 있을까요?"

연행의 기회가 오면 동행하자고 위로했다.

"정말이죠? 나랑 약속한 거예요."

연행에 아녀자를 사사롭게 데려가는 것은 불법이다. 그러나 나는 그녀가 넋두리를 할 때마다 약속하고 또 약속했다. 이렇게라도 약속하지 않으면 어느 날 갑자기 그녀가 서책 한 보따리 품에 안고 사라질 것 같아서였다. 지금까지 내 곁에 머문 많은 여인들이 그렇게 바람처럼 떠나갔다. 시간이 한참 흐른 뒤 더러는 북삼도에서 더러는 연경 유리창에서 우연히 만난 적도 있지만 끝내 내게로 돌아오지는 않았다. 이번만은 사랑을 잃기 싫었다.

가끔 『열하』가 미웠다.

나 혼자 읽을 때는 이런 생각을 단 한 순간도 한 적이 없지만, 그녀가 온통 책에만 빠져, 나를 무시하고, 나와 운우지락을 나눌 때처럼 흥분할 때, 책이야말로 만만치 않은 연적(戀敵)이었다. 단둘이 있을 때는 책 대신 나만 보라 말할 수도 없다. 책을 질투하는 사내가 세상에 어디 있는가. 이런 내 마음이 때론 우습고 때론 한심했다. 더욱 비참한 사실은 이 책이야말로 너무 멋지고 사랑스러워, 내가 여자라도 매혹당하리라는 것이다. 그녀는 하루에도 몇 번씩 틈만 나면 책과 사귀었다. 깨끗하게 멀찍이 두고 조심스럽게 한 장 한 장 넘기는 식이 아니라 연모하는 사내 대하듯 그 책에 자신의 감정을 옮겼다. 겉표지에 입 맞추고 손바닥으로 쓸고 글자 하나하나를 검지로 만지며 내려가고 옆구리에 끼거나 젖가슴에 댄 채 잠들고 머리맡에 두었다가 새벽잠에서 깨자마자 냄새 맡고 여백에는 검지로 도장 찍는 흉내를 내며, 이 책과 영원히 함께 머무를게요 맹세했다. 그 책에 비하자면 나와의 사랑은 드문드문 헐거웠다. 그녀와 나 사이에 책이 낀 것이 아니라 그녀와 책 사이에 내가 불청객처럼 찾아드는 격이다. 내가 슬쩍 책을 서안 밑으로

밀어 두기라도 하면 그녀는 냉큼 책을 찾아서 품에 안고
아이처럼 웃었다.

"이 책을 만나기 전에도 분명 저는 살았겠죠. 한데 기억
이 전혀 나지 않아요. 제 삶의 첫자리엔 이 책이 놓였고, 그
때부터 전 비로소 숨 쉬고 걷고 밥 먹기 시작하였답니다."

내가 들은 가장 아름다운 사랑 고백이었다.

왼쪽 책장 손그릇 옆에는 마시지도 않는 술과 연주하지
도 않는 거문고와 바둑판이 비스듬히 놓였다. 천재 기사 정
운창의 뺨을 후려칠 실력이라고 김진이 언젠가 귀띔했지
만 그녀가 바둑 두는 모습을 본 적은 없다. 김진은 종종 덕
원령이나 유찬홍의 기보를 연구했지만 나는 검은 돌과 흰
돌을 놓는 법도 몰랐다. 촌각을 다투어 범인을 쫓는 의금부
도사에게 바둑이나 마조(馬弔)*는 어울리지 않는 호사였다.

왜 하필 거문고에 바둑판이냐고 했더니 금릉(金陵) 남공
철의 서실에 놀러 갔다가 구양수를 흠모하는 정이 너무 곱
고 아늑하여 똑같이 차려 본 것이라고 했다. 비록 낡은 거
문고이지만 연익성(延益成)**이 젊은 날 즐겨 만지던 악기라
서 소리가 단단하며 맑다고 자랑했다.

---

* 장기 놀이의 일종.
** 거문고에 능한 장악원 악공.

110

"어디 있었던 거야?"

다시 물었지만 대답이 없다.

그녀는 벌거벗은 채 너부죽하게 엎드려 손바닥만 한 서책 안에 네모 모양으로 오종종하게 들어찬 숫자를 살피느라 바쁘다. 마방진(魔方陣)에 정신을 빼앗긴 것이다. 그녀는 사각형의 가로와 세로와 대각선에 적어 넣은 숫자의 합이 같도록 만드는 이 놀이를 조선 제일의 천문학자이자 수학자인 김영으로부터 배우고 나서 하루에도 몇 개씩 마방진을 풀었다. 특히 몸과 몸을 섞고 난 직후에 머리가 제일 맑다며 이불을 젖히기가 무섭게 김영이 만들어 준 서책부터 찾았다. 『구수략(九數略)』*에 담긴 마방진 마흔여덟 개 중에서 스무 개를 추려 빈칸에 숫자를 채우도록 편한 책이었다. 반년 넘게 공을 들이더니 사사도(四四圖)에서 육육도(六六圖)는 심심풀이 삼아 곧잘 푼다. 슬쩍 보니 이번에는 가로세로 숫자가 일곱 개씩인 연수도(衍數圖)다. 아예 책 속으로 문을 열고 들어갈 기세다.

그녀의 목표는 가로세로 아홉인 구수도(九數圖)를 푸는 것이다. 육육도까지는 어려워도 사흘을 넘지 않았는데 연수도는 보름이 지났건만 아직 반도 채우지 못했다.

---

* 수학자 명곡(明谷) 최석정(1646~1715)의 저서.

四六	八	十六			七	
三	四十			十八		二
四四	十二			十九		六
二八		十一				
五				十七	十三	
四八	九	十五	十四		十	
一						四

"두미포 강바람이 무척 거셌지. 기다렸는데 끝내 아니 오더군."

명은주가 서책을 덮고 무릎으로 와선 벌거벗은 앙가슴에 볼을 댔다가 떼며 눈을 들었다. 서시(西施)보다도 이쁘고 정단(鄭旦)*보다도 곱다.

"공석께서 덕천 대사와 둘이만 다녀오시겠다 하셨지요. 저는 청장관 선생께 억권루 일을 말씀드린 후 별채에서 하루를 묵고 다시 필동으로 왔답니다."

---

* 월나라 미녀.

그녀는 미련이 남는지 다시 오른손에 들린 서책을 흘끔 내려다보았다. 마방진을 가르쳐 준 김영이 밉다.

"어렵냐?"

서책을 원망이라도 하듯 내 눈앞에 흔들어 댄다.

"어려워요."

"시작한 지 얼마나 되었지?"

"초아흐레부터니 스무 날이 넘었네요."

이대로라면 새해 첫날에도 마방진 푸는 그녀를 하루 종일 볼 것이다.

"『구수략(九數略)』에서 답을 알아 올까?"

흔들리던 책이 허공에 멈추었다.

"내 실력으로 꼭 완성하고 말 거예요."

"영원히 풀 수 없는지도 모르잖아?"

"연수도를 만든 최석정 선생도 계신데 숫자를 찾아 채워 넣는 게 불가능할 까닭이 없죠."

설득은 잠시 미루기로 했다.

"덕천 대사는 동행하지 않았어."

그녀는 몽당붓처럼 입을 뾰족 내밀었다. 연수도에서 덕천으로 빠져나오기까지 잠시 시간이 걸렸다.

"공석 혼자 왔다고!"

나는 '혼자'란 단어에 힘을 실었다. 그녀는 비로소 두미포에 덕천이 오지 않았다는 내 말을 받아들였다.

"이상한 일이군요. 어쨌든 억권과 공석 두 사람과는 만났겠네요. 언제 다시 책씻이를 하기로 정했나요?"

"공석을…… 보긴 했지만……."

"보긴 했다뇨? 왜요, 두미포에서 무슨 일 있었어요?"

그녀의 이마에 입을 맞춘 후 꼬옥 다시 끌어안았다.

이덕무도 홍인태도 명은주도 무사하다.

저들이 '열하광'의 전모를 파악했다면, 조명수를 죽였듯 우리도 가만두지 않았으리라. 더 이상 독회를 이어 가는 것은 매 앞에 뜬 꿩처럼 위험한 일이다. 이제 그녀에게 독회를 중단할 수밖에 없는 이유를, 그러니까 조명수의 죽음을 이야기해야 한다. 나보다 먼저 명은주에게 사랑을 고백한 이가 바로 조명수다. 명은주는 그 마음을 받아들이지 않았고 조명수는 애달픈 연시(戀詩)로 짙은 미련과 깊은 상처를 드러내곤 했다. 그때마다 나는 좋은 말로 위로했다. 명은주는 독회에 우리의 연애가 알려지는 것을 원치 않았고 나 역시 철저하게 비밀을 지켰다.

"놈들이 공석을 두미포까지 미행하여 붙잡은 모양이야……. 귀역(鬼蜮)* 같은 놈들이지. 공석은 미행이 있다는

---

* 물여우. 모래를 머금어 사람을 쏘아 죽이는 독충.

걸 나와 억권에게 알리려다가 화살을 맞고 한강에 빠졌어."

"저런!"

"모래 위에 큰 돌은 홀연히 떨어져 섰고 강 언덕에 버드나무는 어둡고 컴컴했어. 물귀신들이 다투어 사람을 놀렸지.*"

그녀는 입술을 파르르 떨었다. 두 눈을 크게 뜨고 쏘아붙였다.

"「일야구도하기(一夜九渡河記)」는 그만 외워요. 이 일을 왜 지금에야 알려 주는 거예요? 필동에 오자마자 공석의 불행부터 말했어야죠. 공석이 화살에 맞았는데 난 발가벗고 연수도나 풀고 있었다니! 아, 한심해!"

명은주가 연수도를 저만치 던졌다.

아! 맞다. 한심한 일이고말고.

소리를 지르며 연수도가 담긴 서책을 던지는 명은주의 야윈 팔을 보면서 비로소 자책이 밀려들었다. 도깨비에게 홀린 기분이었다.

나도 필동에 닿기 직전까지 분명히 '은주를 보자마자 두미포 이야기부터 해야지!'라고 생각했었다. 문지방을 넘는 순간 잠시 머리가 어지러우면서 잔기침과 함께 혀가 꼬

---

* 『열하일기』 「산장잡기」에 실린 「일야구도하기」의 한 대목.

였다. 그리고 보배로운 벼루와 보드라운 붓과 아름다운 종이와 좋은 먹이 가득한 방에 들어가서 특히 주렁주렁 매달린 붓들을 보는 순간, 명은주가 내 품에 안겨 오는 순간, 신기하게도 공석의 불행은 주먹 속 모래처럼 바닥으로 자꾸 떨어졌다. 운우지락을 나누는 순간에는 습관처럼 작고 고운 명은주의 몸에 집중했다. 무엇인가 잘못되어 가고 있음을 느꼈지만 '조명수'라는 이름 석 자도 희미해지고 그녀의 전율을 멈추게 하기도 싫었다. 즐거움이 끝난 후 그녀가 연수도를 푸는 자태를 지켜보면서도 곧바로 두미포 이야기를 꺼내지 못했다. 공석이 화살에 맞은 일이 팔폭 병풍 뒤에 놓인 듯했으며 내 시선이 병풍 쪽으로 향하다가도 자꾸 무엇인가에 가려 끊겼다. 정신을 조금만 집중하면 머리가 지끈거리며 아팠다. 연수도와 덕천을 징검다리처럼 하나하나 놓은 후에야 겨우 공석에 닿았다.

내가 지금 무슨 짓을 한 거야? 공석이 화살을 맞고 겨울강에 빠졌는데, 은주와 나와 공석은 함께 연암 선생의 글을 이 년이나 읽어 온 동학인데, 두미포 이야긴 하나도 않고 은주의 몸부터 탐하다니. 아무리 명은주가 그리웠다 해도 이건 아니다.

"구했나요?"

명은주가 그사이 옷을 갖춰 입고 차분하게 물었다.

"응, 뭐라고?"

미간을 찡그리며 되물었다. 날카로운 송곳이 관자놀이를 찌르는 듯했다.

"공석을 구했냐고요?"

그녀의 눈망울이 부담스럽다. 당연히 구했겠죠? 표창의 달인 이명방, 의금부 도사 이명방이 바로 당신이니까요.

나는 천천히 왼고개를 쳤다.

"장정들이 너무 많았어. 무예를 연마한 놈들이었지. 공석을 건지려고 한강으로 뛰어들었다간 우리도 목숨을 잃었을 거야."

"대체 저들이 누구죠? 혹시 어명을 받드는⋯⋯."

"그쪽은 아니야. 금상께선 사학(邪學)을 다스리는 것보다 정학(正學)을 키우는 쪽을 택하시지."

"하지만 연암 선생과 『열하』를 못마땅하게 여기시는 것은 천하가 아는 일이에요. 금릉 남공철을 직접 꾸짖으셨고 정유 박제가에게도 자송문을 받아 내라 하셨으니⋯⋯."

"군왕이 신하를 질책하는 일은 흔해. 하나 사람 목숨을 앗는 일은 전혀 다르지. 정녕 엄벌을 내리고 싶으셨다면 금부나 포도청을 통해 잡아들여 문초를 하시지 몰래 장정을 보내시진 않아."

그래도 명은주는 믿지 못하겠다는 눈망울이다.

"전하께서 억권루로 장정을 보내시지 않았다는 증거가 있어."

"증거라뇨?"

짧은 침묵이 흘렀다. 그녀의 의심하는 눈망울을 조금이라도 빨리 바꾸고 싶었다.

"이건 정말 극빈데, 내게 『열하』를 읽는 무리를 은밀히 색출하라 명하셨어. 내가 탐문을 마친 연후에 장정을 보내든 문초를 하든 하시겠다는 게지. 그러니 공석을 죽인 흉측한 자들은 따로 있어."

그녀는 내 눈을 가만히 들여다보았다.

"······명을 받드실 것인가요? 그리 하면 소녀부터 잡아가겠군요?"

명은주의 야윈 어깨를 가볍게 쥐었다.

"무슨 그런 당치 않은 소릴! 내 목이 달아나더라도 『열하』를 가까이 하는 자들을 색출하는 일은 하지 않······."

갑자기 굵은 눈물이 명은주의 뺨을 타고 흘러내렸다. 그녀는 고개를 숙이며 양손으로 볼을 닦았다. 턱을 들며 웃어 보였다.

"난 또 아니꼽살스러운 파리 잡으려다 고운 파리 다치게 하는 줄 알았죠. 금상께서 고양이한테 생선을 맡긴 꼴이네요. 그죠?"

"은주!"

백탑 서생을 감시한다는 말은 차마 못 했다. 내가 받은 어명을 전부 안다면 그녀는 당장 나를 몰아세우리라.

딸랑.

청아한 종소리가 잠을 깨웠다.

내 팔을 베고 자던 명은주가 황급히 몸을 일으켰다. 이덕무가 연경 유리창에서 사온 파사(波斯, 페르시아)의 종이다. 종두에는 꼬리가 짜름한 용 한 마리가 앉았고 그 아래 춤추는 여인이 새겨져 있다. 옷고름도 없는 그물 무늬 저고리와 무릎까지 찰랑대는 치마를 입은 여인이 오른팔은 높이 들고 왼팔은 겨드랑이에 붙인 채 턱을 치켜들었다. 치마 아래로 수줍게 나온 맨발은 역삼각형으로 힘을 모았다가 당장 날아오를 듯 뒤꿈치가 들렸다. 왼 어깨에서부터 오른 어깨까지 칭칭 감긴 것은 노끈이 아니라 커다란 뱀이다. 당장이라도 여인을 깨물 듯 벌린 입 사이로 송곳니가 날카롭다. 종신 안에서 흔들리는 둥근 추는 작지만 맑다.

쪽문을 만지면 종소리가 설렁*처럼 울리도록 만든 이는

---

* 처마 끝 같은 곳에 달아 놓아 사람을 부를 때 줄을 잡아당기면 소리를 내는 방울.

화광 김진이다. 여인 홀로 있는 방에 출입하기 위해서는 작은 법도가 필요했던 것이다. 종소리를 듣고 명은주가 쪽문을 열어 주기 전까지 이곳은 금남의 집이다.

"아직 해도 뜨지 않았어."

옷을 입고 일어서는 그녀의 팔목을 붙들었다.

명은주는 고개 돌려 가만히 내 팔을 밀어냈다. 방문을 열자 겨울바람이 휙 밀려들었다. 다시 방문이 닫히고 발소리가 멀어질 때까지 나는 그대로 누워 있었다. 무엇인가가 엉덩이를 자꾸 찔렀다. 손을 뻗어 꺼내니 명은주가 합방 후에 풀던 마방진 모음집이었다. 빈 공간에 들어갈 숫자를 고민하듯 방금 종소리를 낸 주인공을 가려 보았다.

억권 홍인태일까 아니면 덕천 대사?

지금 한양에서 파사의 종을 울릴 사람은 나까지 셋이다. 아니다, 어쩌면 『화암수록(花菴隨錄)』*에도 없는 꽃을 줄뒤짐**하며 개골산을 헤매던 김진이 돌아왔는지도 모른다.

자리끼를 찾아 물이라도 마실까 고민하는데 다시 종소리가 희미하게 났고 곧 방문이 열렸다. 다소곳이 열렸다가 닫혔던 방금 전과는 달리 들짐승에게 쫓기듯 다급한 손놀

---

* 유박이 지은 화훼 전문서.
** 무엇을 찾으려고 하나하나 뒤지는 일.

림이다.

혹시 그 괴한들이 여기까지 급습한 건가? 나는 급히 일어서서 쇠가죽 베개 아래 숨겨 둔 표창을 뽑아 들었다. 발소리를 죽이고 문으로 다가가려는 찰나 덜컥 문이 열렸다.

방문을 연 이는 명은주였고 좁은 뜰 가운데 선 이는 장삼을 입고 가사를 걸친 승려 덕천이었다. 뽑아 든 표창에 머물던 덕천의 시선이 내 콧잔등으로 올라왔다.

"이 시각에 여긴 어찌 오셨……."

물어보려다가 머쓱해졌다. 속곳 하나 걸치지 않은 알몸에 표창 하나 달랑 들고 서 있는 꼴도 우습거니와 내가 명은주와 운우지락을 나누는 사이란 것을 덕천은 모르고 있었다. 무엇보다 놀라운 것은 덕천의 두 눈에서 뚝뚝 떨어지는 눈물이었다.

"대사!"

나는 표창을 든 손으로 사타구니를 가렸다. 덕천이 손등으로 눈물을 훔친 후 말했다.

"공석의 시체가 떠올랐소이다."

5장

말이란 거창할 필요가 없으며, 도는 털끝만 한 차이로도 나뉘는 법이니,
말로써 도를 표현할 수 있다면 부서진 기와나 벽돌인들 어찌 버리겠는가.

— 박지원, 「공작관문고자서」

두미포에서 한강방, 주성리를 거쳐 조명수의 시체가 떠오른 서빙고 강가로 내려오는 동안 강바람이 대바늘로 찌르듯 얼굴을 향해 곧장 들이쳤다. 귓불이 얼고 눈을 뜨기도 힘들었지만 우리는 걸음을 늦추지 않았다. 조명수의 시체가 떠올랐다니 마음이 급했다.

정신없이 두 발을 내딛다가 문득 나란히 걸어가는 덕천이 의심스러웠다. 왜 그는 조명수와 함께 두미포로 오지 않았고 어떻게 조명수의 시체가 발견된 것을 알았으며 또 누구에게서 내가 필동 서실에 있다는 소리를 들었을까. 덕천도 따라서 걸음을 멈춘 후 오른팔을 들어 삿갓을 잡고 이마가 보일 만큼 젖혔다.

"대사! 어떻게 알았소이까?"

삿갓 아래 덕천의 얼굴을 노려보며 물었다.

"뭘 어찌 알았단 말씀이신지 소승은 잘 모르겠습니다."

덕천은 삿갓을 뒤로 젖히며 말했다.

"내가 필동 서실에 있다는 사실을 어찌 알았냐고 묻는 것이외다."

"몰랐습니다."

"몰랐다!"

덕천은 내 속마음을 읽기라도 한 듯 장황한 이야기를 늘어놓았다.

"공석과 동행하여 목멱산을 넘다가 소승 발목을 삐끗하였습니다. 다리 전체가 욱신거리더니 퉁퉁 붓기 시작하였지요. 눈까지 내린 너덜겅*을 넘기는 무리라며 공석이 소승을 말렸습니다. 그래도 가겠다고 문둥이 시악 쓰듯 고집을 부려 보았으나 얼마 걷지 못하여 또 엉덩방아를 찧었고 결국 검부러기를 턴 후 근처 화엄암에 머물 수밖에 없었습니다. 어제 낮에 억권으로부터 공석이 불행한 일을 당했다는 소식을 듣고 그길로 두미포까지 달려갔습니다. 아직 발목이 시원치 않았지만 강변을 따라 걸으며 공석의 흔적을 찾았습니다. 소승이 동행하지 않은 탓에 공석에게 그 같은

* 돌이 많이 흩어져 있는 비탈.

불행이 닥쳤다고 자책하면서 말이죠."

나는 혀를 차며 거탈수작*을 했다.

"쯧쯧, 저런, 많이 다치셨소? 어느 쪽이오? 오른쪽이오 왼쪽이오?"

덕천이 왼쪽 바짓단을 걷어 올린 후 발감개를 풀었다. 발목부터 발등까지 퍼렇게 부어올랐다. 덕천은 발감개를 고쳐 맨 후 다시 나와 함께 강변을 걸었다.

"해가 우연(虞淵)에 들 때까지도 공석의 행방은 묘연했습니다. 한데 겨울 밤낚시를 즐기던 서빙고 근처 늙은 어부의 낚싯대에 시신 하나가 걸려든 겁니다. 소승이 당도했을 때는 이미 나졸들이 출입을 막았습니다만, 일렁이는 횃불 아래에서 살펴도 공석이 분명했습니다."

"얼굴을 확인했소?"

"섬거적으로 덮인 탓에 볼 수 없었습니다."

"하면 공석인 줄 어찌 안단 말이오? 한강을 떠내려오는 시신은 적지 않소이다."

"얼굴은 살피지 못했으나 유착한** 키에 섬거적 밖으로 나온 긴 팔과 유난히 얇은 팔목은 공석이 틀림없었습니다."

---

* 실속 없이 겉으로 주고받는 말.
** 몹시 투박하고 크다.

눈대중으로 짐작한 일이니 공석의 시신이 아닐 수도 있다.

"시신을 살핀 후 어찌했습니까? 곧바로 필동 서실로 온 게요?"

"아닙니다. 청전을 찾아갔었지요."

"나를요?"

"당연한 일 아닙니까? 공석의 시신을 찾았으니 의금부 도사인 청전을 먼저 만나 의논을 하자고 생각했습니다. 한데 집에 없더군요. 혹시 청장관 댁에 갔을까 들렀습니다만 감환이 심하셔서 내다보지도 못하셨습니다. 야밤에 혼자 억권루로 가기는 두려워 필동으로 발걸음을 돌렸던 겁니다. 은주 낭자에게라도 이 소식을 전하지 않고는 답답해서 미칠 지경이었습니다."

덕천이 말을 끊고 나를 흘끔 곁눈질했다.

"소승은 공석이 낭자를 연모하는 줄로만 알았습니다. 솔직히 놀랐습니다만 번잡한 진세(塵世)의 일이란 가끔 놀라운 반전을 낳기도 하니까요. '열하광'에서 청전과 낭자가 목소리 높여 다툰 것도 연모하는 정을 감추기 위함이었습니까? 몰랐습니다, 소승 정말 몰랐습니다. 알았다면 종을 울리지도 않았을 겁니다. 아니 울리긴 했겠지만 청전이 옷을 다 입을 때까진 기다렸을 겁니다. 쪽문을 여는 낭자 얼굴이 어쩐지 너무도 해반주그레하였습니다.* 미행이 붙었을까 염려하여 마당으로 불쑥 뛰어든 것이 잘못이지요. 찬바람 잦은 마당도 두려워 급히 서실로 들어가려 하자 낭자가 먼저 섬돌로 올라서서 문을 연 겁니다. 거기, 청전이 표창을 들고, 거길 가리고, 그렇게 서 계시더군요."

서빙고가 가까웠다. 우리는 조명수의 시체가 나온 강가로 서둘러 걸었다. 양옆이 우물처럼 파이고 가운데만 패랭이처럼 둥글게 튀어나온 형세가 첫눈에도 물고기들이 욱여들** 자리였다.

나장들이 쓴 깔때기가 동시에 흔들렸고 북새를 놓던 구경꾼들이 뒷걸음질을 쳤다. 호기심 많은 아이들과 할 일 없는 늙은이들이 대부분이었다. 덕천은 멀찍이 물러서서 그 틈에 섞였다.

"나리! 도사 나리!"

나장 손무재가 박달나무로 만든 주장(朱杖)을 번쩍 들며 알은체를 한 후 쪼르르 달려와서 읍을 했다. 목이 잘록하고 어깨가 넓어 자라를 닮았다.

"금부에서 왜 여기까지 왔나?"

---

* 해말쑥하고 반듯하다.
** 주위에서 중심 쪽으로 모여들다.

이상한 일이다. 도성에서 벌어진 흉악 범죄도 아니고 강물에 떠내려온 시신 하나 지키기 위해 의금부 나장들이 차출된 것이다.

"판의금부사께서 특별히 하명하셨습니다요. 소인 놈들이야 명을 받들 뿐입죠."

손무재의 통통 부은 얼굴을 보니 아침도 거르고 서빙고까지 달려온 것이다.

시체가 놓인 곳까지 일부러 청처짐하게* 걸었다. 덕천의 설명처럼 몸통과 얼굴엔 섬거적이 덮였다. 강 저편을 바라보았다. 강물은 벙어리처럼 침묵했다. 새 한 마리 날지 않았고 개 한 마리 짖지 않았다. 억울하게 죽은 시체가 깊이 잠겨 흘렀으리라고는 믿기 어려울 만큼 고요했다. 기분이 구지레했다.** 시체가 발견된 곳들은, 한결같이, 너무나도 평화로웠다. 그래서 아름답고 평안한 곳에 이르면 문득 두렵다. 시체를 숨겨 둘 만큼 좋은 곳이군!

왼 무릎을 꿇은 다음 섬거적을 들었다. 비릿한 냄새가 훅 코로 밀려들어 왔다. 죽음의 냄새였다. 손으로 코를 막은 채 섬거적 아래를 살폈다. 강에 섭슬려 내려오다가 경

---

* 동작이나 상태가 바싹 조이는 느낌이 없이 조금 느슨하다.
** 구저분하고 더럽다.

쇠를 닮은 흰 바위에 부딪히기라도 한 듯 이마가 움푹 들어가고, 물고기가 달려들어 뜯어먹은 듯 볼과 코에 살이 하나도 없었다. 섬거적을 덮고 이번에는 손만 넣어 시체의 가슴을 더듬었다. 차가운 기운이 먼저 손바닥을 얼얼하게 만들었다. 시신 자체가 물에 불어 터진 데다가 갈가리 찢긴 두루마리에 진흙이 엉켜 붙어 장막을 한 꺼풀 더 입힌 듯했다. 두 손을 뻗어 앞섶을 열어젖히려고 하자 손무재가 맞은편에서 내 팔목을 붙들었다.

"초검도 시작하지 않았습니다. 시신을 만지거나 옷과 기타 장신구를 바꾸어서는 아니 된다는 것은 도사 나리께서……."

"이 손 놓지 못할까! 네가 지금 나를 가르치려 드는 게냐?"

낮은 목소리로 쏘아붙였다. 손무재는 여전히 팔목을 쥔 채 버텼다.

"나리! 이러시면 소인 놈은 죽습니다요."

오른 발뒤꿈치를 힘껏 차며 떠올라서 왼 무릎으로 녀석의 명치를 찍고 제자리로 내려앉았다. 어이쿠 소리와 함께 손무재가 배를 감싸고 뒹굴었다. 나장 둘이 달려와서 부축하여 일으켜 세웠다. 쏘아보자 녀석들이 뒷걸음질을 쳤다.

다시 시신의 앞섶을 열어젖혔다. 오른 가슴에 쌓여 굳은 진흙을 덜어내자, 젖꼭지 바로 위로 엄지 한 마디에서 부러져 꽂힌 화살이 보였다.

공석!

나는 턱밑까지 차오르는 울분을 가라앉히며 천천히 일어섰다.

"무재야!"

"예, 나리!"

겁을 잔뜩 먹은 손무재가 날다람쥐처럼 달려왔다. 녀석의 떨리는 어깨를 감싸 안으며 대여섯 걸음 나아갔다. 반보만 더 디디면 강물에 빠지고 만다. 녀석의 명치에 오른손을 갖다 댔다. 녀석이 엉덩이를 최대한 뒤로 빼며 양팔을 휘저었다. 팔목을 잡아당긴 후 다시 명치에 손바닥을 대고 힘을 주며 둥글게 어루만졌다. 여전히 떨었지만 이번에는 피하지 않았다.

"많이 아팠느냐?"

"아, 아닙니다요."

"내가 널 얼마나 아끼는 줄 알지?"

"예!"

손무재는 의금부 나장 중에서 무예가 출중한 것도 아니고 총명하지도 않았다. 다만 명을 우직하게 지키기로는 첫손에 꼽혔다. 의금부 도사가 시신을 만지려고 할 때 감히 팔목을 붙잡고 완강히 막아서는 나장이 몇이나 될까. 그 한결같음이 좋아서 나는 보름에 한 번씩 표창 쓰는 법을 가르쳤다. 첫 달엔 십 보 앞에서 김칫독만 한 바위도 놓쳤지만 낮밤 없이 연습에 연습을 거듭한 결과 지금은 제법 삼십 보 뒤에서 홍시를 맞혀 떨어뜨린다.

"초검을 나오면 의금부 도사 이명방이 시신을 만졌다 고할 작정이냐?"

"예…… 아니 아닙니다요."

내 눈매를 살피며 녀석이 곧 답을 고쳤다. 나는 헛웃음이 나왔다.

"늙은 어부는 어디 있느냐?"

"금부로 압송하였습니다요. 소인보다 먼저 도착한 나장들이 잡아갔습죠."

그 역시 이상한 일이다. 시체가 발견될 것을 예상한 듯 빠르게 움직이고 있다. 예감이 나빴다.

"낚시터 주변은 살폈겠지?"

"예!"

"따로 건진 게 있나?"

"……."

녀석의 검은 눈동자가 흔들렸다.

"뭐야 도대체?"

"……초, 초검 때까지 시체에 관하여 어떤 이야기도 옮기지 말라는 명을 받았습니다."

"그러니까 저 시체와 관련된 뭔가를 찾은 거구나."

"답을 드릴 수 없습니다."

손무재의 오른 소매가 유난히 묵직하게 소불알처럼 아래로 처졌다. 살위봉법(殺威棒法)*으로 녀석의 어깨를 바싹 안아 당겼다.

"지금 답을 하면 매일 표창 던지는 법을 가르쳐 주마."

"매일 가르쳐 주신다고요? ……그래도 안 됩니다."

녀석이 눈을 질끈 감았다. 나는 주름 잡힌 녀석의 미간을 바라보며 수수께끼를 나 혼자 풀기로 마음을 고쳐먹었다.

"과연 입이 무거운 의금부 나장 손무재답구나. 좋다. 그럼 네게 답하라 추궁하진 않으마. 대신 내가 맞힐 테니 고개만 끄덕여 다오. 말은 한 마디도 뱉을 필요 없다."

"천하의 전우치라도 그걸 어찌 맞혀요. 어림도 없습죠."

나는 녀석에게 내 오른 손바닥을 내보였다. 중지 아래를 찌르며 표창이 자석처럼 붙어 있었다. 손잡이에는 수면 위로 튀어 올라 꼬리지느러미를 휘돌리는 물고기 두 마리를

---

* 중국 무예 십팔기의 일종.

새겼다.

나는 표창의 드러나지 않는 이 냉혹함이 좋다.

전왕(前王) 시절 악사 김억(金檍)이 천여 개의 칼을 모은
까닭도 시퍼런 살기 때문이겠지만, 표창은 벼린 의지를 너
무나도 꼭꼭 숨길 수 있다. 장검 대결에서는 검을 이리저
리 휘두르며 기선을 제압하는 것이 중요하지만 표창을 쓸
때는 목숨이 위태로운 마지막 순간까지 소매 안에 살기를
감추고 기다려야 한다. 서둘러 뿌린 표창은 치명적이지도
않고 오히려 내가 지닌 두려움만 드러낸다. 최고의 방책은
표창을 뽑지 않고 대결을 끝내는 것이다. 보이는 장검보다
보이지 않는 표창이 때론 더 무섭다.

"내가 맞히면 이걸 주마."

"맞히지 못하면 주시는 게 아니고요?"

녀석이 코를 벌렁거리며 농담처럼 받아쳤다. 나는 표창
을 들어 콧잔등에 닿을 만큼 가까이 대고 주문을 외듯 웅
얼거리다가 멈췄다. 녀석의 오른 소매를 노려보며 말했다.

"담뱃대구나."

"우욱!"

녀석은 놀라움을 삼키려고 아랫입술을 깨물었다.

"푸른빛이 도는 옥이네."

휘둥그레진 녀석의 눈을 쏘아보며 물었다.

"내 신통술이 통했느냐?"

손무재가 고개만 끄덕였다. 녀석의 왼 소매에 재빨리 표창을 찔러 넣고 그 자리를 떴다. 덕천이 허겁지겁 내 이름을 부르며 따랐지만 걸음을 멈추고 돌아보지 않았다.

공석, 이 사람아! 기어이 비명에 갔군그래.

화살을 가슴에 맞고 또 강물에 빠졌지만 천행을 빌었다. 어렸을 때 소용돌이치며 서너 번 꺾이는 강물 속을 깊이 잠수하여 백 보는 족히 걸어갔었다는 자랑을 어렴풋이 떠올렸던 것이다.

부등가리 안 옆 죄듯* 초조하고 겁이 났을 테지. 우리가 다가설 때까지 기다렸다면, 우리가 잡혔다면, 자넨 죽지 않았어. 청옥 담뱃대를 물고 마음을 다잡았겠지. 가슴에 화살이 박힐 땐 얼마나 아팠을까. 섣달 한강은 얼마나 차디찼을까. 눈으로 귀로 코로 목구멍과 온몸으로 물이 들이칠 땐 얼마나 무서웠을까. 이 나라 저 나라 말을 배우며 돈을 벌고 가술을 두는 데 마음 쏟지 않고 세상을 사는 바른 이치를 익히겠노라 백탑 아래로 왔던 밤을 기억하네. 긴 손가락으로 연암 선생과 담헌 선생의 문장을 한

---

* 무슨 일을 저질러 놓고 마음이 놓이지 아니하여 안절부절못하는 모양을 비유적으로 이르는 말.

글자 한 글자 짚어 가며 학동처럼 새기고 좋아했었지. 범의 발톱같이 찬바람 드는 청장관 초옥에서도 옷을 껴입거나 웅크리거나 돌아앉지 않고 밤새워 이 책 저 책 읽던 모습이 눈에 선하군. 군자는 오로지 도를 도모할 뿐 먹고 살아가는 문제를 고민하면 아니 된다 했던가. 하늘 아래 청장관처럼 삼순구식(三旬九食) 가난하여 들피*가 나면서도 서책을 좋아하는 이를 보지 못했다 하신 연암 선생도 자넬 만난 후 하늘이 가끔 여유를 두고 쌍둥이를 내리시나 보다고 생각을 바꾸셨어. 산해관을 통과하여 연경을 거쳐 열하를 지나 건량(乾糧, 사신들이 가지고 다니던 마른 양식)이 떨어졌대도 더 서쪽으로 나아가서 그곳 사람들의 됨됨이와 생각을 담아 올 사람도 자네뿐이라고 하셨으이. 한데 자넨 죽었군. 공석 조명수! 정말 가슴에 화살을 맞고 물고기밥 신세가 되고 말았으이. 허탄하고 허탄한 것이 삶이라지만 살이란 살은 모두 뜯겨 나간 자네 얼굴을 보리라 내 어찌 예감이나 했으리. 영춘(靈椿, 팔천 년을 한 해 봄으로 팔천 년을 한 해 가을로 사는 나무)에 기대거나 갱(鏗)**처럼 살기를 바란 적도 없지만 겨우 서른 몇 해 살다

---

* 굶주려서 몸이 여위고 쇠약해지는 일.
** 요 임금의 신하로 팔백 년을 살았다.

가기에는 자네 재주가 너무 아까우이. 인생은 하루살이와 같으니 사시(巳時)에 죽을 내가 진시(辰時)에 죽은 자넬 그리워하네.

공석!

꼭 자네를 죽음으로 내몬 자들을 찾아냄세. 자네가 겪은 끔찍한 순간들을 고스란히 저들에게 돌려줌세. 아아, 범인을 잡더라도 자넨 살아오지 못하겠군. 성당(盛唐)의 탁월한 시들을 운율 살려 대국어로 읽던 자네의 목소리, 그립구먼. 그 목소리도 이제 모두 저 강물에 떠내려 보내야 하는가. 대체 누가 이런 때 이른, 어처구니없는 이별을 마련했는가. 모르겠구나. 정녕 미안하구나 친구여!

덕천은 기어이 두미포 입구에서 내 팔을 붙들었다.

"공석을 위해, 그 불쌍한 친구를 위해 곡차나 대나무 이슬이라도 한 잔 치고 가십시다."

덕천이 백미를 백 번 씻어 만든다는 방문주(方文酒) 파는 가게로 나를 이끌었다. 곰보 사내가 덕천을 보더니 꾸벅 허리를 숙였다. 술도 담파고(淡巴菰, 담배)도 여자도 공자 노자 석가에 야소까지 마다 않는 땡추라지만 도성 안팎 지리를 손바닥 보듯 꿰차고 나도는 걸음걸이를 볼 때마다 찬탄이 절로 났다. 무너질 듯 어두컴컴한 구석방으로 들자 주인 남자가 개다리소반에 김치와 호리병과 막사발 하나를 엎어 들어왔다. 덕천은 바랑에서 대추나무로 만든 바리때를 꺼내 호호 입김을 분 후 손바닥 둘을 합친 크기 정도의 범자번(梵字幡, 인도 글자가 새겨진 수건)으로 쓱싹 닦아서 솔소반* 위에 탕 소리 내며 놓았다. 호리병을 먼저 빼앗아 들고 내 사발에 콸콸 부었다. 이번에는 내가 병을 받아서 덕천의 바리때에 따르며 물었다.

"대사는 왜 꼭 바리때를 가지고 다닙니까?"

덕천이 한 잔 주욱 들이켠 후 보시기에 담긴 김치를 한 점 삼킨 다음 답했다.

"공석과 이곳에서 처음 대작했을 때도 똑같은 질문을 하더군요. 몸으로 들어가고 나가는 구멍이 각각 정해져 있듯이, 먹고 마실 것을 모아서 채우는 고마운 바리때도 하나면 족합니다. 하늘을 이불 삼아 나고 드는 항하사(恒河沙, 갠지스 강의 모래알) 같은 몸인데 어찌 밥 소래기** 국 그릇 술잔을 따로 두어 흔적을 남기겠습니까. 평생 이렇게 떠돌다 바리때와 함께 묻히는 것도 썩 좋은 일 아니겠습니까. 연경에 들렀을 때 대국 서생들은 은행알만 한 술잔에 병아리 눈물만큼씩 술을 따라 홀짝홀짝 마시더군요. 소승이 바리

_____

* 작은 소반.
** 운두가 조금 높고 굽이 없는 접시 모양으로 생긴 넓은 질그릇.

때에 채워 강술을 들이켜자 주선(酒仙)으로 대하더이다. 한데 대체 어떤 놈들이 공석을 죽인 걸까요? 이 년 내내 연암 선생의 서책만 외우며 지낸 사람이니 특별히 원한 살 짓을 하지는 않았을 겁니다. 이 도사도 알다시피 공석은 간이라도 꺼내 줄 만큼 호인 아닙니까."

"공석을 노린 자들이 아니겠지요. 대사도 눈치챘겠지만 저들은 우리 전부를 잡으려고 했습니다. 아니 되는 놈은 자빠져도 코가 깨진다는 말처럼, 공석은 된수*로 그 덫에 걸려든 것뿐이고요."

"우리 전부라면…… 역시 패관소품을 가까이 하는 이들을 노린 것이군요. 청장관께서도 걱정하셨듯이 가을부터 분위기가 주욱 좋지 않았잖습니까?"

"문제는 어떻게 그날 우리가 억권루에 모이는 것을 저들이 알았느냐 하는 겁니다. 가을부턴 참으로 조심조심 미행을 따돌려 왔지 않습니까? 일단 공석과 저는 저들을 끌고 오지 않았습니다. 우리 두 사람이 도착했을 때, 그러니까 대사와 은주 낭자가 우리랑 스칠 때 벌써 저들이 뒤를 따르고 있었으니까요. 또한 억권루로 오지 않은 청장관도 예외고요. 억권도 하루 종일 외출을 삼가고 집에만 머물렀

---

* 몹시 어렵고 나쁜 운수.

다니 미행이 붙기 어렵습니다. 결국 미행이 따랐다면 대사나 은주 낭자 둘 중 하나라고 생각됩니다만……."

덕천은 불쾌한 기색이 역력했다.

"꼭 당일 미행을 당했다고 볼 수만은 없지요. 밀고를 한 자가 있을지도 모르는 일입니다."

"밀고자라고요? 우리 중 누가 독회 일시를 밀고한단 말입니까?"

내가 목소리를 높이자 덕천이 바리때 한 잔을 더 비운 후 꼬리를 내렸다.

"말이 그렇다는 게지요."

"밀고는 아닙니다."

"단정 짓는 이유는 뭔가요?"

"밀고자가 있다면 모이는 일시와 장소만 고변했겠습니까. '열하광' 광인들까지 모두 알아냈다면 공석을 미끼로 삼아 남은 사람들을 잡으려고 애쓸 까닭이 없습니다. 저들은 아직 공석 외엔 '열하광'의 면면을 모릅니다."

백하주(白霞酒)*를 한 병 더 시켰다.

"역시 의금부 도사시니 뭐가 달라도 다르군요. 하면 억권이 위험하지 않습니까. 억권루가 우리들이 모이는 곳임

---

* 방문주의 별칭.

을 저들도 알았을 테니까요. 납치를 당하거나 공석과 같은 불행을 맞을까 걱정입니다."

날카로운 지적이었다. 어려서부터 병법을 즐겨 손무나 제갈량의 글들을 외우고 다녔다는 자랑이 허풍은 아닌 듯했다.

"제 앞가림은 할 사람입니다. 피하는 것도 한 방편이겠으나 달아나는 것은 죄를 자인하는 꼴이지요. 일단 드러내 놓고 사람을 잡아들이지는 않으니, 계속 탐문해 보긴 하겠으나 공문에 따라 의금부나 포도청에서 움직이는 것은 아닌 듯합니다. 돈이 좀 들어도 솜씨 좋은 장정들을 구해 높은 담 안쪽에 게체(揭諦)*처럼 쇠갑옷과 쇠투구에 쇠도끼와 보검을 들려 세워 두겠지요. 철기금갑(鐵騎金甲) 말입니다. 설핏한 어둠을 즐겨 움직이는 자들이니 맹꽁징꽁 큰 소란이 나는 것을 원치는 않을 겁니다. 저들은 우리가 다시 모여 독회를 열 때까지 참고 기다리는지도 모르지요."

"하면 당분간 억권루엔 얼씬도 않겠습니다. 아예 도성을 떠나 북삼도를 돌까 합니다. 묘향산에도 오르고 비류수(沸流水)에 발도 담그고! 그곳 기악(妓樂)이 참으로 화려하며

* 불법을 수호하는 용맹한 신.

쌍륙과 투호에 탁월한 이들도 넘쳐 난다 합니다. 근심을 씻은 다음엔 연경을 다녀오렵니다. 창해일사(滄海逸士)* 모시고 금강산에 갔던 기억도 아득하고 유리창 구경 한 지도 오 년이 넘었으니 그 사이 대천세계(大千世界)가 또 얼마나 달라졌는지 구경도 할 겸! 기분 내키면 대식국(大食國, 아랍)까지 나아가겠습니다."

"귓결에 듣자니 그곳 오랑캐들은 그악하기가 흑선풍(黑旋風)**보다 더하다 하더이다."

"연암 선생께서도 이렇게 말씀하셨지요. 석가여래의 밝은 눈으로 시방세계(十方世界)를 두루 살핀다면 어느 곳이나 평등하지 않음이 없다고 말입니다."

매인 데 없이 떠나는 그가 부러웠다. 오늘 헤어지면 적어도 일 년은 만나기 힘들리라.

"그리 하세요. 속히 돌아올 생각일랑 말고 그곳에서 보리심(菩提心)을 닦으세요. 패관소품 즐기는 이들을 죄인으로 모는 미친 바람이 사라지고 나면 천천히 들어오셔도 좋겠습니다."

덕천은 바리때를 비운 후 콸콸 방문주를 따르며 말했다.

---

* 여행 전문가 정란(1725~1791).
** 『수호전』에 나오는 괴력의 사나이 이규의 별명.

"반형(班荊)*의 정을 나누는 이별주인 셈이네요. 대겁(大劫)의 인연을 다시 잇자는 뜻에서 소승의 못난 바리때로 한 잔 주욱 들이켜십시오. 억병으로 취하고 덕(德)으로 배부른 날도 오늘이 마지막이니…….."

서운함을 달래며 바리때를 비웠다.

이렇게 또 마음 통하는 벗들과 헤어지는구나. 공석은 죽고 덕천은 한 바탕 두 바탕** 흙먼지 날리며 떠나가고. 억권루에 모여 다향(茶香), 고기(古器), 서화(書畵) 펼쳐 놓고 웃고 떠들 날이 또 올까. 내 신세가 토규연맥(菟葵燕麥, 폐허에 무성하게 자란 잡초)에 게 발 물어 던지듯*** 처량하구나.

내가 마신 막사발을 내밀자 덕천 역시 단숨에 비웠다.

"그럼 여기서 헤어지지요. 소승 먼저 나가겠습니다. 부디 공석의 억울한 죽음을 낱낱이 밝혀 주세요. 그 일을 못 하면 우리는 아승지겁(阿僧祇刦, 영원한 시간)에 죄인일 수밖에 없습니다."

덕천이 범자번을 꺼내 다시 바리때를 문질러 닦은 후 바랑에 넣고 일어섰다. 나도 따라 일어서서 그와 손을 맞잡

---

* 벗과 이별의 정을 나누다. 춘추시대 오거가 길에서 벗인 성자와 만나 땅바닥에 형초(荊草)를 깔고 앉았다.
** 길이의 단위. 한 바탕은 활을 쏘아 살이 미치는 거리 정도의 길이.
*** 매우 외로운 처지에 놓여 있는 모양.

왔다.

"몸조심하세요. 대사!"

덕천이 게슴츠레한 눈을 비비며 답했다.

"땡추가 조심할 게 무엇이겠습니까. 창해일사께서는 그
래도 청노새에 어린 종에 이불까지 한 채 지고 나서셨지
만 소승은 그저 이 바랑이 전붑니다. 명화도적을 만나더라
도 내어 줄 것이 없답니다. 이 도사님이나 매일매일 신중
에 신중을 더하십시오. 지금보다 더 상황이 좋지 않은 날
이 온다면, 주저 말고 압록강 건너 산해관 지나 연경으로
오십시오. 유리창에서 만나 오늘 못 마신 술을 이어 가도
좋겠습니다. 일찍이 정유께서도 이렇게 말씀하셨지 않습니
까. 천고(千古)는 과거의 만리(萬里)이고 만리는 현재의 천
고라고. 벗을 사귀는 데 시간의 멀고 가까움, 거리의 멀고
가까움이 무슨 문제이겠습니까."

"단구(丹邱, 신선이 사는 곳)로 숨어 버리지는 마세요."

"소승이 나타나지 않으면 대아비 지옥 구경 갔다 여기
십시오. 비도지옥, 화전지옥, 협산지옥, 통창지옥, 철거지
옥, 철상지옥, 철우지옥, 철의지옥, 천인지옥, 철려지옥, 양
동지옥, 포주지옥, 유화지옥, 경설지옥 등 지옥도 굉장히
많아서 한 번 주욱 도는 데도 일 년은 족히 걸린답니다."

"심장 간수나 잘하세요. 야차(夜叉)에게 먹혀 길송장이

되어 영영 돌아오지 못할까 걱정이 됩니다."

"하하하! 도를 즐겨 근심을 잊으십시오. 천룡팔부(天龍
八部)*가 소승의 친우이니 염려 놓으십시오. 이제부터 본디
품었던 두타(頭陀)**를 행할 때이니 또한 기쁩니다."

덕천이 나가자 취기가 올라왔다. 깍지 낀 손을 베개 삼
아 벌렁 드러누웠다. 대낮부터 술을 찾을 손님은 없을 것
이니 잠시 이대로 텅 빈 방에 홀로 머무는 것도 나쁘지 않
았다. 온몸이 노곤해지면서 눈꺼풀이 무거워졌다. 이른 새
벽 덕천이 들이닥치는 바람에 잠을 설친 탓일까. 아니면
벗들을 떠나보낸 허망함이 내 몸을 한없이 가라앉히는가.
아 정말 모를 일이다. 지금처럼 진안(眞贗)과 아속(雅俗) 그
리고 고금(古今)을 살펴 가리기가 힘든 적이 없었다. 예전
에는 그래도 적이 분명했다. 죄인을 붙잡지 못한다 해도
그 앞에서 내 자세를 가다듬는 법을 알았다. 지금은 누가
나를 노리는지도 혼란스럽다. 이렇게 뒤엉킨 상황에서 마
음을 주었던 벗들까지 하나둘 사라져 혼미함을 더한다.

눈을 감으니 몽고 담요를 깐 방바닥이 빙빙 돌면서 돌길
처럼 울퉁불퉁 등과 허벅지와 뒤통수를 쳤다. 속이 장건했

---

* 불법을 수호하는 여덟 무리.
** 욕심과 번뇌를 털어 버리기 위한 불교 수행자들의 수행법. 열두 가지
두타 행법이 있다.

다.* 급히 일어나 앉으려는 순간 뜨거운 기운이 발끝에서부터 무릎과 배와 가슴을 타고 목구멍으로 치솟았다. 허연 술을 개다리소반에 쏟은 후 코를 박으며 쓰러졌다. 취기만은 아니다. 어둡다. 불을 밝혀라. 등은 어디 있는가. 화겸(火鎌)**이라도 쥐고 나로 하여금 이 방을 똑똑히 살피게 하라.

---

* 먹은 것이 잘 소화되지 아니하여 더부룩하고 그득한 느낌.
** 불을 일으키는 도구. 낫을 닮았다.

6장

제왕가(帝王家)에서 어찌 문장을 추구하겠는가. 실질적인 공적과 실질적인 덕에 힘쓸 뿐이다. 내가 젊었을 적에 문사(文辭)를 좋아했었는데, 지금은 매우 후회스럽다.

— 정조, 『일득록』

콧잔등이 시리다.

개구리 울음을 닮은 웅얼거림 탓에 귀가 울리면서 아리
다. 송곳처럼 날카롭고 곤과 장처럼 둔탁하다. 눈을 뜬다.
떨리는 눈꺼풀을 따라 천장으로 길게 뻗은 그림자가 일렁
인다. 바람 드세니 뒤엉킨 뱀들 마냥 너푼거리다가 바람
잦아드니 사람의 머리다. 그 머리가 유유히 흔들린다. 그
윽한 가락들이 뒤엉켜 흘러나온다. 경산(京山)*인가 아니면
풍무(風舞)**인가. 아니다. 저 퉁소 가락은 관물헌(觀物軒) 서
상수의 장기다. 사람들이 더욱 많아진다. 아, 나는 저이들

---

* 퉁소의 명인 이한진(1732~1815)의 호.
** 거문고의 명인 김억(1746~?)의 호.

도 안다. 박지원, 유금, 유득공, 윤가기, 이응정, 그리고 박제가가 서상수의 통소를 따라서 앞서거니 뒤서거니 연구(聯句)를 짓는다. 나는 이 자리에 없어야 한다. 왜냐하면 이 일은 내 나이 아홉 살인 정해년(1767년)에 벌어졌으니까. 아니다. 꼭 그런 것만은 아닌 것도 같다. 화광 김진이 박제가 옆에서 뒤돌아본다. 어느새 정철조와 이서구와 김홍도와 김영이 합세한다. 그들은 윤회매를 만들고 철금을 연주하고 혼천의를 만지며 해와 달과 별을 논한다. 낮과 밤이 책장 넘기듯 교차되다 보니 그곳은 더 이상 서실이 아니라 넓은 논 한가운데이다. 유금이 만든 용미차(龍尾車)를 둘러싼 백탑 서생들 틈에 나는 없다. 바닥을 보니 논이 쩍쩍 갈라진다. 목이 마르다. 눈결에 물이 분수처럼 치솟아 논틀밭틀*까지 적신다. 일제히 솟아오른 물줄기를 향해 단도를 던진다. 이제 이 논도 고래실**이 되려는가. 창날에 '야뇌'라고 새겨진, 물고기 두 마리가 수면으로 뛰어 오르는 그 단도는 내 것이다. 내 단도는? 소매를 들려 하니 소매가 없다.

다시 보니 꽃동산인데 장대비가 노드리듯*** 쏟아진다. 화광 김진을 따라 백탑 서생들이 도롱이를 입고 꽃 사이를

---

* 논두렁과 밭두렁을 따라서 난 꼬불꼬불하고 좁은 길.
** 바닥이 깊고 물길이 좋아 기름진 논.
*** 노끈을 드리운 듯 빗발이 굵고 곧게 뻗치며 죽죽 내리쏟아지는 모양.

노닌다. 일찍이 김진은 꽃을 씻는다 하여 이 일을 '세화역 (洗花役)'이라 했다. 여기는 어디인가. 필운대 아래 누각동 인 듯도 하고 도화동인 듯도 하다. 나도 그 흥겨운 놀음에 끼고 싶어 달려 나가려 하지만 발이 없다. 무릎도 없고 엉 덩이도 없다. 피를 나누지 않았으나 형제보다 가깝고, 함께 기거하지 않았으나 부부만큼 의초*가 좋은 벗들은 다 저기 있는데 나는 없다.

나는 어디로 가 버린 걸까.

나는 내가 어디에 있는지 알고 싶다. 내가 있는 곳을 알 아야 다시 백탑 서생과 어울리는 것도 가능하리라. 아, 여 기는 의금부 내 방이다. 외근이 없을 때면 이 방에서 공문 도 챙기고 서책도 읽고 복부(服不)**를 자처하며 갓 들어온 신참 도사들도 가르쳤다. 탐문과 검시와 문초와 공문 작성 요령까지, 가르칠 것은 많았고 시간은 부족했다. 가끔 짬을 내어 백탑 아래에서 배운 기하(幾何)도 슬쩍 끼워 넣곤 했 는데, 그때마다 도사들은 지구가 공중에 걸려 있고 또 달 처럼 둥글다는 사실에 코웃음을 쳤다. 농담으로 받아들인 것이다.

---

* 부부 사이의 정의(情誼).
** 맹수를 키우는 관직.

정만길(鄭萬吉)과 동기협(董其協)을 비롯한 신참들이 내 방에서 우르르 나온다. 각자에게 내일까지 어려운 과제가 주어졌지만 곡방(曲房)*에서 옳은 답을 찾느라 고민하지 않아도 되니 그것으로 족하다. 저 빈방에는 당연히 내가 있겠구나! 나를 만나기 위해 들어갔으나 그 방에 나는 없다. 석치 정철조에게 얻은 국화와 귀뚜라미를 새긴 자줏빛 마간석(馬肝石)** 벼루와 연암 선생이 안의현으로 내려가며 일독을 권한 담헌 선생의 「의산문답(醫山問答)」, 이길대가 만든 접의자나 김진에게 거의 빼앗다시피 하여 구한 질박해 보이면서도 화려하고 야위어 보이면서도 기름진 매화나무 가득한 부채까지 제자리를 지키고 있지만 나는 없다. 백탑 서생 곁에도 없고 의금부에도 없는 나는 어디에 있든지 참다운 내가 아니다. 대체 나는 언제부터 이 세상에서 사라졌을까. 없는 나를 찾아서 떠도는 나여!

문득 '콧잔등이 시리다'란 첫 문장으로 되돌아간다.

이 일곱 글자가 오랜 벗처럼 낯익다. 아! 이제 알겠다. 보름 전부터 쓰기 시작한 짧은 매설의 첫 문장이 바로 '콧잔등이 시리다'이다. 그렇지만 그다음 문장은 '개구리 울

---

* 후미진 방.
** 경상도 안동에서 나는 최상품 벼루.

음'으로 시작하지 않는다. 내 매설 안으로 들어온 나를 찾다가 엉뚱한 문장 속으로 빠져든 것이다. 두 번째 문장을 기억해 내면 거기에 내가 있을지도 모른다. 하나 아무리 곰곰 따져 보아도 '개구리 울음' 외엔 들리는 소리가 없다.

『열하』가 부러웠던 것은 문장과 문장이 결쇄로 단단히 이어졌을 뿐만 아니라 가장 멀리 가장 높이 혹은 가장 색다르게 다음 문장으로 넘어간다는 점이다. 완벽하려면 보폭을 좁게 하고 호탕하려면 틈이 생기더라도 보폭을 멀리 두라 했건만, 이 서책은 보폭이 넓되 틈도 없다.『열하』를 읽기 전에는 나름대로 내 문장에 자신이 있었다. 명문은 아니라고 하더라도 이야기를 전달하는 데는 충분하다 여겼다. 그러나 이 책은 문장에 대한 내 생각을 온통 흔들어 버렸다. 문장은 단순히 글자들의 합이 아니었다. 문장은 지은이의 뜻을 전달하는 수단이 아니었다. 문장은 즐겨 외우며 내 삶에 적용시키는 거울이 아니었다. 문장은 놀라운 변신 그 자체였다. 나무가 그냥 서 있을 때는 나무였지만, 강으로 첨벙 뛰어들자 배가 되었고 구르니 바퀴가 되었으며 타오르니 횃불이 되었다. 잠시도 쉬지 않고 변신의 극한을 보여 주는 문장이야말로 참 문장이다. 이 책은 그런 문장들로 넘쳐 났고 나는 그 앞에서 내 문장을 잊었다.

머리를 들려고 등에 힘을 주니 뒷골이 지끈거린다. 차가운 손 하나가 내 이마를 지그시 누른다.

어딜까 여기는?

"그대로! 가만히 계세요. 이 도사님이 깨어나셨습니다,
선생님!"

선생님?

개구리 울음 소리가 멎는다. 그림자가 하나 더 천장에
길게 드리워진다.

"이 사람, 청전! 이제 자도(紫都, 하늘나라 도읍지) 구경을
마치셨는가. 구들동티*라도 당할까 걱정했으이."

안경을 벗고 허리를 숙여 내 안색을 살피는 이는 이덕무
다. 방금 전까지 귀를 괴롭힌 소음이 이덕무의 책 읽는 소
리였단 말인가. 이덕무가 서책을 낭독하면 집 밖 거리를 오
가는 행인도 걸음을 멈추고 낭랑한 음성에 귀 기울였다. 한
데 나는 그 소리를 한낱 개구리 울음으로 간주했던 것이다.

청장관께서 계속 서책을 읽으셨으니 두 번째 문장이 '개
구리 울음'에 묶일 수밖에!

콧속으로 익숙한 냄새가 밀고 들어왔다. 책장에 가지런
히 놓아둔 서책에서 풍기는 책 냄새! 찾아 펼치지 않더라

---

* 방구들에서 생긴 동티라는 뜻으로, 별다른 까닭 없이 죽는 일을 놀림조
로 일컫는 말.

도 이 방 안에 좋고 귀한 서책이 가득함을 알 수 있었다. 맑고 고상한 만큼 춥고 굶주린 이덕무의 초옥이 분명했다.

손도끼로 잘리듯 장면들이 탁탁 부서지며 뒤엉켰다.

두미포에서 덕천과 술을 마셨지…… 그래, 덕천이 먼저 가고 잠시 눈을 붙이려는데…… 갑자기 속이 뒤집혔어. 급체인가 싶어…… 아, 빈랑(檳榔)*도 없고 명치를 두드리다가…… 술을 토하고…… 기억이 없네. 아무리 술을 많이 마셔도 이렇듯 취한 적은 없어. 이건 취해서가 아니다. 정신을 혼미하게 만드는 약을 술에 탄 게 틀림없어. 누가 그런 짓을 했지? 주인 사내인가? 아, 그건 그렇고 내가 어떻게 청장관의 여덟 기둥 초옥까지 온 걸까? 낭패로다. 내가 쓰러져 정신을 잃었다면 같은 술을 나보다 두 배는 마신 덕천 역시 무사하진 못할 터!

"더, 덕천 대사는?"

"오늘 밤까진 아무 말씀 말고 쉬세요."

명은주가 상글상글 미소를 띠며 밀막았다. 멈출 수 없었다.

"대사는 어디 있소?"

"억권루에서 달아나다가 길이 엇갈린 뒤 만나지 못했

---

* 소화를 돕는 약재. 씹어 삼킨다.

어요. 지인을 통해 찾았지만 도성 주변 사찰에는 없는 듯해요."

뜨거운 기운이 두 눈으로 쏠렸다.

"그, 그게 무슨 소리요? 필동 서실로 오지 않았소? 그 새벽 종소리를 듣고 문을 열어 준 이가 바로 낭자 아니오?"

물음을 연이어 던지고 나서 아차 싶었다. 이덕무에게 명은주와 내가 사귀고 있음을 숨겨 왔던 것이다. 그러나 이미 말이 나와 버렸으니 그 새벽의 일을 낱낱이 따질 수밖에 없었다.

명은주가 근심 가득한 눈망울로 이덕무와 잠시 눈을 맞춘 후 다시 시선을 내렸다. 울가망한* 기분이 얼굴에 가득했다.

"지독한 꿈이라도 꾸셨나 봐요. 닷새 만에 깨어났으니 모든 게 혼란스럽겠죠."

"잠깐! 닷새라고 했소?"

이덕무가 답했다.

"그렇다네. 자넨 닷새나 이 용슬(容膝)**에서 사경을 헤맸으이."

---

* 근심스럽거나 답답하여 기분이 나지 않는다.
** 무릎이 겨우 들어갈 정도로 작고 누추한 방.

기껏해야 한나절 잠든 것 같은데 그사이 해가 바뀌었다니 믿기 어려웠다. 명은주에게 다시 물었다.

"내가 필동 서실에 머물렀던 그 새벽에 덕천 대사가 왔지 않소? 잘 생각해 보오."

"아니에요. 대사는 걸음하지 않으셨답니다. 이 도사님은 공석의 불행을 전하기 위해 필동에 오셨다가 피곤에 지쳐 깜박 잠이 드셨지요. 그 새벽에 저는 연경에서 열하까지 여행하는 꿈을 꾸었답니다. 연암 선생을 모시고, 아, 제 곁엔 열하광 광인 모두가 제각각 크고 작은 코끼리를 탔더군요. 이 도사님의 코끼리가 덩치는 물론 상아도 가장 컸지요. 도중에 늑대도 만나고 도적 떼와도 싸웠지만 이 도사님이 표창을 쓸 겨를도 없이 코끼리들이 힘을 합쳐 단숨에 물리쳤답니다."

나는 이덕무 쪽으로 눈을 치뜨고 또박또박 말했다.

"덕천 대사와 함께 서빙고까지 가서 공석의 시신을 봤습니다. 두미포에서 백하주 두 병을 나눠 마셨지요. 덕천 대사가 먼저 나간 후 정신을 잃은 겁니다. 당장 의금부 나장들에게 확인해 보세요. 손무재, 그 녀석에게 표창도 하나 줬습니다, 거기서."

"서빙고에 간 건 이미 알고 있으이. 뒤늦게 소식을 듣고 내 직접 그곳까지 다녀왔으니까. 한데 덕천을 본 사람은 아무도 없더군. 자네 혼자 왔었다고 나장 손무재도 말했어. 두미포에 밀주 파는 주점이 있었던가?"

명치가 답답했다. 천천히 오른팔을 들었다. 이덕무와 명은주가 나를 부축해서 앉혔다. 벽에 기대어 두 발을 뻗으니 한결 답답함이 덜했다.

"장난치지 말고 솔직히 말해 주오."

눈물이 기어이 그녀 볼을 타고 흘러내렸다.

"새벽에 깨니 도사님은 벌써 가 버리셨더군요. 예전에도 가끔 이런 적이 있기에 큰 의심 없이 조각 잠을 이었답니다. 한데 미시(낮 1~3시)쯤 청장관 댁에서 연통이 왔어요. 도사님이 청장관 댁 앞에 정신을 잃고 쓰러져 있다고."

이덕무가 이야기를 받았다.

"공석 때문에 마음이 무거웠던 게지. 어디서 술을 그렇듯 마셨는가? 일찍이 야뇌도 술을 즐겼네만 자네처럼 이런 꼴을 당하진 않았어. 술맛이 이상하지 않던가? 독한 기운이 자네 속을 온통 휘저은 걸세. 한 잔만 더 마셨더라면 북망산을 오를 뻔했어."

"방금 말씀드렸듯이, 필동 서실에서 덕천 대사와 동행하여 서빙고로 갔다가 돌아오는 길에 두미포에서 밀주를 마시다가……."

명은주가 내 말을 끊었다. 목소리가 가파른 언덕을 오르듯 빠르고 높았다.

"덕천 대사는 필동에 온 적이 없으십니다. 필동에 들른 적이 없으니 함께 술을 마신 것도 잘못된 기억입니다."

내 목소리도 덩달아 높아졌다.

"기억을 못 하는 건 내가 아니라 낭자요. 왜 덕천이 온 걸 숨기려 하지?"

"전 숨기는 거 없어요. 도사님이야말로 무엇 때문에 오지도 않은 대사를 끼워 넣어 엉뚱한 곳에서 술을 마셨다고 주장하죠?"

"엉뚱한 곳이 아니오. 두미포에서 덕천 대사와 함께 통음(痛飮)하지 않았다면 어디서 낮술을 마셨겠소? 나는 구름이 짙어도 마시고 해가 쨍쨍해도 마시고 친구가 없어도 마시고 거섶안주*가 없어도 마시는 야뇌 형님 같은 사람이 아니오."

"그거야 저는 모르죠. 하나 두미포에서 실신한 게 맞다고 하면 거기서 도성 안까지 실신한 도사님을 누가 사람들 눈을 피하여 데리고 들어왔을까요?"

"그야…… 약을 먹인 놈이겠지."

마음이 급하니 반말이 튀어나왔다.

---

* 나물로 차린 초라한 안주.

"저들이 어떤 연유로 도사님에게 약을 먹이고 또 청장관 선생 댁에 놓아두고 갔을까요?"

"모르겠어, 모르겠다고! 하여튼 난 덕천 대사와 두미포에서 술을 마셨어. 이것만은 확실해. 잠깐! 이런! 그 술에 약을 탔다면 덕천 대사는 벌써 죽었을 거야. 바리때에 가득 채워 벌컥벌컥 들이켰으니까. 대사의 시신을 찾아야 해. 아, 공석에 이어 덕천 대사까지……."

"그만두세요. 두미포에서 만취하여 죽은 스님이 있다는 소문은 듣지 못했어요."

"치임개질* 했겠지. 공석처럼 강물에 던져 버렸는지도 몰라."

이덕무가 야윈 손으로 턱수염을 쓸었다.

"이상한 일이군. 두 사람이 연인이었다는 것도 놀라운데, 이제 덕천을 보았네 안 보았네 다투는 모습은 더욱 기이해. 또 하나 이상한 건 말일세. 방금 이 도사 말대로 덕천이 독살 당했고 그 시신이 사라졌다면, 실신한 이 도사는 왜 살려 두었을까? 내 집 앞에 두고 간 것은 우선 그들이 이 도사와 덕천 그리고 내가 친교를 나누는 사이임을 안다는 뜻이고 또 이 도사가 죽기를 원하지 않은 게야. 믿기 힘

---

* 벌여 놓았던 물건들을 거두어 치우는 일.

든 이야기지만, 어쨌든 좋아! 내 곧 두미포로 사람을 보냄세. 방문주 파는 가게가 두미포 어디쯤인가?"

"초입입니다. 소뿔처럼 생긴 바위 둘이 나란히 선 집인데, 주인 사내가 곰보라서 찾기 어렵진 않을 겁니다."

이덕무가 중늙은이 하인을 부르러 나갔다. 날이 밝는 대로 두미포까지 다녀오라고 명하기 위함이었다. 명은주가 내 어깨에 손을 얹으며 권했다.

"누우세요. 며칠 더 요양을 하셔야 해요. 몸에 퍼진 독이 완전히 사라진 건 아니니까요."

흘끔 방문을 살핀 후 물었다.

"왜 거짓말을 해? 종소리를 분명히 들었다고."

명은주가 내 뺨에 손바닥을 대고 속삭였다.

"제가 왜 거짓말을 하겠어요. 종소리도 덕천 대사도 모두 공중화(空中華)*요 헛것이에요. 제가 오히려 묻고 싶네요. 어디서 무슨 일을 당한 거죠?"

화가 치밀었다. 두미포로 떠난 하인이 돌아올 때까지는 계속 이야기가 겉돌 것이다.

아, 닷새를 건너뛰었다면 이렇게 누워 있을 겨를이 없다. 남공철이 건넨 서찰의 답을 금상께서 기다리신다. 언제

---

* 허공에 꽃처럼 어른대는 것. 존재하지 않는 것을 존재한다고 착각하는 것.

까지 전해 주고 오라는 명은 없었지만 아직 도성을 떠나지도 않은 것을 아신다면 무거운 벌을 내리실 것이다. 나는 편히 누우라는 명은주의 손길을 밀어내며 말했다.

"은주! 길 떠날 채비를 좀 해 줘."

"길을…… 떠나다니요?"

목소리가 떨렸다.

"벌써 들메*를 단단히 하고 떠났어야 했어."

명은주가 갑자기 내 가슴에 얼굴을 묻고 울먹였다.

"안 돼요. 당신 지금 많이 아파. 두미포에서 공석이 당했다고 말했던 그 밤부터 당신은 아팠어. 이러다간 정말 큰일 날 거야. 무슨 일인지 모르지만 하지 말고 쉬어요. 이러다가 당신도 죽어!"

그녀의 뒷머리에 손을 얹었다. 눈을 감은 채 그녀의 머리카락을 쓸고 또 쓸었다. 제 몸 아픈 것처럼 내 일을 걱정해 주는 사람이 있다는 것! 사람들이 짝을 찾아 혼인을 하는 이유를 알 것 같았다. 극결(郤缺)** 부부가 따로 없었다.

"난 괜찮아!"

"괜찮지가 않아요."

---

* 신이 벗겨지지 않도록 신을 끈으로 발에 동여매는 일.
** 진나라의 대부. 극결 부부는 서로를 위하고 공경하는 마음이 지극하였다.

"괜찮대두."

명은주가 눈물을 훔친 후 물었다.

"좋아요. 그럼 내가 묻는 걸 답해 봐요. 내가 제일 좋아하는 시가 뭐죠? 당신도 무척 좋아했는데…….'

"그건…….'

바로 답이 나와야 했다. 내가 그 시를 명은주와 함께 열 번도 넘게 외웠다는 것은 알겠는데 정작 첫머리는 떠오르지 않았다. 명은주가 걱정스러운 표정으로 시를 외워 나갔다.

"나무도 늙으면 사람과 비슷하여
골격은 단단해도 피부는 주름지고 갈라지네
온갖 꽃들 화려함을 다투지만
나뭇가지 하나 움푹한 쇠처럼 싸늘하더니
강한 기운에 공연한 마음을 발하여
붉은 싹을 마른 마디에서 피워 내었네
마치 나이 많은 노인이 술에 취해
붉은 얼굴과 흰머리가 대비되는 듯
자태는 비록 그리 아름답지 못하나
밑동과 줄기는 도끼날을 면했기에."

"백 년을 두루 봄바람을 겪었고
우뚝하여 비석을 업신여기나니
다르고 말고, 요염한 복사꽃이

쉬이 봄과 이별하는 것과는.*

맞아. 이거였지.「오래된 나무(古樹)」. 미안해. 깜박 잊었어.”

“좋아요. 그럼 다른 문제를 낼게요.『열하』에서 당신이 가장 멋지다며 자주 외운 대목이 뭐죠? 공석의 불행을 이 야기해 줬던 밤에도 읊었잖아요.”

“알지 알아. 그거야 당연히……..”

이번에도 떠오르지 않았다. 답답했다. 저 멀리 희미하게 보이긴 하는데 나뭇잎이 그 앞을 층층이 가렸다.

“연암 선생님은 사람마다 물소리를 다르게 듣는다고 하 셨죠. 깊은 소나무가 퉁소 소리를 내는 이유가 뭐죠?”

“…….”

“산이 찢기고 언덕이 무너지는 것과 어금버금한 이유는 요?”

“…….”

“개구리가 다투어 우는 듯도 한데, 그 까닭을 모르겠어요?”

“…….”**

---

* 「오래된 나무(古樹)」는 원중랑의 시집『병화재집(甁花齋集)』에 실려 있다.
** 『열하일기』「산장잡기」에 실린 「일야구도하기」를 보면, 박지원은 깊은 소나무가 퉁소 소리를 내는 건 듣는 이가 청아하기 때문이고, 산이 찢어지고 언덕이 무너지는 것은 듣는 이가 분노한 탓이고, 개구리가 다투어 우는 것은 듣는 이가 교만한 탓이라고 했다.

하나도 기억나지 않았다. 인정하지 않을 수 없었다.

"닷새나 정신을 잃었기 때문에…… 그런가 봐."

명은주도 더 이상 강물 소리를 나열하지 않았다.

"맞아요. 그러니까 일단 한숨 푹 더 자요. 일어날 생각 말고."

"한데 공석의 불행을 이야기하며 내가 『열하』에서 읊은 대목이 대체 뭐야?"

나뭇잎을 걷어 내려고 애썼다. 첫 글자가 보이는 듯도 했다.

"일야……."

명은주가 낚아챘다.

"맞아요. 「일야구도하기」. 하수는 두 산 틈에서 나와 돌과 부딪혀 싸우지요. 놀란 파도와 성난 물머리와 우는 여울과 화난 물결과 슬픈 곡조와 원망하는 소리가 굽이쳐 돌아요. 우는 듯, 소리치는 듯, 바쁘게 호령하는 듯, 항상 장성을 깨뜨릴 형세가 있어……."

명은주가 「일야구도하기」를 외는 소리가 처음에는 파도처럼 크게 들리더니 웅얼웅얼 알아듣기 힘들게 뒤섞였고 곧 침묵 속으로 퐁퐁퐁 빠졌다. 시간이 한없이 더디 흘렀다.

깜박 잠이 들었는가.

다시 웅얼거림이 시작되었고 가슴이 두근거렸다. 이번

에도 귓속을 찌를 것인가. 귓불부터 차고 뜨거운 기운이 반복해서 밀려왔다 사라졌다. 웅얼거림이 점점 커졌다. 만 뢰(萬籟, 자연의 모든 소리)가 한꺼번에 청장관의 서재로 들이 치는 것일까. 촉직(促織, 귀뚜라미) 한두 마리만 울어도 잠을 설치는데 이 소리는 세상의 모든 근심을 담은 듯하다. 또 자세히 들으니 한 목소리가 아니고 둘이다. 하늘과 땅, 해 와 달처럼 어우러지지 않고 둘은 엇갈리며 서로를 찔러 댄 다. 소리란 감정을 담는 알방구리*라고 했던가. 뜻을 전혀 알지 못하는데도 울분으로 가득 찬 기운만은 내 귀를 파고 들고도 남음이 있다. 고점리가 축(筑) 치는 소리가 이러했 던가. 삼키려 들수록 더 멀리 들리는 소리, 읊조리며 지나 치려 해도 잡풀처럼 언 땅 깊숙이 박혀 되살아나는 소리, 즐거울 때나 기쁠 때도 언뜻 입가에 머금는 소리, 소리들!

　내가 가장 아끼는 소리는, 어떤 이들은 그것도 소리냐고 비웃지만 분명 내 귀에는 똑똑히 들리는 소리는, 글자를 쓰는 붓 소리다. 점을 찍을 때 획을 내리그을 때 둥글게 감 아 올릴 때 붓이 내는 소리는 모두 다르다. 서책을 펴 먼저 서체부터 살핀다. 글자 위로 붓이, 그 붓을 잡은 손이, 그 손을 바라보는 눈이 하나가 되어 움직인다. 필사의 즐거움

---

* 작은 방구리. 물을 긷거나 술을 담는 데 쓰는 질그릇.

은 단순히 멋지고 아름다운 글을 옮겨 적는 데 머무르지 않는다. 나는 글자의 의미를 새기기에 앞서 종이를 메워 나가는 붓 소리를 듣는다. 비 그친 하늘을 낮게 나는 제비처럼 날렵한 소리도 있고 바위로 누르는 무거운 소리도 있다. 이덕무처럼 작디작지만 맵시 있는 소리도 있고 박지원처럼 호방하고 거칠지만 짚을 건 다 짚는 소리도 있다. 그 소리를 하나하나 되살리며 붓을 놀린다. 어떤 놈은 그래도 엇비슷하게 가지만 어떤 놈은 전혀 다르다. 방금 쓴 글자를 그어 버리고 다시 벼루에 먹을 찍는다. 눈을 감고 허공에 글자를 쓴다. 손목에 힘을 빼고 두 어깨를 가지런하게 맞추고 들숨과 날숨을 조절하면서 쓰고 또 쓰다 보면 까마득한 어둠 속에서 소리가 들려온다. 그리고 글자를 적어 내려간 지은이의 심정까지 잡힌다. 밤을 꼬박 새워 필사를 해도 지치지 않는 까닭은 새로운 소리에 휩싸이기 때문이다. 오래전 지은이가 만든 소리를 내 서책으로 옮겨 오는 작업은 거문고를 뜯고 폭포 속에서 소리를 가다듬는 일과 다르지 않다.

아, 한데 무엇일까, 알 수 없는 이 허전함은? 오른손, 거기, 은주의 머리칼이⋯⋯.

없다.

눈을 뜨는 순간 방문이 거칠게 열리고 찬바람이 내 얼굴을 때렸다. 광대뼈가 튀어나오고 이마와 미간이 좁은 사내가 갓을 목 뒤로 넘긴 채 방으로 들어오려다가 무춤무춤 섰다. 요란스럽게 문을 열었고 이덕무가 뒤따라왔기 때문에 문을 다시 닫을 형편이 아닌 듯했다. 사내는 어둠이 완전히 가시지 않은 내 얼굴을 빤히 쳐다보았다. 실핏줄이 어지러운 눈망울을 수레바퀴처럼 빙글빙글 굴렸다.

"아하! 의금부 도사 이명방 나리시군요. 하기야 연암 선생이 안의현으로 가셨으니 백탑 서생들에겐 청장관 선생의 서실이 곧 화표주(華表柱, 궁전이나 성곽 앞에 세운 석주)와 다를 바 없겠지요."

그가 알은체를 했다. 말소리가 가늘고 빗방울 튀듯 빨랐다. 과하마(果下馬)*보다 못한 방울나귀**처럼 어깨가 꾸부정하고 야위었다.

"나를 어찌 아오? 초면인 것 같소만."

"머리가 희끗희끗할 때까지 만나도 낯선 사람이 있고 첫인사만 나누었는데도 옛 친구 같은 사람이 있다지 않습니까. 백탑 서생 중에 종친이자 무관이고 의금부 도사

---

* 과실나무 밑을 지나갈 만큼 작은 말.
** 몸은 작으면서 걸음이 빠른 나귀.

를 천직으로 알고 살아가는 기남자가 있음을, 벽옹(璧雝)*
에서 연암 선생의 문장을 따라 읽는 유생들은 모두 안답니
다. 능금꽃 같은 피부에 그믐처럼 짙은 눈썹, 홍백합꽃 같
은 입술에 깎아 낸 듯 날카로운 턱선이 사과꽃처럼 곱다더
니 과연 그러네요."

내 얼굴을 '곱다'고 평한 이는 아직까지 없었다. 첫 만남
에서 남의 얼굴을 평하는 것 역시 서생이 할 일이 아니다.
한데 무슨 비유가 전부 꽃꽃꽃꽃, 꽃이람!

"누가 그런 망언을 했소이까?"

"누구긴 누구이겠습니까. 이 도사님의 지란지교인 화광
이죠."

"화광…… 김진을 아오?"

"꽃을 즐기다 보니 교유하게 되었어요. 처음부터 사귀려
는 건 아니었는데 꽃이 핀 곳엔 항상 화광이 있더군요. 천
하에 아름다운 것이 넷 있는데, 꽃과 공작새의 깃털과 노
을과 여인이지요. 화광은 세월과 함께 그 넷의 미모가 스
러짐을 무척 안타까워했답니다. 특히 꽃이 시드는 것을 제
손톱 밑을 바늘로 찌르는 것만큼이나 아파했죠. 필운대 옆
육각재에서 처음 만났고 혜화문 밖 북저동에서 복사꽃 나

---

* 주나라 천자가 세운 태학. 여기서는 성균관을 뜻한다.

들이를 할 때 재회했으며 북악산 아래 도화동에서 떨어지
는 벽도화(碧桃花)에 사(詞)를 붙이다가 벗이 되었답니다.
나이는 소생과 동갑인데도 꽃에 대한 지식만은 천하제일
이더군요. 잠두(蠶頭)*에서 뱃놀이 즐기며『백화보』를 구경
하니 종자기를 처음 만난 백아처럼 기뻤답니다."

김진과 동갑이라면 나보다는 한 살 어리다. 오래전 김진
에게 던졌던 질문을 이옥에게 건넸다.

"꽃을 왜 좋아합니까?"

"사방팔방 움직이기 때문이지요."

"움직이다니요?"

대지에 뿌리를 내린 꽃이 어떻게 천방지축 움직인단 말
인가.

"때와 장소에 따라 전혀 다른 풍광을 보이니까요. 아침
꽃은 어리석어 보이고 대낮 꽃은 고뇌에 가득 찬 선비를
닮았으며 저녁 꽃은 밤 나들이에 설레듯 화창하답니다. 그
뿐이던가요. 비에 젖은 꽃은 매우 창백하고 바람을 견디는
꽃은 용기가 꺾여 고개를 숙이며 안개 자욱하게 내린 숲
속의 꽃은 장자의 나비를 닮았고 이내** 낀 꽃은 원망하는

---

* 한강 양화진 동쪽 언덕에 있는 봉우리. 지금의 절두봉.
** 해 질 무렵 멀리 보이는 푸르스름하고 흐릿한 기운.

172

계집의 눈동자 그 자체이며 이슬이 살짝 앉은 꽃은 도도한 맛이 있지요. 이렇듯 모두 패패이* 다르니 어찌 꽃이 움직이지 않는다 하겠습니까. 변화를 싫어하는 자들에게 꽃은 저주지만 뒤변덕스러움을 즐기며 스스로 변신하는 자들에게 꽃은 축복이랍니다."**

이옥, 이 사내도 꽃을 향한 벽(癖)이 대단하였다. 화광 김진과 둘이 어울리면 세상의 모든 꽃을 하나하나 논하며 식음을 전폐할 것이다.

'변신하는 자들에게 꽃은 축복'이라고 마무리 짓는 대목에서 더욱 놀랐다. 꽃처럼 문장도 변신한다는 것을 이 사내도 알까. 숨은 이치를 깨달았다면 김진과 꽃을 논하듯 나와 문장을 어루만질 수 있으리라. 은근한 말로 그를 떠보았다.

"그래 봤자 붉은 꽃은 붉은 꽃이고 흰 꽃은 흰 꽃 아니겠소?"

이옥이 두 눈을 동그랗게 뜨고 목청을 높였다.

"붉다 하여 어찌 모두 같을 수 있겠는지요. 연지의 붉음과 분(粉)의 붉음이 다르고 석류화의 붉음과 성혈(聖血)의

---

* 여러 패가 다 각각.
** 이옥의 「화설(花說)」에 꽃에 관한 설명이 자세하다.

붉음이 다르지요. 어떤 것은 짙게 붉고 어떤 것은 옅게 붉으며 어떤 것은 가볍게 붉고 어떤 것은 무겁게 붉습니다. 연지의 붉음도 아침과 저녁이 다르고 집 안과 산 위가 다른 법이지요."

만물을 제각각 다르게 노래해야 한다고 주장한 박제가와 비슷한 주장이었다. 옛날의 노래는 훗날의 독서와 같으므로, 박제가의 말은 곧 다르게 보고 듣고 읽고 써야 한다는 뜻이었다. 김진이나 박제가와 이렇듯 통하는 것을 보니 이 사내가 연암 선생의 화려한 껍질만 흉내 낸 것은 아닌 듯하다.

"어여 이리 나오게. 이 도사는 몸이 좋지 않아서 쉬는 중일세. 환자라 이 말이야."

이덕무가 문지방에 서서 채근했지만 사내는 엉덩이를 뗄 기색도 없이 나를 보며 빙긋 웃었다.

"소생 이옥이라 합니다."

"이옥! 그대가 바로 성노를 샀다는 바로 그 성균관 유생이오?"

"소문이 빠르군요. 맞습니다. 소생이 바로 패관소품으로 응제문을 지었다 하여 등용 길이 막혀 버린 그 자발없는 이옥입니다. 새해를 맞아 곧 별시(別試)가 열린다는데, 그것도 전하께서 직접 형위(荊圍, 과거 시험장)로 납신다는

데, 소생은 지겨운 사륙문(四六文)에 틀에 박힌 율시나 꾸역꾸역 쓰고 있답니다. 송나라 육유(陸游)처럼 애국 시인은 아니라고 해도 조선을 아끼고 위하는 마음은 다른 서생에게 뒤지지 않습니다. 금원(禁苑) 속에 꼭꼭 숨은 규장각에서 문창성(文昌星, 문운을 주관하는 별, 문관직을 비유)으로 머물기를 염원하며 을사년(1785년)에는 「규장각부(奎章閣賦)」까지 지었답니다. '훌륭하구나, 각(閣)이여! 우뚝하고 빛남이여. 훌륭하구나, 각이여! 진실로 성세(聖世)의 작품이로다!' 노래한 사람이 바로 나라구요. 악악(噩噩)한 문장과 범범(渢渢)한 시를 짓기 위해 지새운 밤이 몇 날인지 아십니까. 눌헌(訥軒) 이사균*의 민첩함을 따르기 위해 쉼 없이 붓을 놀린 밤도 적지 않습니다. 단 하루도 운향(芸香, 좀이 슬지 않도록 책에 넣는 다년도 방향 식물)을 맡지 않은 적이 없어요. 황갑(黃甲)**으로 뽑힐 기회가 드디어 왔는데 연암 선생의 놀랍고 활기찬 문체를 따랐다고 하여 거안(擧案, 과거 응시자의 명패)에 이름을 올리는 것 자체를 막으시다니요. 패관 소품가들이 무슨 강철(強鐵)***이라도 됩니까. 그 문체를 즐기기만 하면 패악한 이단이 되는 것처럼 몰아붙이는군요. 이런

---

* 시를 빨리 짓는 데 능했던 중종 시절 시인 이사균의 호.
** 과거에서 갑을병 중 갑의 성적으로 합격하는 것.
*** 가까이 가면 초목이 말라 죽고 가뭄이 들게 하는 전설상의 용.

건강짜*가 어디 있습니까. 소생도 마음만 먹으면 범중엄(范
仲淹)처럼 정대하고 여본중(呂本中)같이 돈독하며 임포(林
逋)처럼 맑은 글을 쓸 수 있습니다. 한데 정말 편찮으신 겝
니까? 아니면 청려한 소품문의 일인자 청장관을 잡아들이
라는 명을 받기라도 하신 겝니까?"

모기가 쉬지 않고 앵앵거리는 듯했다.

"그만하오. 청장관께서는 내겐 스승과 같으신 분이오."

"어명이 내리면 스승이라도 잡아들이는 것이 의금부 도
사의 책무가 아니었던가요? 근데 며칠 전에 북한산에 있는
옥천암(玉泉菴)을 혹시 찾으신 적 없습니까? 산성 서남쪽에
있지요."

"옥천암? 처음 듣는 이름이외다."

이옥이 고개를 갸웃거리며 내 얼굴을 찬찬히 뜯어보았
다. 길고 두툼한 혀를 가진 개가 볼을 핥는 것처럼 그 시선
이 불편했다. 이옥은 벌떡 일어서서 말코지에 걸린 두루마
기를 살피다가 고개를 끄덕이며 아예 두루마기를 걷어서
팔에 걸고 제자리로 돌아왔다.

"이상하네. 맞는데…… 그때 해가 뉘엿뉘엿 지고 파려
등(玻瓈燈) 한둘 승가사(僧伽寺) 대웅전 앞을 밝히기 시작할

---

* 별 이유 없이 부리는 질투.

때, 가탈거리는 스님을 부축하며 창의문(彰義門) 지나 탕춘대(蕩春臺)에서 산모롱이*를 도시다가 소생과 어깨가 부딪히지 않았습니까? 감홍로인지 죽력고인지 이강주인지, 삼해주, 두견주, 송순주, 벽향주, 어떤 술인지는 모르겠습니다만, 술 냄새가 확 풍기는 바람에 겁을 먹었지요. 하나 이래 뵈도 사물을 살피는 눈매만은 성균관에서도 첫자리로 맵거든요.

낮게 후정화(後庭花) 곡조로 「취승곡(醉僧曲)」**을 부르는 것을 보니 적어도 석 잔은 드셨더군요. 그런 말 있지 않습니까. '술 한 잔 마시면 화기가 온몸을 돌고 두 잔을 마시면 취기가 머리끝까지 오르고 석 잔을 마시면 노래를 부른다.'

어쩐지 이 도사님이 낯설지 않았어요. 산길에서 저만치 스쳐 지난 후 돌아보았을 때 등짝이 온통 얼룩졌더군요. 술이라도 쏟은 듯했어요. 자, 보세요. 빨긴 했지만 여기 이렇게 얼룩이 선명하지 않습니까? 이 도사님이 분명합니다."

"그런 적 없소. 사람을 잘못 본 게지."

"정말 옥천암 모르세요? 근처에 지장암도 있답니다."

집요한 추궁이었다. 북한산 자락에 옥천암이 있다는 소

---

* 산모퉁이의 휘어 들어간 곳.
** 술 취한 중을 우스꽝스럽게 살핀 노래.

리도 처음이었고 밀주를 마시고 실신한 날 옥천암에 오른 적도 없다.

"한데 성균관 서생이 옥천암엔 무슨 일로 갔소?"

"제게는 옥천암이 동호독서당(東湖讀書堂)*인 셈이지요. 하도 울적해서 촉병(觸甁)** 따라 손을 씻고 앉아 육유의 시집이나 읽으려고 갔었습니다. 마침 가랑비가 내려 산으로 들어가는 맛이 더욱 나더군요, 나귀는 없지만."

「검문산 가는 길에 가랑비를 만나다(劍門道中遇微雨)」라는 육유의 시는 나도 외우고 있었다. '옷엔 길 먼지와 술 자국 뒤섞이고/ 멀고 먼 여행길 슬픔 없는 곳 없어라/ 이 몸은 시인이나 되어야 할까/ 가랑비 속 나귀 타고 검문산으로 들어가네.' 벼슬길로 나아가지 못하는 이옥의 신세가 제법 이 시와 어울렸다.

"야심한 시각에 너무 무례하지 않소?"

이옥이 억울하다는 듯 이덕무를 흘끔 보며 답했다.

"맡겨 놓은 서책들을 돌려받기 위해 왔을 따름입니다."

"무슨 서책인지는 모르겠으나……."

---

* 젊은 문신에게 휴가를 주어 학문을 닦던 제도 혹은 그 학문을 닦던 한강변의 장소.
** 더러운 손을 씻는 물이 담긴 병.

"『원중랑 시집(袁中郞詩集)』을 비롯한 삼원(三袁)*의 시문집입니다."

"무엇이라고?"

말문이 막혔다. 중랑은 금상께서 가장 싫어하시는 공안체(公安體)의 대표적인 인물 원굉도의 호다. 고문의 권위를 부정하고 섬세한 감성과 독창적인 문체를 강조했던 원굉도의 시문은 백탑 서생에게도 많은 영향을 미쳤다. 지금 서생들은 고문의 체재를 모르며 명나라와 청나라의 까다롭고 궤탄한 점만 보고 괴상한 문체를 배워 떠드니 이는 한바탕 잠꼬대에 불과하다고 지적하시면서 삼원이 조선의 문풍을 어지럽혔다고 성노하셨다.

"어찌 그리 우두망찰하십니까? 연암 선생도 여기 청장관 선생도 그리고 또 부여에 내려가 계신 정유 선생도 모두 중랑의 시문을 크게 칭찬하셨다 들었습니다. 『열하』를 보면 연암 선생이 계주 북쪽 반산을 바라보시다가 원중랑의 「반산기(盤山記)」를 떠올리시는 대목까지 버젓이 나옵니다. 이 도사께서도 삼원의 탁월함을 인정하시지요? 연암 선생이 변풍(變風)을 일으키시는 것도 따지고 보면 공안현의 삼원이 노력한 전례가 있기 때문입니다."

---

* 원종도, 원굉도, 원중도 삼형제.

이덕무가 끼어들었다.

"응제문에 패관기서의 흔적을 남겼다는 소식을 듣고 삼원의 서책들부터 기상(其相)*의 거처에서 가져왔다네. 기상이 삼원의 시문을 일일이 필사하여 아침저녁으로 읽었다는 사실이 발각되면 극위(棘圍, 과거 시험장)에 나가는 길을 막는 정도에 그칠 일이 아니니까. 아직 성노가 완전히 사라지지도 않았는데 갑자기 와서 그 서책들을 내놓으라니! 아니 되네. 줄 수 없어."

이옥이 이덕무는 외면한 채 나를 보고 답했다.

"백락(伯樂)**에게 명마(名馬)를 속일 수 없듯 소생을 더이상 우롱하지 마십시오. 소생 집에서 가져간 서책뿐 아니라 청장관 선생이 고이 숨겨 두고 보시던 삼원의 시문집들을 모두 태워 버릴 계획이시라면서요?"

사람 좋은 이덕무도 분노와 답답함으로 얼굴이 벌겋게 상기되었다.

"누가 그런 허튼소릴 하던가? 글을 배우고 단 한 번도 서책을 찢거나 태운 적이 없네. 내가 얼마나 서책을 아끼는지는 기상 자네도 알지 않는가?"

---

* 이옥의 자.
** 진나라의 말 전문가. 본명은 손양.

"알지요. 잘 알아요. 하나 아무리 서책이 중해도 목숨보다 중할까요? 소생도 다 압니다. 선생께서 몸소 소생 집으로 와서 서책을 가져간 까닭이 단지 소생을 보호하기 위함이었나요? 소생에게 삼원 시문의 참신함을 가르쳐 준 분도 선생이시고 또한 서책을 옮겨 적도록 빌려 주신 분도 선생이십니다. 소생 집에서 삼원의 시문이 발견되면 그 화가 곧 선생에게 미치겠기에 서두르신 게지요. 듣자니 패관 소품을 즐기는 이들에 대한 질책이 소생이나 남 직각에 그치지 않고 연암 선생에까지 닿는다 하더군요. 하면 선생이나 정유 선생도 위태롭기는 마찬가지지요. 소생 집을 수색하듯 이곳 서책으로 가득한 초옥에도 저 이 도사와 같은 분이 들이닥칠 테지요. 그러니 삼원과 함께 한 날들을 지우기 위해서는 불태울밖에요."

"아니야. 아직 내겐 남 직각이나 기상 자네의 일과 관련하여 어떤 어명도 내려온 적이 없어."

"경연에서 말씀하신 하교를 직접 소생이 옮겨야 하겠는지요. '이덕무, 박제가는 그 문체가 오로지 패관과 소품에서 나왔느니라. 이들을 내각(內閣)에 두었다고 하여 과인이 그 문장을 아끼는 줄로 아는데 결코 그렇지 않느니라. 성대중의 순정(純正)함에 대해서만은 일찍부터 극도로 장려하지 않은 적이 없느니라.' 지금이 얼마나 화급한 때인지를 이젠 아셨을 테니 서책을 당장 돌려주세요."

"안 돼. 지금 삼원의 시문들을 지녔다간 정말 큰일이 나. 이곳에 두기가 맘에 걸린다면 따로 깊숙이 숨겨 둠세."

"주세요. 혹시 벌써 태워 버리신 건가요? 그런가요? 서책이 없으니 소생을 이렇듯 냉랭하게 대하시는 겁니다. 어찌 이러실 수가 있나요? 그 서책은 곧 소생입니다. 소생 삼원의 시를 배움의 집으로 삼아 여기까지 왔어요. 그 서책들이 없다면 소생도 없는 겁니다. 보셔서 아시겠지만 지난 세월 소생이 따로 품평한 작은 글씨들이 깨알같이 적혀 있습니다. 제발 주십시오. 제발!"

"서책은 내가 잘 보관하고 있으이. 나는 언제나 자네 편이야."

애원조로 말하던 이옥의 목소리가 갑자기 무뚝뚝해졌다.

"원중랑이 한평생 이탁오의 편이었던 것처럼요?"

분위기가 차갑게 가라앉았다. 일찍이 이탁오는 '세상살이 그동안 꼭 외로운 건 아니었지만/ 한평생 확실히 원중랑은 내 편이었네.(世道由來未可孤 百年端的是吾徒)'*라고 노래했다. 이옥은 아무리 숨기려 해도 백탑 서생의 시문이 원

---

* 「구일 극락사에 갔다가 원중랑이 곧 온다는 소식을 듣고 기뻐서 읊다(九日至極樂寺聞袁中郎且至因喜而賦)」에서 인용.

중랑에 닿아 있고 원중랑의 시문은 이탁오를 밑절미*로 삼음을 농담처럼 드러낸 것이다. 조선에서는 이탁오와 원중랑 모두 이단으로 배척받는 인물이다.

"못 믿겠어요. 어여 주세요."

나는 더 이상 참지 못하고 이옥의 왼팔을 꺾어 비틀었다.

"아악!"

요란한 비명과 함께 이옥이 허리를 숙이며 나뒹굴었다. 힘을 실어 꺾긴 했지만 저렇듯 바들바들 떨 정도는 아니다. 팔목을 쥔 채 이덕무를 돌아보았다.

"쥐 버리십시오. 곤장을 맞든 귀양을 가든 말전주**나 일삼는 얄팍한 성미 탓이니까요. 동경견(東京犬)***처럼 이옥이란 꼬리를 떼어 버린 채 지내십시오."

"아니 되네. 섶을 지고 불로 뛰어들려는데 막아야지."

"이 녀석에게 무슨 큰 약점이라도 잡히셨습니까? 자기가 입은 상처만 깊고 크다 떠드는 녀석과는 상종을 마십시오."

이옥이 팔과 다리를 휘저으며 고함을 질러 댔다. 나는

---

* 사물의 기초가 되는, 본디부터 있던 부분.
** 이 사람에게는 저 사람 말을, 저 사람에게는 이 사람 말을 좋지 않게 전하여 이간질하는 짓.
*** 동경은 경주의 다른 이름. 이 지역에 사는 꼬리 없는 개들을 가리킨다.

왼손으로 그 입을 아갈잡이하면서* 무릎으로 옆구리를 찍었다. 숨이 턱 막히는지 더 이상 소리를 지르진 못했다.

"되었네. 그만 놓아주게. 그러다 사람 잡겠어."

"아닙니다. 혼돌림을 시켜야 다음부터는 오늘 같은 결례를 범하지 않습니다."

방문이 벌컥 열렸다. 명은주가 놀란 눈으로 서서 바위처럼 움직일 줄 몰랐다. 그녀 뒤에 두미포로 곰보 사내를 찾으러 나섰던 하인이 서 있었다. 나는 이옥의 팔을 끌어당겼다가 비틀며 밀었다. 어이쿠, 짧은 신음과 함께 이옥이 책장에 뒷머리를 박으며 쓰러졌다. 고양이 앞에 생쥐처럼 아프다는 소리도 못 하고 웅크린 채 눈치만 살폈다.

"어찌 되었는가?"

이덕무가 물었다. 명은주가 내 시선을 되받아치며 담담하게 답했다.

"두미포 초입 쇠뿔 바위 근방엔 곰보 사내도 밀주를 파는 가게도 없답니다."

---

* 소리를 지르지 못하도록 입을 헝겊이나 솜 따위로 틀어막다.

　　신은 지금 서얼들 중에 누가 어질어 쓸 만하고 누가 재간이 있어 발탁할 만하다고 생각하는 게 아닙니다. 다만 조정이 백성들에게 차별 없이 베푸는 은혜를 하늘이 덕을 베풀 듯이 하시고, 천지와 같은 덕화를 만물에게 빈틈없이 미치시어, 단점을 고치고 장점을 발휘하게 함으로써, 이미 무너진 인륜의 질서를 다시 세우고 성숙시키고 배양함으로써, 오래 위배되지 않게 하고 본종을 높이는 도리를 모조리 고례(古禮)로 돌아가게 하며, 가정에서는 부자간의 호칭을 바로잡고 학교에서는 나이에 따른 질서를 세워서, 삼백 년 동안이나 버려졌던 뒤에 다시 사람 구실을 할 수 있게 한다면, 그들 모두가 스스로 새 출발할 것을 생각하여 명예를 지키고 품행을 닦고자 노력하며, 충성을 바치고자 하고 은혜에 보답하고자 하여 나라를 위해 죽기를 다투기에 여념이 없을 것입니다.

　　　　　　　　　　　　　　　　　　—박지원, 「서얼 소통(疏通)을 청하는 의소(擬疏)」

부디 형은 내 말을 들으시오. 아, 이는 순수하고 고아한 풍습을 되찾고 문운(文運)을 진작시킬 전화위복의 기회라오. 형은 모름지기 마음을 가다듬고 상세히 전후를 살펴 허물을 뉘우치고 성은에 감사하며 죄과를 스스로 인정한다는 뜻을 탑전에 알려야만 하오. 고문 한 편이나 칠언절구 열 수를 짓는 건 어떠하겠소? 시든 문이든 그 사의(辭意)를 지극히 맑고 아담하게 꾸며야만 하오. 부화한 말은 한 글자도 담아서는 아니 되고, 자구에 매설이나 명말청초에 유행하는 맨망스러운 표현들은 삼가시오. 남(南)과 이(李) 두 학사는 이단(異端)과 사도(邪道)를 물리치는 시문을 이미 지어 올렸으니, 형도 하루라도 빨리 적어 올려 내각에 들이시오. 행여 성노를 사 형에게 애매한 화가 미칠까 두려운 마음에

몇 자 적소……. 지난번에 보낸 엿과 포(脯)는 노친(老親)께
올려 드시게 하였다오. 참으로 감사하오. 지축(紙軸)은 넉
넉지 못하여 이미 다 떨어졌으니 여유가 되면 계속 보내 주
었으면 하오. 겨울바람에 심신 굳건히 하고 혹여 딴맘 먹지
마오. 그럼 곧 만납시다.

　서찰을 말아서 우통에 챙겨 넣었다. 이덕무의 따뜻한 마
음이 손에 잡힐 듯했다. 박제가가 자송문을 쓰지 않고 어
기대다가 불집이라도 일으킬까* 걱정하여 이 서찰을 내게
맡긴 것이다. 안의현으로 갈 길이 급했지만, 이덕무의 부탁
을 거절하지 못하고 충청도 부여현에 들렀다. 나 역시 잉
걸불 같은 박제가가 몹시 그리웠다.

　박제가는 안경을 고쳐 쓰며 핼쑥한 내 얼굴을 한참 동안
살폈다. 그리고 황구(黃狗)를 잡겠다고 나섰다. 군침이 돌
았다.

　손심부름 하는 하인 둘의 어깨에 송아지만 한 황구를 들
린 뒤 부소산성을 올랐다. 늙은 아낙 둘이 물방구리**를 이
고 뒤따랐다. 박제가는 왕죽으로 만든 지팡이로 땅을 톡톡

---

* 불집을 일으키다. 말썽을 일으키다.
** 방구리. 주로 물을 긷거나 술을 담는 데 쓰는 질그릇. 모양이 동이와 비
슷하나 좀 작다.

쩛으며 비실거렸다. 안경을 썼지만 앞이 잘 보이지 않는 것이다. 관아에서 두런두런 이야기나 하자고 말렸지만 그는 고개를 저었다.

"매일없이* 하는 일이라네. 예까지 왔으면 부소산 낙조는 보고 가야지. 스러지는 것의 아름다움을 알고 싶지 않은가? 팽택령(彭澤令)의 수수밭**까지는 아니겠지만 나 역시 즐겁게 대취할 곳을 따로 준비해 두었으이."

느려 터진 걸음을 따르며 놀랄 만큼 빠르고 청신(淸新)했던 박제가의 시를 떠올렸다. 어린 꾀꼬리 초승달에 앉아 지저귀고 수양버들 늘어진 가지들이 바람에 흩날려 시간을 빗질하누나! 이덕무, 유득공과 함께 완전히 새로운 목소리(新聲)로 주목받지 않았던가. 검서관으로 성은을 입은 후 그들의 시체(詩體)는 검서체(檢書體)라고 불리면서 젊고 날카로우며 또한 정직한 시의 표본으로 꼽혔다. 백탑파의 시들을 질투하며 닮으려고 손톱 여물을 썰던*** 새벽은 얼마나 쓸쓸했던가. 찾아들지도 않는 시마(詩魔)를 원망하며 두루미병 기울인 날이 며칠이었던가. 신을 신은 채 가려운

---

* 날마다.
** 진나라 시인 도연명이 팽택령으로 부임한 후 밭에 수수를 심어 술을 빚어 먹었다.
*** 손톱 여물을 썰다. 혼자서만 애를 태우는 모양을 이르는 말.

데를 긁는 심정이라고나 할까. 아무리 노력해도 나는 결코 박제가의 경지에 다다를 수 없었다. 그가 화대모(華玳瑁)*라면 나는 양각(羊角)이었고 그가 이리 꼬리털이라면 나는 겨우 황구 가슴털이었다.

울릉도화(鬱陵桃花)**보다 더 향기롭고 탁월한 그가 맹인처럼 군다. 규장각에서 즐겨 밤을 새고도 이루(離婁)처럼 눈이 밝다 자랑하던 그가 왼쪽 눈을 잃은 지는 오 년이 가까웠다. 한데 이제는 오른 눈마저 어둡다. 대낮의 올빼미 신세라는 자조가 가슴을 쳤다. 작년 9월 20일 아내와 사별한 후 눈물을 너무 많이 쏟아 낸 탓일까. 아들 셋 딸 셋이 어미를 잃었는데 앞 못 보는 그는 자식들을 장차 어떻게 거두어 기를까. 아! 막내는 이제 겨우 다섯 살이다.

기예를 익히자 눈에 백태 낀다더니, 스러지는 건 백제도 햇빛도 아니라 정유 형님 자신이구나. 불행이란 놈은 한꺼번에 밀어닥치는 법인가. 아내를 이미 차가운 땅에 묻었고 두 눈마저 잃어 가는 마당에 문체를 통렬하게 반성하지 않으면 중벌을 내리겠다는 관칙까지 받았으니, 그 슬픔이 오죽하랴. 아, 이제 배오개, 소의문, 운종가를 누비며 천것에

---

* 공예품의 재료로 쓰는 값비싼 거북 등껍질.
** 울릉도 복숭아. 정조 시대에는 최상품으로 쳤다.

서 고관대작까지 인간이든 비인간이든 모두 어울려 천하 만물을 논하던, 자신감에 가득 찬 형님 모습은 뵐 수 없겠 구나. 해를 넘겨 이제 나이 마흔넷이니 아직도 쓸 것, 읽을 것, 볼 것, 할 것이 많건만 몸은 병들고 마음은 이순을 훌쩍 넘긴 듯하다. 언젠가 이덕무를 평하며 그 가슴에 『이소(離 騷)』가 가득 찼다고 했는데, 부소산 오르는 형님이야말로 굴원을 쏙 빼닮았다. 슬픔의 길을 홀로 걷는 사내여! 옥수 (玉樹)도 꺾여 시드는 차디찬 겨울이여!

조명수의 죽음과 이옥을 만난 이야기를 들려주었다. 이 덕무를 중심으로 독회를 한다는 사실을 알고 있었지만, 박 제가는 그 면면을 만난 적은 없었다. 오늘 같은 날을 염려 했음일까. 박제가는 몇 번 독회에 참석할 기회가 있었음에 도 발걸음을 돌렸다. 『열하』를 만나는 기쁨은 혼자 음미하 는 것만으로 충분하다 여겼는지도 모른다. 조명수의 불행 은 묵묵히 듣기만 했고 이옥에 관해서만 사족을 붙였다.

"눈먼 소경더러 눈이 멀었다 하면 성내는 법일세. 상경 하거들랑 영재에게 먼저 가서 자초지종을 이야기하게. 괜 한 오해 사지 말고."

"영재는 그 자리에 계시지도 않았습니다. 청장관께서 왜 그렇게 제멋대로인 유생을 감싸고도시는지 모르겠습니다. 정말!"

"성품이 여려 탈이지 제멋대로는 아니네. 비유하자면 기상은 물과 같은 사람이지."

"물이라 하셨습니까?"

"그렇다네. 아무 맛도 없는 듯하지만 모든 맛으로 변하는 물! 매실에 닿으면 신맛을 내고, 벌꿀을 따르면 건정과(乾正果)보다도 더 단맛이 나며, 소금 한 조각만 떨어져도 짠맛이 감돈다네. 기상은 이렇듯 천하 만물을 받아들여 그 느낌을 자유자재로 나타내는 재주를 지녔으이. 거북이나 물고기, 하얀 봉선화 등 미물을 읊은 부(賦)는 화광이 그린 꽃그림처럼 세밀하면서도 느낌이 또한 깊다네. 흰 봉선화를 차가운 매화의 아우나 아리따운 배꽃의 벗으로 두기가 어디 쉬운가. 특히 나는 기상의 「어부(魚賦)」를 아낀다네. 물을 하나의 나라로 본다면 용은 임금일 테지. 작은 물고기에게 용이 아무리 인자하게 굴더라도 큰 고기들이 제 잇속을 챙기면 그 나라가 평안할 까닭이 없으이. 기상은 이렇게 노래했더군. 고래들이 작은 고기를 들이마셔 시서(詩書)로 삼고, 이무기나 악어는 작은 고기를 삼키고 씹어 삼농(三農)을 삼고, 문절망둑이나 가물치들은 작은 고기를 덮쳐서 은과 옥으로 삼는다고 말일세. 어떤가. 큰 고기들을 피해 이리저리 숨고 도망치는 작은 고기들의 황망함과 고통이 손끝에 닿는 것 같지 않은가? 저 고약한

번승(樊蠅)*들을 몽땅 잡아 없앨 방도는 과연 없을까."

"그런 재주가 있는 줄 몰랐습니다. 한데 영재는 왜 찾아 뵈라 하시는지요?"

"몰랐는가? 기상은 영재의 이종사촌 아우라네. 그 인연으로 청장관 댁도 드나들게 된 것이고."

다시 생각하니 유득공과 이옥의 튀어나온 이마와 날렵한 콧날이 제법 닮았다. 유득공의 사촌 아우라면 어려서부터 백탑 서생의 시문을 가까이 접할 기회가 많았을 테니 미물을 세심하게 살펴 삶의 이치를 밝히는 글을 짓는 것 또한 놀랄 일이 아니다.

앞서 간 하인과 아낙들이 백마강이 굽이굽이 내려다보이는 자리에서 기다렸다. 따로 누각은 없었지만 넓은 평상이 하나 놓였고 그 옆에 가마솥을 걸고 불을 피우도록 무릎 높이로 둥글게 흙담을 쌓았다.

박제가는 황구를 청솔에 달아맨 뒤에야 비로소 우통을 열어 두루마리 서찰을 꺼냈다. 안경을 벗은 후 오른 눈을 종이에 가까이 대고 찡그리듯 껌벅대며 읽은 다음 가타부타 말없이 내게 내밀었다.

"잡털 하나 없이 말끔하게 벗겨!"

---

* 울타리에 앉은 파리.

하인들이 예리한 칼을 들고 황구 껍질을 벗기기 시작했다. 비릿한 냄새가 밀려왔다. 박제가는 황구에게 가까이 다가가서 벌겋게 드러낸 속살을 심각하게 쳐다보며 침을 꼴깍 삼켰다. 그사이 늙은 아낙들은 장작 위에 가마솥을 놓고 맑은 물을 콸콸 부은 후 불을 지폈다. 그는 아낙들을 향해 따끔하게 명을 내렸다.

"창자랑 밥통만 물로 대충 건몰면* 돼. 지난번처럼 사지를 모두 씻었다간 혼날 줄 알아."

"예, 사또!"

여름이면 원기를 보충하기 위해 옥류동 계곡에서 종종 개고기를 먹었다. 지닌 재주가 출중한 만큼 열두 접시 쌍조치**를 만드는 일에도 다들 관심이 많았다. 어느 밤은 수백 가지 음식 이름으로 상이 어둡도록*** 하여 상상만으로 난로회(煖爐會, 숯불을 피워 놓고 둘러 앉아 소고기를 구워 먹는 모임)를 벌인 적까지 있었다. 골무떡, 백설기와 같은 떡은 물론이고, 난면이나 산면 같은 면, 화양누루미, 수육, 육회와 같은 고기 요리에 생률, 참외, 자두, 능금 등이 뒤섞였다. 까다로운 입맛을 자랑하는 백탑 서생들도 박제가가 만든

---

* 일을 정성 들이지 않고 건성건성 빨리 해 나가다.
** 국물을 바특하게 만든 두 가지의 찌개나 찜 따위를 이르는 말.
*** 상이 어둡다. 상에 차린 음식이 가득하다.

개고기만은 알천*으로 치며 그 맛을 음미하느라 불만을 토로할 겨를이 없었다.

하인들이 껍질을 모두 벗기자 늙은 아낙들이 창자와 밥통만 깨끗하게 씻은 후 가마솥에 넣어 푹 삶기 시작했다. 하인들은 그 옆에 놓인 평상을 수건으로 훔쳤다.

박제가는 내가 서찰을 다 읽을 때까지, 백마강 지는 해를 안경 너머 바라보고 구두덜거렸다.**

"까마득하군. '붉다'는 말 한마디로 온갖 꽃을 얼버무리지 말라 사살(잔소리)한 적이 여러 번이었지. 하나 이젠 아무리 살펴도 붉음을 나누기 힘들어. 저렇게 큰 해를 볼 때도 서시(西施)를 본받듯 찡그려야 한다네. 공자께서 말씀하셨지, 영민한 군주에게는 세 가지 두려움이 있다고. 하나는 존귀한 자리에 있기 때문에 자신의 과실을 듣지 못함이요, 둘째는 뜻을 얻었다 하여 교만해지는 것이요, 셋째는 천하의 지극한 도를 듣고도 이를 실천하지 못함이라네."

"금상께서 세 가지 허물을 지니셨다 단정하긴 이릅니다. 역대 어느 군왕보다도 서책을 많이 읽고 지으셨으며 또 어느 군왕보다도 경연을 비롯한 여러 자리에서 신하들과 정

---

* 음식 가운데 가장 맛있는 음식.
** 못마땅하여 혼자서 자꾸 군소리를 하다.

사에서 사사로운 인정에 이르기까지 논의하시니까요. 궁리와 격물을 함께 공부하라는 하교는 연암 선생의 가르침과 일맥상통하는 면도 있습니다."

박제가가 손바닥을 털며 일어섰다. 양념에 넣을 대파를 썰던 아낙들이 고개만 돌려 눈치를 살폈다.

"청전! 자넨 아직도 미련을 버리지 못했군."

"미련이라니요?"

"전하께선, 백탑 아래 노닐던 무리를 내치셨네."

"아닙니다. 자송문만 지어 올리면 용서하실 겁니다."

박제가는 반박을 하려다가 말고 가마솥 가까이 갔다. 허연 김이 안경에 서렸다. 안경을 벗어 자단(紫段)* 한 쌍을 수놓은 비단 안경집에 넣었다. 아낙이 가마솥을 열고 긴 대나무 젓가락으로 개고기를 꾹꾹 찔렀다. 삶긴 정도를 살피기 위함이었다. 너무 푹 삶기면 고기의 쫀득쫀득한 맛을 잃고 너무 덜 삶기면 질기고 텁텁한 맛이 돈다.

하인들이 깨끗한 천을 평상에 깔자 아낙들이 긴 젓가락을 개의 앞발과 뒷발 사이에 끼워 넣어 동시에 들었다. 박제가가 직접 대파와 기름, 식초와 장으로 양념을 했다. 더 넣었다고 얼굴 찌푸리거나 덜 넣었다고 더하지는 않았다.

---

* 자줏빛 바탕에 흰 꼬리를 가진 비둘기.

저울에 미리 달아 놓은 것처럼 차례차례 쏟고는 그만이었다. 아낙들이 가마솥에 양념된 개를 넣고 다시 삶았다.

"호오가 분명하시다는 걸 자네도 알지 않은가. 사랑하는 마음과 암상궂은 마음, 살기를 바라는 마음과 죽기를 바라는 마음을 동시에 지녀 가슴에서 다투는 자를 가장 경계하신다네. 언젠가 두보의 시 「만성(漫成)」을 읊으신 적이 있지. 날아가는 새를 바라보느라 엉뚱한 대답을 하였다는 시구를, 주자(朱子)는 한 마음이 두 가지 일을 할 수 없다는 뜻으로 새겼는데, 이 뜻이 참으로 옳다 하셨다네. 한데 어찌 전하 스스로 백탑 서생들을 미워하면서 사랑하실 수 있겠는가. 버릴 때는 온전히 버리고 아낄 때는 온전히 아끼는 군왕이시라네."

"버리는 것이 아니라 경계하는 성의(聖意)를 전하시려는 것이겠지요."

"잘 듣게. 청장관과 영재 그리고 나를 검서로 부르셨던 기해년(1779년)부터 지금까지 달라진 건 하나도 없으이. 그때나 지금이나 우리는 연암 선생의 경륜과 혜안을 존경하며 그 시문을 닮으려 노력해. 따로 학당을 만들지는 않았지만 우린 모두 연암 학당 아니 더 구체적으로 짚자면 열하 학당에 속한다네. 전하께서는 철저하게 주자의 나라를 꿈꾸셨으이. 주자의 모든 저서를 모아 전서(全書)를 만들고 싶으시다고 경연에서 누구이 말씀하셨다네. 규장각을 세운 큰 뜻에는 주자의 저서와 또 그 저서에 관련된 모든 서책을 빠짐없이 연경에서 사들이고 정리하려는 바람도 들어 있었네. 주자의 서책을 낮밤으로 읽어, 『자양자회영』을 만들고 『주자선통』을 만들고 『주서백선』을 만들고 『주자서절약』을 만들고 『주자회선』을 만드신 군왕일세. 규장각으로 들어가며 우리가 이런 성의를 알았듯이 전하께서도 우리가 소위 패관소품을 즐긴다는 사실을 아셨네. 서로 다른 부분이 많았지만, 전하께는 백탑 서생의 학덕과 감각과 재주가 필요했고 우리는 또한 완전한 서얼허통을 이루고 백탑 아래에서 품은 뜻을 펴기 위해 규장각 검서라는 작은 디딤돌이 필요했으이. 한데 이제 와서 마치 전혀 모르셨다는 듯이 백탑 서생을 문풍을 어지럽히는 주범으로 몰고 계시네."

박제가의 지적은 참으로 편언절옥(片言折獄)*이라 칭할 만했다. 나 역시 백탑 서생을 은밀히 살피라는 명을 받았을 때 이 대목이 걸렸다. 연암 선생과 소위 검서체를 즐기는 백탑 서생의 시문을 한 편만이라도 훑으면, 그들의 문체가 고문의 존숭과는 거리가 멀다는 사실을 눈치챌 것이

---

* 한마디로 판결을 내리다.

다. 바리바리 등장하는 새로운 물건, 새로운 감정, 새로운 사건, 새로운 뜻을 어찌 양한(兩漢)의 문장으로 표현할 수 있으리. 더러운 것은 더럽게, 낡은 것은 먼지 냄새 풀풀 날리게, 부끄러운 것은 부끄럽게 담아야 한다는 것이 그들의 한결같은 생각이었다. 두루뭉술하게 '새'라고 쓰지 말고, 그 새가 앵무새인지 오유선생(烏有先生, 까마귀의 별칭)인지 혹은 비둘기인지 가리며, 비둘기라면 그 비둘기가 점오인지 전백인지 중인지 전항백인지 따지자는 것이다. 거듭 강조하자면, 산은 산이고 물은 물이다. 산을 오르는 것은 산을 오르는 것이고 물을 건너는 것은 물을 건너는 것이다. 산과 물에 진리가 담기지 않았고 산수를 노니는 순간마다 깨달음에 무릎을 칠 이유도 없다. 양한 문장에 비둘기를 가려 살핀 예가 없다 하여 구별하는 일 자체를 접는 것은 멀쩡한 두 눈 놔두고 맹인이 되겠다 자처하는 짓이다.

"백탑 아래에서 규장각으로 들어온 검서관들을 특히 위하셨습니다."

박제가의 이야기에 맞장구를 치는 것도 아니고 반박하는 것도 아닌, 그 둘 사이 행복했던 시절을 짚었다. 박제가 역시 그리움에 젖은 얼굴로 이야기를 이었다.

"경술년(1790년) 초열흘이었지. 「음중팔선도(飲中八仙圖)」에 관한 글을 지어 올리라 명하셨다네. 청장관을 으뜸으로 뽑으신 후 종이와 붓과 홀과 먹을 많이도 내리셨으이."

"초엿새에는 부(賦)와 율시를 심사하여 정유 형님을 으뜸으로 뽑으셨지요."

"그랬던가."

"그랬습니다. 열이레부터는 『무예도보통지』 편찬을 시작하게 되어 모두들 들뜬 기분이었거든요. 제가 야뇌 형님을 모시고 청장관 댁에 갔더니 정유 형님이 하사받은 물품들을 잔뜩 쌓아 놓고 대취해 계셨습니다. 마음에 드는 것은 가져가라 하여, 종이 두 속을 취하였지요."

"맞다 맞아. 정말 그땐 성은을 입어 종이와 먹과 벼루를 쓰는 데 부족함이 없었지."

"형님! 백탑 서생을 아끼는 성의는 영원하실 겁니다. 그리 믿으셔야 합니다."

"아닐세. 나는 그리 보지 않아. 추억은 추억이고 칼날은 칼날이지. 처음 규장각을 세우고 서책들을 사들여 정리하기 위해선 백탑 서생들이 반드시 필요했으이. 하나 이젠 아닐세. 그사이 규장각도 원칙과 절차가 마련되었지. 청장관이나 영재 그리고 나보다는 실수도 잦고 느리겠지만 아예 일을 못 할 정도는 아닐세. 청장관에게 적성 현감을 겸하도록 하신 것이나 또 내 눈을 염려하시며 부여 현감으로 잠시 나가 있으라 명하신 것도 결국 백탑 서생의 역할을 줄이더라도 규장각을 잘 이끌어 가기 위함이라네."

아낙들이 사각으로 편편한 질그릇에 뒷다리 하나를 찢어 올려 가지고 왔다. 더운 기운이 이마에 와 닿았다. 우리는 평상에 올라앉았다.

"자, 우선 드세나. 뱀뱀이* 차리지 말고 실컷 먹어."

"예, 형님! 같이 드시죠."

박제가가 고개를 저었다.

"아닐세. 양처(良妻)를 먼저 보낸 죄인이 고기는 무슨!"

나만을 위해 개고기를 잡았단 말인가.

박제가는 겉보기엔 한없이 날카롭지만 속정이 깊었다. 도성의 내로라하는 중인과 천민 재주꾼들이 그를 따르는 이유도 이 때문이었다. 나는 두 번 사양 않고 종아리 살을 쭉 찢어 입에 털어 넣었다. 노린내가 전혀 없고 살점이 혀끝에 닿자 첫눈처럼 녹아내렸다. 짠맛 위로 신맛이 더하고 신맛을 감싸면서 단맛이 흘렀다. 목구멍이 막힐 만큼 쉼없이 고개를 씹어 삼켰다. 박제가는 내 옆에 앉아서 먹기 좋게 고기를 찢어 주었다. 이럴 땐 그가 꼭 내 친형 같다. 하인과 아낙들도 가마솥에 둘러앉아 먹새 좋게 고기를 즐겼다. 하하 호호 웃는 소리가 입맛을 돋우었다.

---

* 예의범절이나 도덕에 대한 교양.

식사를 마치자 하인과 아낙들이 먼저 하산했다. 그들과 함께 내려가기를 권했지만 박제가가 내 팔을 붙들었다.

"자네까지 맹인 취급하긴가. 이래 봬도 부소산은 눈을 감고도 오갈 수 있으이."

별은 구름에 가렸으며 바람은 숲을 뚫고 들어오지 못했다.

"시력을 점점 잃어 가니 어둠과 친해진다네. 또한 빛과 어둠 사이에 걸쳐 있는 수많은 세상들도 새로 만나지. 눈이 멀쩡할 때는 이것이든지 이것이 아니든지 둘 중 하나였다네. 바위이거나 바위가 아니거나 참새거나 참새가 아니거나! 한데 그 둘 사이에도 수많은 세상이 숨었더군. 아니 숨은 적은 없지만 애써 찾지는 않았단 것이 정확한 말이네. 바위가 내 앞에 있다고 치세. 나는 그걸 보며 생각한다네. 바위 쉼직한* 것이 내 앞에 있구나. 하지만 저건 바위가 아닐지도 몰라. 가까이 다가가서 만지면 당장 바위인지 아닌지 알겠지만 그냥 거리를 둔 채 앉아서 본다네. 그리고 상상하지. 바위가 아니라면 콧김을 뿜뿜 내뿜으며 나를 노려보는 멧돼지일까. 멧돼지가 아니라면 모진 바람에 줄기가 이아친** 늙은 소나무일까. 소나무가 아니라면 누군가의

---

* 다른 것보다도 크기나 정도가 조금 더하거나 비슷하다.
** 자연의 힘이 미치어 손해를 입다.

무덤일까. 무덤이 아니라면…….

언젠가 청장관 형님이 탕약에 보글보글 일어난 수천의 거품을 보며 각기 다른 자신의 모습을 발견했다는 멋진 말을 하셨지. 정말 그래. 세상은 하나가 아니지. 눈만 잃어도, 탕약 속 거품만 뚫어지게 살펴도.'

세상은 또한 도성에도 있고 부여에도 있다. 박제가의 세상도 있고 나 이명방의 세상도 있고 용상의 주인이 파악하는 세상도 역시 있다. 나의 세상과 너의 세상이 다름을 인정하고 오순도순 살기란…… 말처럼 간단하지 않다. 마을이란 무엇인가. 국가란 무엇인가. 그 속에는 다름을 선별하여 취하거나 버리는 힘이 작용한다. 그 힘은 성현의 가르침에 기대어 명분을 쌓는다. 성현의 가르침은, 당연한 말이지만, 책 속에 담겨 있다. 군왕이 선택한 서책이 곧 세상을 만든다. 군왕은 수천 개의 거품을 단 하나의 풍광으로 모으려 든다. 진 시황이든 한 고조든 당 태종이든 그들은 단하나의 세상을 만들기 위해 전력투구한다. 군왕의 뜻을 거역하는 자들은 갖가지 방식으로 제거된다. 의금부는 바로 그 책무를 전담하는 기관이다. 이제 내가 이곳까지 온 이유를 밝힐 때가 된 것이다.

"자송문을 쓰라는 관칙은 받으셨겠지요?"

"초사흘에 받았네."

짧은 침묵이 어색했다.

"쓰셨습니까?"

"범한 죄가 있어야 자송문을 짓지."

역시 이덕무가 걱정한 것처럼 박제가는 자송문을 쓸 뜻
이 없다.

"청장관께서 서찰에도 밝혀 놓으셨듯이, 남공철, 이상
황, 김조순 등 문체로 인해 명토를 박힌* 이들은 모두 깊은
반성이 담긴 글을 지어 바쳤습니다. 형님 혼자 자송문을
올리지 않으면 더 큰 질책과 함께 고초를 겪으실 겁니다."

박제가가 콧등을 찡그리며 왼쪽 입꼬리로 입김을 픽 쏟
았다. 나를 향한 비웃음이었다.

"자송문을 짓는다 하여 전하께서 우리를 용서하시리라
고 정말 믿는가?"

"앞의 세 사람도 모두 용서하셨습니다."

"그들과 우린 다르지. 그들은 명문대가에 속하고 청장관
이나 나는 한낱 서자일 뿐이라네. 언젠가 전하께서는 패설
이 매우 번잡한 글이지만 유의경(劉義慶)의 『세설신어(世說
新語)』는 볼만한 구석이 있다 하셨으이. 강좌(江左) 자제들
의 눈매, 턱 모양, 살쩍(관자놀이와 귀 사이에 난 머리털)과 수

* 명토를 박다. 누구 또는 무엇이라고 이름을 대거나 지목하다.

204

염 따위가 자세히 묘사되었다 하셨지. 내가 이제 전하께서 볼만하다 지목한 『세설신어』의 풍부함마저 버리고, 저 딱딱한 고문으로 산수기 몇 점을 지어 바친다고 치세. 전하께서는 그 글이 박제가답지 않음을 금방 아실 것이네. 무릇 선비란 무엇인가. 자신의 시문으로 자신의 삶을 드러내는 자일세. 언젠가 연암 선생께서도 말씀하셨지. 「청명상하도(淸明上河圖)」*를 그릴 때 뛰어난 화원이든 세 살 먹은 아이든 모두 흰 바탕에서 부리를 따는 것처럼,** 천자로부터 서인까지 자신의 삶을 진솔하게 담아 시문을 짓는 자라면 누구나 선비라고 말일세.***

지금까지 살아온 삶의 기운들이 소위 패관소품이라 일컫는 내 글 속에 온전히 담겼는데, 이제 한유의 문장 몇 개를 훔쳐 짓는다 하여 어찌 달라지겠는가. 전하께서는 백탑 서생을 내치기로 이미 마음을 정하셨고 그 구실을 찾으시는 걸세. 검서관으로 처음 입직하였을 때 전하께서 약조하셨다네. 대역죄를 짓지 않는 한 먼저 규장각에서 너희를 내쫓는 일은 없을 것이라고. 전하께서 그 약조를 깨는 것

* 큰 도회지의 청명절 풍광을 그린 그림. 박지원은 「청명상하도」에 관하여 발문 네 편을 지었다.

** 부리를 따다. 이야기나 일을 시작하거나 손을 대다.

*** 『연암집』 「창애에게 답함(答蒼厓)」에서 인용.

이 아니라 내가 자송문을 올리지 않았기 때문에 헐수할수
없이* 벌을 내리는 식으로 몰고 가시려는 것이야."

"그렇다면 더더욱 자송문을 올리셔야 합니다. 규장각으
로 돌아가셔야 탑전에 나아갈 수 있고, 그래야 지난날의
약조와 아름다운 기억들을 말씀 올릴 기회가 생기니까요."

박제가가 안경집을 만지작거리며 물었다.

"청장관 형님이 서찰을 보내신 까닭은 알겠네. 서자 출
신의 검서관 중 하나라도 남아야 한다고 믿으시는 게지.
이왕이면 당신보다 젊은 내게 그 자리를 양보하고 싶기도
하겠지. 하나 거긴 내 자리가 아닐세. 이런 눈으론 서책 한
권도 제대로 새기지 못해. 한데 청전, 자넨 어떤가? 청장관
형님의 부탁 때문에 날 설득하려 드는 건가? 아니면 정말
우리가 무슨 죄를 지었다고 믿는 건가?"

"백탑 서생에게는 한 점 죄도 없습니다. 하지만 나고 들
때 고개를 숙이는 것이 꼭 문을 공경해서는 아니지 않습니
까. 큰 바람은 일단 피하는 것이 상책인지라……."

나는 백탑 서생이 다치는 것을 원치 않았다. 슬기로운
처세가 필요한 때라 믿었다.

"젓갈이 짜지 않다, 매실이 시지 않다, 찻잎이 쓰지 않다,

* 어쩔 수 없이.

이런 책망을 하신다면 얼마든지 되살필 뜻이 있으이. 하나 소금, 매실, 찻잎을 일러 왜 너희는 겨자처럼 맵지 않느냐 꾸짖으신다면 이 세상에 맛난 음식은 사라지고 말 걸세."

시력을 잃어 가는 두 눈에서 굵은 눈물이 흘러내렸다.

"형님!"

그는 아내를 잃고 눈이 머는 것보다 천편일률 심심한 문장을 지어 바치라는 명을 더욱 끔찍하게 여겼다.

"군왕께서 내 글을 원하시니 신하 된 도리로 짓긴 하지. 하나 자송문은 아니야. 차라리 뿔 없는 숫양을 찾는 편이 나을 걸세. 왜 내가 죄를 자인할 수 없는지 그 이유를 쓸 걸세. 이 세상이 온통 주자의 가르침만으로 가득하다면 그 또한 어찌 올바르다고 할 수 있으리."

"그러다가 성노라도 사시면……."

"하하, 성노는 이미 샀다네. 그러니 자네가 예까지 내려온 게고. 한 가지만 더 내 생각을 말해 줄까. 전하께선 백탑 서생과 선을 긋긴 하셨지만 우리를 죽이거나 귀양 보내는 일은 이번엔 하지 않으실 듯하이. 거리가 생긴 것만으로도 우리를 싫어하는 무리는 쾌재를 부르겠지. 여기에 형벌을 더 하는 건 효과가 미미하다네. 동정심을 불러올 수도 있지. 전하께서 이런 이치를 살피지 못하실 리 없어. 그러니 지금은 내가 무슨 글을 지어 바친다고 해도 그냥 넘기

시리라고 보네. 시력까지 점점 나빠지고 보니 세상이 뭐 별건가도 싶으이. 전하와 우리 사이에 선이 확실하게 그어졌네. 이보다 더 나쁜 일은 내 인생에 없을 것 같아. 삭탈관직을 당하고 귀양을 가고 후명(後命)*을 받을 수도 있겠지. 하나 그건 다 우리 사이에 그어진 이 선의 결과일 뿐이야. 후후후!"

"하면 전하께서는 처음부터 중벌을 내릴 뜻이 없으시다는 건가요? 내리칠 것도 아니면서 태를 든 나장처럼……."

박제가가 내 말을 자르며 물었다.

"유리창에 대해서 아는가?"

"연경에 있는 서점 거리 아닙니까?"

백탑 서생과 어울린 것이 몇 년인데 새삼스럽게 유리창을 운운할까. 김진과 내가 적성 열녀 사건을 마친 후 유리창을 둘러보고 온 것을 박제가도 안다.

"맞네. 담헌 선생이나 연암 선생 그리고 청장관 형님이나 나 역시 유리창에 다녀왔다네. 그곳에서 이런저런 서책도 샀고, 또 그 멋진 풍광에 대해 이런저런 잡문도 지었다네. 유리창은 단순히 서점들이 모인 거리가 아니라 세상과 통하는 청나라의 눈이지. 천축국은 물론 서역과 그 너머

---

* 귀양 간 죄인에게 사약을 내리는 것.

구라파(仇羅婆)의 온갖 문물이 유리창으로 몰려와 쌓였다가 청나라 서생에게 전달된다네. 아무리 위대한 생각도 유리창에 닿지 않으면 아직 존재하지 않는 것이며 아무리 탁월한 시문과 그림도 유리창에 닿지 않으면 따스한 햇살이나 살랑대는 바람에도 미치지 못한다네. 듣자 하니 성균관을 비롯하여 도성에서 머무는 서생은 우리들이 지은 연행록을 통해 연경의 유리창을 상상한다더군. 다시 말해 우리들의 연행록이 그들에겐 곧 유리창인 걸세. 『열하』는 그 모든 연행록의 백미라네. 『열하』에 담겼으면 똥 덩어리나 기왓개미*도 소중한 보물이며 『열하』에 담기지 않았으면 황실의 보석도 길거리의 돌멩이 취급을 받지. 아니 그런가?”

사실이었다. 『열하』를 읽은 서생들이 모여 「환희기(幻戲記)」에 실린 마술을 하나씩 연습하는 것을 본 적도 있었다. 그만큼 『열하』는 그들에게 놀랍도록 새로운 무엇이었다. 박제가의 설명이 이어졌다.

“지금까지 전하께서는 주자라는 유리창으로 박지원이라는 유리창을 부수려 하셨지. 인생을 가르치는 빛이라 여겨지는 부분만 따로 모아 편하시고 또한 경연에서 거듭 주자의 주장을 인용하신 것도 이 때문일세. 하나 젊은 서생들

---

* 기와의 부스러진 가루.

은 주자의 딱딱한 가르침 대신 『열하』에 환호하고 있다네. 전하께서는 이제 주자를 강조하던 종전의 방식을 바꾸어 직접 박지원의 『열하』라는 유리창을 깨기로 작정하셨다네. 하나 몽둥이를 내리쳐 유리창을 깨지는 않으시고 다만 작은 구멍만 몇 개 뚫어 놓으시려는 걸세. 그리만 해도 이 유리창은 금이 가고 부서질 테니까. 내가 왼새끼를 꼬는 건* 그다음일세. 서생이란 말일세. 유리창이 없으면 세상을 볼 수 없는 사람들이야. 『열하』가 깨어지면 그들은 무얼 유리창으로 택할까. 십중팔구는 다시 주자의 가르침으로 돌아갈 걸세. 생각만 해도 끔찍한 일이지."

박제가를 부축하며 산을 내려왔다.

처음에는 손사래를 치며 내 손길을 마다했지만 돌부리에 차여 넘어지고는 마음을 고쳐먹었다. 안경이 떨어지면서 유리알에 금이 갔던 것이다. 내 팔꿈치를 붙들고 색시걸음으로 조심조심 걸음을 뗐다. 흰빛이 조금이라도 감돌면 멈춰 서서 돌인지 물인지 가렸다. 그러다가 피식 웃었다.

"소경이 개천 나무란다더니 내가 꼭 그 꼴일세. 발을 헛

---

* 왼새끼를 꼬다. 일이 꼬여 어떻게 될지 몰라 애를 태우다. 심히 우려하거나 조심하여 말하고 행동하다.

디뎌 놓고 괜히 길을 원망하는군. 그나저나 당분간 백탑 서생은 연경 나들이도 힘들겠군. 누군가 유리창으로 가야 멋진 안경을 구해 달라 청을 넣을 텐데 말이야."

"소광통교에도 썩 좋은 안경을 팝니다. 다음에 올 때 하나 장만해 드리지요."

"그때도 안경이 필요할까 모르겠으이."

눈이 완전히 멀어 버릴 것을 염려함일까 아니면 부여 현감 자리에서 쫓겨날 것을 예측함일까. 둘 다 참담한 일이다.

박제가는 객관까지 나와 함께 걸었다. 하룻밤 벋놓는* 것도 나쁘진 않았지만 그가 먼저 거위걸음을 멈추었다. 자송문을 쓰라고 내가 또 설득할까 마음에 걸리는 듯했다. 작별 인사를 하려는데 박제가가 내 팔목을 쥐고 꼭꼭 숨겨 두었던 속마음을 털어놓았다.

"공석이 비명에 갔다면 열하벽(熱河癖) 때문에 독회에 모였던 이들은 마땅히 흩어져야 하네. 어떤가, 청전! 자네도 서울 생활을 잠시 접고 백제의 옛 향기를 벗하며 지내지 않겠는가."

나는 부여현에 닿은 후부터 박제가를 설득했다. 원칙보다 때론 처세도 중요하다는 것이 논지였다. 한데 지금은 박

---

* 벋놓다. 잠을 자야 할 때에 자지 아니하고 그대로 지나가다.

제가가 내게 처세를 권한다. 관직을 맡아 직분에 충실한 것
도 좋지만 이 순간은 물러나서 숨을 때라고. 원칙에 집착해
서 이리 내달리고 저리 쫓다가 큰 화를 당하지 말라고.

나는 박제가와 눈을 맞추었다.

'모두 떠나면 도성은 누가 지키나요. 전하께서는 앞으로
더 많은 일을 하실 것이고 더 험난한 위기를 맞으실 거예
요. 지켜 드려야죠. 백탑 서생이 아니면 누가 그 일을 할 수
있겠는지요.'

박제가가 천천히 고개를 저었다.

'언제까지 어명을 받드는 일에만 급급할 텐가. 청전, 자
넨 새로운 삶을 꿈꾸어 왔지 않은가?'

'매설가…… 말씀이신가요? 아직 저는 멀었습니다. 글자
도 조잡하고 문장도 거칩니다. 삶에 대한 통찰도, 인간에
대한 연민도 부족합니다.'

'청전, 자넬 잘 살피게. 솜씨가 부족하다며 이런저런 핑
계를 대지만, 자네에게 부족한 것은 재능이 아니라 습작할
시간일세. 세책방에 한번 나가 보게나. 갓 스물을 넘긴 매
설가들이 지은 제법 그럴싸한 매설들이 나와 있지 않은가.
자넨 그들보다 더 많은 매설을 읽었고 더 많은 인생 경험
을 쌓았으이. 그런데도 자네 손이 무딘 이유는 단 하나 서
안 앞에 차분히 앉을 여유가 부족해서라네. 흉악범을 쫓느

라 한두 달을 훌쩍 흘려보내는 일이 잦으니, 어찌 이야기들이 자네 손끝에 고이겠는가. 이번이 기회일세. 매설가로 끝장을 볼 생각이라면 하루라도 서두르는 편이 낫지. 새로운 삶을 시작하는 걸세. 자네를 위해 객사를 비워 둠세. 고요하고 깊은, 백제의 숨결 어린 강가에서 걸작을 한 편 완성해 보게나.'

'감사합니다. 솔직히 이대로 세월을 보내다가 변변한 이야기 한 편 짓지 못하고 끝나는 게 아닐까 두렵기도 합니다. 하지만 지금은 때가 아닌 것 같습니다. 매설로 뛰어드는 이들의 면면을 살핀 적이 있지요. 입신양명의 기회를 놓치고 시절을 탓하는 이들이 대부분이었답니다. 몰락한 양반도 있었고 돈은 많지만 관직에 오르지 못하는 중인도 있었지요. 그 대열에 저까지 끼어들고 싶지 않습니다. 저는 세상과 담을 쌓고 제가 만든 이야기 속에서만 위로 받는 매설가는 되지 않으렵니다. 그런 매설 속으로 독자를 끌어들이지도 않으렵니다. 저는 최선을 다하여 이 세상이 지금보다 더 나아지도록 독자를 이끌고 싶습니다. 그리하여 제가 만드는 이야기의 안과 밖이 차별 없이 만났으면 합니다. 지금은 세상에 떠밀려 은거할 때가 아니라 한 걸음이라도 더 나아가 맞설 때입니다. 백탑 서생을 죽음으로 내모는 세력을 그냥 둔 채 형님 곁으로 내려오긴 싫습니다.'

"형님! 저는 의금부 도사입니다. 살인 사건을 목격했으니, 더군다나 둘도 없는 벗이 죽었으니, 범인을 잡아야지요."

박제가가 내 팔목을 끄숙였다.

"아니야. 예감이 안 좋아. 꼭 조사를 해야겠다면 화광이 돌아온 후에 하게."

그 순간 마음이 무척 상했다. 화광 김진은 한낱 서생이며 흉악범을 잡는 의금부 도사는 바로 나 이명방이다.

"염려 마십시오. 봄바람 불기 전에 범인을 알려 드리겠습니다."

박제가가 습관처럼 콧등을 찡그렸다.

"하는 수 없지. 조심 또 조심하게나. 위기다 싶으면 곧장 내게 달려오고. 아 참! 이틀 전에 자네의 벗이라며 걸승 하나가 바로 저 객관에서 묵고 갔다네."

"걸승이라고요?"

덕천의 뭉툭한 코가 스치고 지나갔다.

"이름은 밝히지 않았으이. 불제자가 이름은 가져 무엇 하느냐며 제법 달마 흉내를 내더라고. 어둑새벽에 인사도 없이 떠났더군. 손바닥만 한 자개함 하나를 남겼으이. 자개함 위엔 '靑箭' 두 글자가 적힌 종이가 놓였더라고. 혹시 자네가 올까 싶어 따로 열어 보진 않았네. 한데 이렇게 하루 만에 자네와 해후했으니 제법 귀시(龜蓍)*로 발떠퀴**도 보고 미래도 살피는 걸승이었군그래."

"자개함을 어디 두셨습니까?"

"떠날 때 놓고 간 자리에 그대로 있으이. 서안 아래를 보게나."

박제가의 지팡이 소리가 멀어지기를 기다려 방으로 들어섰다. 청등을 밝혀 들고 서안 아래로 팔을 뻗어 자개함을 찾았다. 과연 그 자리에 있었다. 서안을 뒤로 밀며 허리를 숙였다.

青箭!

흘려 쓴 두 글자가 제법 멋스러웠다. 글자를 쓴 이의 성정과 붓 소리를 상상하며 살폈다. 박자를 정확히 지켜 사는 것보다 엇박자로 나고 드는 것을 즐기는 솜씨였다.

천천히 자개함을 열었다. 무명천에 무엇인가가 담겼다. 무명천만 따로 꺼내 귀퉁이를 하나씩 폈다.

"이, 이것은!"

범자번과 염주였다. 꼭꼭 접은 범자번을 펴자 점점이 튄 핏자국이 드러났다. 염주를 쥐고 염주알을 만졌다. 얇게 팬

---

* 거북점과 시초점.
** 사람이 가는 곳에 따라 생기는 길흉화복의 운수.

홈을 손끝으로 따라가니 '空'과 '無' 두 글자가 반복되었다. 둘 다 덕천이 수족처럼 지니고 다니던 물품이었다. 검붉게 변한 핏방울들을 노려보았다. 질문이 이어졌다.

그 걸승이 곧 덕천인가. 심한 부상을 입기라도 한 것인가. 다쳤다면 왜 정유 형님께 도움을 청하지 않았는가. 또 내게 자신의 물품을 남긴 까닭은 무엇인가. 걸승이 덕천이 아니라면, 그는 누구이기에 덕천의 물품을 가지고 있는가. 또 이 피는 누구의 것인가. 덕천의 것이 진정 맞는가. 그리고 또 내게 이것들을 남긴 까닭은 무엇인가. 그리고 내가 곧 당도할 줄을 어떻게 알았단 말인가.

나는 다시 염주와 범자번을 무명천에 싸서 자개함에 넣었다. 어디서부터 이 문제를 풀어야 할까. 왜 내게 이런 일들이 연이어 닥치는가. 머리가 터질 것처럼 혼란스러웠다.

8장

문장에서는 기(氣)를 가장 중시하는 법이니, 기가 이르는 곳이면 문장도 그에 따르게 된다. 저 형식과 틀에 얽매이는 자들은 문장을 짓는 데에 있어서도 말단적이다.

—정조, 『일득록』

화림(花林)이라는 별칭처럼 안의현은 온갖 꽃들이 계절을 가리지 않고 피는 동네로 유명했다. 대국에서 최고로 아름답다 소문난 항주와 어깨를 견줄 정도였다. 화광 김진도 경상도 꽃을 탐문할 때는 안의현을 중심 고을로 삼았다.

사흘 전부터 소나기눈이 내렸다. 담비 가죽으로 만든 갖옷을 입고 쉼 없이 달렸지만 여정은 더욱 늦춰졌다. 역참(驛站)의 주전(廚傳)*도 마다하고 어릿간**에서 갈아탄 말들이 눈길에 익숙하지 않은 탓이다. 된새바람이 숫눈을 흩어 놓기라도 하면 앞발을 치켜들며 버텼다.

---

* 역참에서 주는 음식.
** 말이나 소 따위를 들여 메어 놓기 위하여 사면을 둘러막은 곳.

밤길을 달려 성산(城山) 자락에 이르렀다. 잘 드는 내 칼도 다른 이 칼집에 들면 빼내기조차 어렵다 했던가. 어림 짐작으론 벌써 도착했을 마을이 곰비임비 뒷걸음질을 쳤다. 평탄하게 이어지리라 짐작한 능선에는 군데군데 함정이 숨어 발목을 잡았다.

박지원은 과장(科場)을 박차고 나온 후 평생 포의로 지내다가 뒤늦게 비록 외직이지만 관직을 받았다. 그로서는 대단한 변신이다. 일찍이 남명 조식은 선조대왕이 여러 번 청하였지만 청운의 길을 접었고, 인조 반정 이후 녹문산(鹿門山)*에 은거하여 세상에 나오지 않은 서생이 수십 명이었다. 박지원은 곱지 않은 시선을 알면서도 외보(外補)**를 물리치지 않았다. 백탑 서생 앞에서 밝힌 외직 제안을 받아들인 이유는 간단했다.

"흉년이 계속 이어지고 있으이. 한데 조정 대신과 지방 수령들은 뒷짐만 진 채, 사람을 찔러 죽이고서도 칼이 했지 내가 한 짓이 아니라며 딴청만 부린다네. 비대발괄***하는 백성들 원성이 귀에 쟁쟁해. 지금 나서지 않으면 기회가 없어!"

---

* 세상을 등진 서생들이 은거하는 곳. 후한 때 방덕공이 은거한 곳.
** 지방 수령에 명하다.
*** 억울한 사정을 하소연하면서 간절히 청하여 빌다.

무엇을 할 기회이며 왜 지금이 아니면 늦는지에 대해서
는 첨언이 없었다. 검서로 부름을 받던 시절과는 분위기가
달랐다. 그때는 비로소 세상으로 나아간다는 기쁨이 컸던
반면 지금은 이렇게라도 하지 않으면 예도 도도 정의도 무
너지고 만다는 위기감이 컸다. 검서관 이덕무가 적성 현감
이 되고 박제가가 부여 현감에 부임한 것과는 또 다른 의
미가 안의 현감 박지원에게 덧붙었다. 백탑 서생을 탐탁지
않게 여기는 이들은 우리를 연암을 따르는 무리 혹은 줄여
서 연암 일파로 불렀는데, 모든 공과를 한 사람에게 몰아
대는 이런 명명법이 몹시 싫었지만, 그만큼 백탑파에서 박
지원이 차지하는 자리는 막중했다. 박지원이 도성을 떠나
경상도 안의현으로 성은에 감읍하여 가겠노라 밝혔을 때,
나는 솔직히 며칠이나 지방관으로 버틸까 걱정했다. 시문
을 짓고 논하는 자리에선 조선 제일이지만 고을을 다스리
는 일은 문장가의 삶과는 전혀 달랐다. 향청에 웅크리고
있는 향반들과 질청에 나고 드는 아전들을 휘어잡기 위해
서는 다양한 수완이 필요한 것이다. 반년도 채우지 못하고
귀경한다면 그 역시 백탑 서생에겐 큰 상처이리라.

박지원은 상상 밖으로 안의 현감의 직분에 충실했다. 시
장(屍帳)을 읽고 범인을 추론하는 과정이 탁월하였기 때문
에 직속 상관인 경상 감사를 비롯한 이웃 고을 수령들의

질문 공세에 시달려야 했다. 박지원은 차분히 의옥(疑獄)을 풀었으며, 그 덕분에 진범이 잡히고 누명을 쓴 죄수들이 석방되었다.

나는 미리 사람을 보내지 않았다. 새벽부터 연통을 넣어 소란 떠는 일을 피하고 싶었다. 언덕을 넘어섰다. 안의현이 어둠을 베개 삼아 발아래 잠들어 있었다. 오직 한 군데만 이 대낮처럼 환하게 불을 밝혔다. 말에서 내려 그 빛을 따라 걸었다. 과연 관아가 나왔다.

작년 봄 안의현을 다녀온 박제가의 귀띔에 의하면, 박지원은 정당(正堂, 고을 수령이 정무를 보는 곳)에서 건방(乾方, 서북쪽)으로 수십 보 떨어진 곳에 폐허로 변한 관사를 수리하여 홀로 머물며 건밤*을 새워 서책 읽기를 즐긴다고 했다. 특히 대국에서 보고 들은 농기구를 직접 만드는 즐거움에 푹 빠졌단다. 바람을 이용하여 겨를 없애는 양선(颺扇)이나 논에 물을 끌어 올리는 용골차(龍骨車)로 후토(后土, 땅의 신)의 도움 없이 안의현의 수확량을 두 배로 늘리겠다는 것이다. 권농관(勸農官)이 따로 없었다.

박지원은 관사 중에서도 남헌(南軒)을 아껴 공작관(孔雀館)을 당호로 썼다. 그 당호가 무척 반갑고 의미심장했다.

---

* 잠을 자지 않고 뜬눈으로 새우는 밤.

무자년(1768년) 백탑 근처에 마련한 집의 당호 역시 공작관인 것이다.

수많은 새들 중에 왜 하필 공작이냐고 물었던 적이 있다. 그때 박지원은 껄껄껄 호탕하게 웃으며 답했다.

"영재가 키우는 머리부터 가슴까지는 검고 등부터 날개와 꼬리는 흰 비둘기 흑허두(黑虛頭)나 척재(惕齋, 이서구의 호)가 아끼는 초록 앵무새는 당장이라도 보고 만질 수 있지만, 공작은 연경에 가 보지 않은 이들에겐 기린이나 코끼리만큼 낯선 귀물이지. 내 나이 열여덟 살 때였던가. 아주 크고 긴 비취새 꼬리가 두 자도 넘는 푸른 화병에 꽂혀 있는 꿈을 꾼 적이 있으니. 그리고 이십여 년 만에 대국에 들어가서 공작을 자그마치 세 마리나 보았다네. 털과 깃이 온몸을 덮었는데, 푸른빛이 감도는가 싶다가도 불이 활활 타오르듯 황금이 번쩍거리듯 참으로 변화무쌍하더군. 마음과 눈으로 미리 색깔을 정해 둔다면 그 누구도 공작 빛깔을 글로 담지 못할 게야."

세상에 없는 빛깔이라고 단정하지 말고, 황홀한 기운을 눈으로 보고 손으로 옮겨야 한다는 가르침이다.

오와 열을 지어 횃불이 가지런히 타오르는 관아에 이르렀다. 대문으로 나아가지 않고 담을 따라 서북쪽으로 돌았다.

공작관에서 불빛이 새어 나왔다. 급창(及唱, 지방 관아에 소속된 하인)과 통인(通引, 지방 관아에 소속된 이속(吏屬))의 걸음이 잦아들기를 기다려 가볍게 담을 넘고 뜰 안으로 들어섰다. 뜰 중간에 대를 엮어 만든 시렁이 울처럼 널렸는데 그 위에 밤새 내린 눈이 소복이 쌓였다. 슬쩍 정당 쪽을 얼본 후 섬돌 가까이 나아갔다. 꽃신 한 켤레가 놓였다.

이상한 일이군. 그사이 소실이라도 들이셨는가.

어찌할까 망설이는데 스르르 방문이 열렸다. 급히 시렁 뒤로 몸을 숨겼다. 자태가 고운 여인이 고개를 내밀어 뜰을 살폈다. 그늘진 그 얼굴이 왠지 낯이 익었다. 명은주였다.

필동에서 붓을 파느라 바쁜 은주가 어이하여 안의현까지 내려와 공작관에 머무르는 걸까?

명은주는 소복 차림으로 방을 나와서 신발을 신으려다 말고 주위를 두리번거렸다. 내가 막 일어서서 말을 붙이려는 순간, 그녀는 뒤돌아서서 다시 방으로 들어가 버렸다. 곧 불이 꺼졌다.

잠시 망설였다.

정당에 가서 연암 선생부터 뵐까?

그러나 명은주가 한양에서 이곳까지 내려온 이유부터 알고 싶었다. 섬돌을 건너뛰어 방문에 등을 대고 섰다. 고개를 돌려 나지막이 불렀다.

"낭자! 은주 낭자!"

답이 없었다.

문을 잠갔을 테지.

필동에서 명은주는 대문은 물론 쌍바라지*까지 꼭꼭 단속했다. '열하광'에 참석하면서부터 생긴 습관이었다. 혹시나 싶어 가만히 방문을 잡고 오른쪽으로 당겼다. 얼음 위를 미끄러지듯 방문이 열렸다. 이상한 일이었다. 급히 방으로 들어간 후 등 뒤로 문을 닫았다.

은주는 아랫목에서 이불을 덮은 채 잠들었다. 그녀의 반주그레한 뺨에 오른손을 얹었다. 찬 기운을 느낀 그녀가 몸을 떨며 눈을 떴다. 그녀의 입을 손으로 막은 채 속삭였다.

"놀라지 마. 나야!"

가만히 손을 뗐다. 명은주가 와락 품에 안겼다가 내가 작고 야윈 등을 감쌀 틈도 없이 포옹을 풀고 빠르게 말했다.

"의금부에서 사람들이 와 있어요."

"의금부라니? 그 사람들이 왜 여기까지 왔어? 혹시 연암 선생을 잡아가려고?"

"그건 제가 당신께 여쭈고 싶은 일이에요. 왜 관원들이 당신 행방을 수소문하죠?"

---

* 좌우로 열고 닫게 되어 있는 두 짝의 덧창.

"무슨 소릴 하는 거야? 그럼 금부에서 나를 잡으러 왔단 말이야?"

내가 계속 질문을 쏟자, 명은주는 잠시 말을 멎고 내 얼굴을 뚫어져라 쳐다보았다. 따듯함은 사라지고 무엇인가 차고 날카로운 느낌을 받았다.

"저한테만은 솔직히 말씀하셔도 돼요."

"뭘 말하란 게야?"

"화내지 말고 제 얼굴을 보세요. 공석이 두미포에서 화살을 맞은 날부터 지금까지 당신의 행적을 찬찬히 되짚어 봐요."

"왜 내가 그런 짓을 해야 하지? 빙빙 돌리지 말고 말해. 무슨 일이야?"

"부끄러운 짓 하지 않은 것 맞나요?"

부끄러운 짓이라면…… 백탑 서생을 감시하라는 명을 받든 것뿐이다.

"없어!"

"확실한가요? 마음속 구석구석을 다 들여다봐요. 정말 중요한 일이에요."

"날 못 믿어?"

"……"

명은주는 즉답하지 않았다. 눈망울이 흔들렸다.

"정말 날 못 믿는 거야?"

"……제가 아는 의금부 도사 이명방은 흔적을 남기지 않는 사람이었어요. 좋은 일이든 나쁜 일이든 마음에 담아 둘 뿐 여기저기 흩어 놓는 법이 없죠. 한데 지금은 흔적이 너무 많아요. 그리고 그 흔적을 지우려고도 하지 않고요. 당신을 믿어요. 제가 아니면 누가 당신을 믿겠어요. 하지만 당신은 많이 달라요. 그것 알아요. 이렇게 화낼 땐 꼭 당신이 아닌 것 같아. 소중한 무언가를 놓치고 허둥대는 꼴이라니."

믿는단 말인가 못 믿는단 말인가. 옛날엔 믿었는데 앞으로는 믿지 않겠다고?

"말해. 무슨 일이야?"

명은주가 내 시선을 피하지 않고 답했다.

"덕천 대사의 시신이 발견되었어요."

"뭐? 뭐라고? 어디서? 언제?"

"지난 초나흘에 북한산 태고사(太古寺) 산신전 뒤 겨울 땔감을 쌓아 두는 광에서요."

"한데 왜 날 잡으러 온 거야?"

"청장관 선생님 말씀으로는 표창이 목을 관통했대요. 얼뜬 솜씨로는 어림도 없는 일이죠."

표창! 예감이 좋지 않다.

"표창 다루는 무인이 어디 한둘이야?"

"표창 창날에 '들 야(野)' 자가 파리 머리만큼 작게 새겨져 있었대요. 그런 표식이 새겨진 표창을 쓰는 이는 의금부 도사 이명방뿐이죠."

야뇌 백동수에게 표창 던지는 법을 익힌 기념으로 내 표창에 전부 '野'를 새겼다. 덕천의 목을 관통한 표창이 내 것이라는 얘기다. 이건 모략이다. 누명을 쓴 것이다.

"모함이야. 내가 왜 덕천 대사를 죽인단 말인가?"

"긴 이야긴 못 해요. 지금 여긴 호랑이 굴과도 같아요. 빨리 나가세요. 북쪽으로 곧장 삼 리만 가면 향교가 있고, 향교 남쪽에 덕유와 지우 두 물이 만나는 곳에 점풍대(點風臺)가 있고, 그 점풍대 아래로 내려가면 봄부터 가을까지 밤낚시꾼들이 잠시 쉬어 가는 초가가 하나 나온답니다. 지금은 비어 있을 테니 그곳에 가서 기다리세요."

"당신은?"

"우리 사이를 의금부 관원들은 아직 몰라요. 저는 청장관 선생의 서찰을 연암 선생께 전하기 위해 왔다고 둘러댔답니다. 자, 이제 곧 날이 밝아요. 가세요, 어서."

은주가 생청*으로 등을 떠밀었다. 나는 공작관을 끼고

---

* 억지나 떼.

돌아 북쪽 담을 넘었다.

점풍대로 가는 동안 뒤통수가 바늘로 찌르듯이 아팠다. 덕천의 목에 왜 내 표창이 꽂힌 걸까. 기억을 더듬어도 그에게 표창을 선물한 적이 없다. 북삼도를 유람하고 연경 유리창으로 가겠다고 떠난 사람의 시신이 북한산 자락에서 발견되었으니 미칠 노릇이다. 부여현에 나타난 걸승은 그럼 누구란 말인가.

초옥은 더럽고 좁고 추웠다.

바람벽에 바라지*를 낸 것처럼 구멍이 뚫려 흐르는 강물이 안에서도 보일 정도였다. 내가 살인범으로 몰렸다는 소식을 듣고 이덕무가 명은주를 보낸 것이 분명했다. 두미포에서 밀주를 먹고 헤어진 후 나는 거의 닷새나 사경을 헤매다가 깨어났다. 덕천까지 죽었으니 밀주를 먹기 전후 물계**를 아는 이는 오직 나뿐이다. 두미포에 다녀온 대묘동 하인에 의하면, 그곳에는 밀주를 파는 가게도 없고 곰보 사내도 없다고 했다. 이옥은 한술 더 떠서 나를 북한산 자락에서 보았다고 했다. 안의현에서 의금부 관원들에게 붙잡

---

* 방에 햇빛을 들게 하려고 벽의 위쪽에 낸 작은 창. 쌍바라지, 약계바라지 따위가 있다.
** 어떤 일의 처지나 속내.

히는 것은 최악이다. 내가 그날 북한산에 가지 않았음을 밝히는 증인이나 물증 없이 의금옥에 갇힐 수는 없다. 한데 살인 흉기로 내 표창이 사용된 것을 금상께서도 아실까.

연암협에 머물 때, 박지원에게 물었던 적이 있다.

"어떤 일이 가장 소중하신가요?"

박지원은 망설이지 않고 답했다.

"책을 쓰는 일이지."

"외람된 말씀이지만, 그리 자주 책을 쓰지는 않으시잖아요?"

"책이 참으로 소중하기 때문이라네. 자네도 꽤 많은 책을 읽어 왔지? 그중에서 자네를 굴복시킨 책이 몇이나 되는가?"

굴복시킨 책?

책을 읽다가 숨이 막히고 책을 다 읽은 후 그 책 앞에 무릎 꿇은 기억은 거의 없었다.

"그런 책은…… 솔직히…….."

"없지? 하하하, 나도 그러하다네. 젊어 한때는 공안파의 시문이 괜찮았고 이탁오의 몇몇 문에 전율한 적도 있으이. 하나 대부분은 그저 그런 기분이었고 시간이 흐르자 서목조차 잊었네. 내가 쓴 책이 그처럼 잊히길 원치 않는다네. 한 권을 짓더라도 모름지기 읽는 이를 굴복시키는 책을 지어야지."

"걸작을 남길 때를 기다리시는 건가요?"

박지원은 호랑이 눈을 뜨고 갑자기 호통을 쳤다.

"멍청한 소리! 붓을 들진 않았지만 늘 쓰고 있는 중일세. 자다가도 벌떡벌떡 일어나서 단상을 종이에 끼적이고 철부지 아이의 노래라 해도 허투루 흘려듣지 않는다네."

"하면 어떤 서책을 최고로 치십니까?"

눈썹과 수염 모두 백발인 박지원은 주저하지 않고 답했다.

"당연히 사마천의 『사기(史記)』라네. 「열전(列傳)」은 소름이 돋지. 아주 짧은 이야기 한둘로 그 사람의 됨됨이를 꿰뚫는다네. 그다음엔 『장자(莊子)』를 읽게. 아주 작은 것을 크게 보는 방법과 아주 큰 것을 작게 보는 방법을 터득해야 만물의 변화를 받아들이고 옮길 수 있으이."

박지원이 초옥으로 찾아온 것은 사시(오전 9~11시) 즈음이었다.

금부의 눈을 의식한 탓인지, 명은주와 동행하지 않고 혼자 왔다. 나는 큰절로 스승에 대한 예의를 갖춘 후 남공철이 부탁한 서찰을 내놓았다. 박지원은 서찰을 집어 품에 넣었다.

'스승님!

세상에 존재하는 큰 짐승들에 대한 묘사는 많지만, 스승님은 그것들보다도 훨씬 크고 담대하신 분이다. 고관대작의 가문인 반남 박씨의 적통이면서도 세상에 나아갈 때와 숨을 때를 가려 스스로 청운의 뜻을 꺾으셨고 이용과 후생을 위해서라면 대대로 이어져 오던 풍습이나 예의도 기꺼이 바꿀 의향이 있으셨다. 누구보다도 고문에 조예가 깊으시지만 옛것에 갇혀 오늘의 문제를 덮어 버리는 잘못을 경계하셨으며 그렇다고 경박하고 가벼운 감각에만 이끌려 정도(正道)를 벗어나지도 않으셨다. 『열하』는 스승님이 세상을 향해 자신의 뜻을 펼쳐 보이신 걸작이다. 연행의 기록이면서 깨달음의 여정이고 낯선 세계로의 몰입이면서 사라진 순간과의 재회다. 스승님은 이 책에서 아흔아홉 가지 다른 필체로 구백아흔아홉 가지 다른 이야기를 구천구백아흔아홉 가지 다른 가르침을 담아 들려주셨다. 읽을 때마다 다르고 옮겨 적을 때마다 다르고 살다가 문득 떠오를 때마다 다른 깨달음이 모두 스승님의 큰 몸에서부터 나왔다.

그러나 스승님은 또한 무섭지 않으시다. 공작 깃털보다도 가벼워 훨훨훨 날아다니신다. 한양에서 연경을 거쳐 천하의 두뇌와 같은 지세를 가진 열하로 날고, 선진에서 당송을 거쳐 명청으로 난다. 표와 사에서 문과 서를 거쳐 전(傳)으로 날고 이백과 두보에서 이식과 신흠까지 가 닿는다.

스승님은 종종 한 마디 말도 하지 않으시지만 이미 많은 말씀을 하셨고 또 밤을 새워 많은 이야기를 하시지만 단한 마디도 하신 적이 없으시다. 스승님의 글은 스승님의 말씀과 같으면서도 다르고 스승님의 행동은 스승님의 말씀과 다르면서도 같다. 단 한 번도 다른 적이 없었지만, 어리석은 제자의 눈에는 다르게 뒤섞였다가, 한참을 지낸 뒤에 참 빛깔을 품게 된다고나 할까. 스승님은 작년 겨울 안의로 가셨고 나는 한양에 머물렀지만, 스승님의 걸작을 읽는 내내 나는 스승님을 모시고 오악(五嶽)으로 사독(四瀆)으로 여행 중이었다. 그곳이 산해관이든 연경이든 금강산이든 간월도든 혹은 안의든 스승님과 함께 떠난다는 사실이 중요하다. 글을 지을 때 외엔 멈춰 서지 말고 멈춰 서더라도 글 속에서 또한 떠나라고 항상 가르치셨으니까. 그러다가 문득 물으시지.

청전! 어디까지 왔는가. 어디로 가야 하는가.'

"대체 무슨 짓을 벌이고 있어? 벌써 두 사람이나 죽었네."

박지원은 자리에 앉자마자 번뜩이는 눈으로 쏘아붙였다.

"독회를 미행하는 무리가 있습니다. 소생이 꼭 잡아내겠습니다."

"적상산(赤裳山) 가을 단풍처럼 고운 은주에게 들었네. 덕천을 마지막으로 본 것이 자네라고 스스로 주장한다더군."

233

명은주는 아직도 그 새벽 종소리를 들은 적이 없다고 믿는 것이다.

"그렇습니다."

"하면 앞뒤가 딱딱 들어맞는군. 덕천과 마지막까지 있다가 표창으로 목을 찔러 살해했다! 표창의 달인 이명방 정도는 되어야 건장한 불제자의 목을 표창으로 뚫지."

"소생이 저지른 짓이 아닙니다. 소생은……."

"믿을 수가 없군. 뭘 하며 돌아다니는지 내가 알아야겠네. 우선 저 봇짐부터 열게."

박지원이 말을 자르며 윗목에 둔 봇짐을 손으로 가리켰다.

"별것 아닙니다. 여행 중에 심심하면 보라고 청장관께서『발해고』를 빌려주셨습니다. 또 오며 가며 쓴 시 몇 편과……."

갑자기 말문이 막혔다. 부여현 객관에서 챙긴 자개함이 떠올랐던 것이다. 그 안에는 피 묻은 범자번과 덕천의 염주가 들어 있다.

"뭐하는 게야. 당장 가져와서 열지 못할까?"

떨리는 손으로 봇짐을 풀었다. 박지원의 시선이 자개함에 머물렀다.

"이리 주게."

"스, 스승님!"

박지원이 손을 뻗어 자개함을 열었다. 그는 범자번과 염주를 양손에 쥔 채 눈을 꼭 감았다. 나는 이 침묵을 견디기 어려웠다.

"정유 형님께…… 가, 갔다가 오는 길입니다……. 객관에서, 이상하게 들리시겠지만, 걸승이 자개함을 두고 갔다고…… 소생 앞으로 보내는……. 진범을 잡으면 물증으로…… 스승님! 제가 벌인 짓이 아닙니다……. 정말!"

박지원이 눈을 번쩍 떴다.

"의금부 도사로 지낸 것이 몇 년이냐?"

"무술년(1778년)부터니까…… 십오 년입니다."

그사이 훈련도감 별장이나 장용영 초관으로 잠시 나갔다 온 적은 있지만 의금부를 고향처럼 생각하며 지냈다.

"한데도 돼먹지 못한 농간에 빠져 허우적대는 겐가? 한 걸음 떨어져서 크게 사건을 바라보라 그리 일렀거늘, 표창이 제 목을 찌르고 나서야 정신을 차리겠는가?"

"표, 표창을 잃어버린 적은 없습니다. 혹시 제게 죄를 뒤집어씌우려고, 물고기 눈알로 구슬을 어지럽히듯 표창을 가짜로 만들었는지도……."

"하면 이 범자번과 염주도 덕천의 것이 아니란 말이냐?"

"아닙니다. 그건 덕천 대사가 늘 지니고 다니던 것이 분명합니다."

"표창은 가짜고 이것들은 진짜다? 청전!"

"예, 스승님!"

"답해 보게. 덕천에게서 범자번과 염주를 취한 자들이 표창은 가짜로 쓰겠나? 저들은 그렇게 생무지*가 아니야."

저들? 나 대신 범인을 따로 두고 지칭한 것이다.

"하면 제가 대사를 죽이지 않은 것을 믿으십니까?"

"점풍대에 닿을 때까진 긴가민가했네. 자네 성품을 모르는 바는 아니나 금부 관원들이 경상도 안의현까지 밀어닥쳤을 때는 그만한 물증이 있는 것이야. 은주도 와서 매사에 단정하고 똑 부러지는 자네가 덕천과 헤어진 날에 관해서는 횡설수설한다더군. 한데 이 범자번과 염주를 보고 의심을 풀었네."

"스승님! 그 두 물품은 덕천 대사의 유품이 분명합니다."

"아무리 청전 자네가 용퉁해도**, 사람을 죽여 놓고 물증을 부여현을 지나 여기까지 가지고 다닐 만큼은 아니지. 정말 자네가 범인이라면 범자번과 염주 따윈 한양을 벗어나자마자 태워 버리거나 묻었겠지. 한데 이걸 버젓이 품고 다니는 걸 보니 범인은 따로 있군. 아무리 그렇대도 흉물

---

* 어떤 일에 익숙하지 못하고 서투른 사람.

** 소견머리가 없고 미련하다.

들을 계속 갖고 다니진 말게. 의금옥에서 범자번과 염주를 내놓는다면 치도곤을 당하고도 남을 일이니까. 이 둘은 내가 따로 가지고 있겠네. 진범이 잡히고 위령제라도 지내게 되면 그때 찾아가게."

마음이 한결 가벼워졌다. 역시 스승의 그늘은 넓고 아늑하다.

"정유는 어찌한다던가?"

박지원도 말머리를 돌렸다. 어차피 '열하광'과 관련된 문제는 안의현에서 풀 수 없다.

"자송문 따윈 쓰지 않겠다더군요. 꼭 글을 지어 바치라 한다면 신하 된 도리로 쓰긴 하겠으나 군왕이 문체를 신하에게 강요하는 일이 얼마나 잘못되었느냐에 관해 짧은 논박을 하겠답니다."

박지원이 껄껄껄 웃어 보였다.

"과연 중동무이*를 싫어하는 정유답구먼. 눈은 좀 어떻던가? 소실을 들일 마음은?"

이덕무도 박지원도 여섯 자녀를 걱정하며 박제가에게 아이들을 양육할 소실을 맞아들이라고 권했다. 아버지가 아무리 살갑게 대해도 아이들에게는 엄마가 필요하다는

---

* 하던 일이나 말을 끝내지 못하고 중간에 흐지부지 그만두거나 끊어 버리다.

것이다.

"안경을 써도 흐릿한가 봅니다. 선명한 시어를 즐겼으니, 유유범범하게* 대충 넘어가야만 하는 하루하루가 약약하겠지요.** 소실은…… 글쎄요! 아직 죽은 형수님을 그리워하는 마음이 더 큰 듯합니다."

"정유 그 사람, 부여현에 가서도 백제 역사를 뒤지네 일본과의 오랜 인연을 찾네 어쩌네 하면서 손에서 서책을 놓지 않을 걸세. 그러니 눈이 더 나빠질밖에. 죽은 사람은 죽은 사람이고 아이들 생각도 해야지. 날이 풀리면 본격적으로 나서야겠군."

"매파 구실이라도 하시려고요?"

"못 할 것도 없지."

"자신은 자송문을 쓰지 않겠으나 연암 선생께는 꼭 지으시라는 말씀 전하라 당부하였습니다."

"우수마발(牛溲馬勃, 매우 흔한 약초. 비유하여 평이한 글)로 세상을 놀라게 해 놓고 저 혼자만 고고하게 백이숙제 흉내를 내겠다? 아니 될 말씀!"

"스승님! 남 직각도 스승님께서 결자해지를 하셔야 이

---

* 무슨 일을 꼼꼼하게 하지 아니하고 느리며 조심성이 없다.
** 싫증이 나고 몹시 괴롭고 귀찮다.

풍파를 무사히 지나간다 하였습니다."

박지원이 소리는 내지 않고 입술로 '결자해지'를 한 글 자 한 글자 따라 했다.

"열하에 갔을 때 대국선비 혹정(鵠汀) 왕민호에게 대국 에서 정한 금서에 대하여 물었다네. 삼백여 종이나 된다더 군. 서목을 물었더니, 정림, 서하, 목재의 문집 이름을 써서 보이고는 황망히 곧 찢어 버렸네. 이제 내 책이 그와 같은 신세가 되겠군.*

망망대해에서 큰 바람을 만나면 어찌해야 하는지 아는 가? 사나운 고래처럼 뛰노는 녀석을 피한다고 이리 뛰고 저리 뛰면 두멍**에 빠져 목숨을 잃지. 그땐 돛에 몸을 묶어 야 하는 걸세. 바람살이 아무리 거세도 풀리지 않도록 단 단히 묶은 다음 큰 바람과 정면으로 맞서는 거야."

"배가 통째로 부서질 수도 있습니다."

박지원이 날카롭게 물었다.

"그리 보는가? 이탁오가 이런 말을 했지. '무릇 내 글을 태우려는 자들은 그것이 사람의 귀를 거스른다 말하고 내 글을 인쇄하고 싶어 하는 자들은 그것이 사람의 마음속으

---

* 금서에 대한 논의는 『열하일기』「혹정필담」에 자세하다.
** 물을 많이 담아 두는 큰 가마니 독. 깊고 먼 바다를 비유적으로 이르 는 말.

로 쏙 들어온다고 말하는구나. 귀에 거슬린다는 자는 반드시 나를 죽일 것이니 이는 실로 두려운 일이다.' 전하께서 정말 백탑 서생 전체를 수장시키실까?"

몰라서 묻는 이야기가 아니다. 비슷한 불안이 백탑 서생 모두의 가슴에 자라나고 있었다. 유리잔에 한 번 금이 가면 그 금이 갈래갈래 뻗어 잔을 부수는 것은 시간문제다. 금상께서는 확실히 금을 그으셨다. 이 금은 결국 어디까지 가서 얼마나 많은 이들의 가슴을 부술 것인가.

"정유 형님은…… 이미 전하께서 백탑 서생을 버리셨다 하셨습니다만 소생은 그리 보지 않습니다. 배를 침몰시키지 않기 위해 남 직각에게 명하여 스승님께 은밀히 서찰을 짓도록 하명하신 게지요."

"어쩌면…… 배 자체가 없었는지도 모르지! 누구누구를 흉내 낼 때는 지났다네. 아무리 엇비슷해도 그것들은 다 가짜일세. 평생 흉내만 내다가 죽은 서생들로 조선 팔도가 그득하지 않은가. 이런다고 우리가 문둥이 신세에서 벗어나는 것도 아니라네."

"문둥이라니요? 대체 누가 우릴 문둥이로 봅니까?"

"미운 놈은 학창의를 입어도 오랑캐 의복을 갖춘 것처럼 보이기 마련일세. 속언에 중이 나오는 꿈을 꾸었는데 문둥이가 되었다는 말이 있지. 생각이 생각을 낳고 그 생각이 또 생각을 낳아 엉뚱한 결론에 도달한다네. 중은 절에서 살지? 그 절은 산에 있지? 산에는 물론 나무들이 많네만 옻나무도 그 안에 포함되지? 옻나무를 만져 옻이 옮으면 사람이 꼭 문둥이처럼 흉하게 바뀌지? 그래서 중과 문둥이가 연결되는 걸세. 연경에 가서 내가 청나라 서생들과 어울린 것이 어찌 옻을 만진 것 정도이겠는가. 그러니 우린 모두 문둥이라네. 『열하』는 문둥이가 오랑캐 칭호로 쓴 글이라네. 허허허."*

박지원의 목소리에 자괴감이 가득했다. 고개를 약간 숙이자 하얀 눈썹이 눈을 가렸고 백발의 수염이 미세하게 떨렸다. 무엇인가 말을 건네고 싶었지만 입술이 열리지 않았다.

"남 직각에겐 따로 답장을 써서 보내겠네. 자네는 누명을 벗는 일에나 진력하게."

평소라면 그 정도에서 논의를 마쳤겠지만 오늘은 더 묻지 않을 수 없었다.

"자송문을 지어 함께 보내실 것인지요?"

박지원이 수염을 쓸며 내 눈을 똑바로 들여다보았다. 예감이 좋지 않았다. 침묵 속에서 눈길만으로 제법 긴 마음의 대화가 오갔다.

---

* 『연암집』「이중존에게 답함(答李仲存書)」에서 인용.

'지으셔야 합니다. 그 누구보다 고문에도 뛰어나시지 않습니까. 지금 당장 짓기 어려우시다면, 예전에 지어 놓은 글이라도 없으십시오.'

'그리할 수 없음을 청전 자네가 더 잘 알지 않는가.'

'자송문을 올려도 서생들은 스승님을 비난하지 않을 겁니다. 군왕의 명을 받드는 일입니다. 자송문이 세상에 떠돈다 해도 『열하』의 위대함은 손상되지 않을 겁니다. 이미 뼈와 살로 굳고 피가 되어 온몸을 흐릅니다. 천하를 염려하는 젊은 서생은 모두 『열하』의 자식들입니다.'

"청장관에게 내 말이나 전해 주게. 꼭 자송문을 지어 올리라고."

"아직 청장관께는 자송문을 지으라는 명이 내리지 않았습니다."

"곧 내릴 걸세. 연암과 정유가 걸려들었는데 청장관이라고 예외가 있겠는가. 청장관은 말이야, 겉은 사슴을 닮았으나 속은 호랑이 중에서도 백두산 호랑이일세. 하하하!"

"한데…… 정유 형님이나 스승님은 자송문 짓기를 주저하시면서 왜 청장관께는 그 글을 지으라 하시는지요?"

박지원이 반문했다.

"그걸 몰라서 묻는가? 영조대왕 시절 백탑에서의 어울림은 우리들 삶의 근원이자 즐거움이었네. 금상께서 즉위하신 후 크나큰 성은이 내렸지. 백탑 서생이 누구인지 알려면 이제 규장각으로 가야 한다네. 물론 규장각 이전에도 이런저런 서책을 지어 품은 뜻과 배우고 익힌 재주를 선보였지. 하나 그것들은 방 한구석에서 웅크려 떨며 만들어졌을 따름이라네. 규장각은 다르지. 규장각을 처음부터 지금까지 키운 것은 바로 청장관이나 정유, 영재와 같은 백탑 출신 검서관이야. 백탑 서생이 규장각에서 사라지면 곧 백탑파의 정신도 스러지는 것일세. 나는 이슬 마시는 매미보다 허물 벗음이 더디고 배움이 깊지 못해 규장각엔 아예 들어가지도 못했고, 정유는 눈병이 깊으니 예전처럼 서책을 읽고 새기기 힘들다네. 누가 그럼 규장각의 크고 작은 일들을 살펴야 할까. 바로 청장관과 영재라네. 그중에서도 연장자인 청장관이 검서관을 대표한다 하겠지. 나와 정유는 설령 관직을 빼앗기고 귀양을 가더라도 미미한 파문을 일으킬 뿐이지만 청장관은 다르네. 그가 규장각을 떠나는 날이 오면 그날이 곧 백탑이 무너지는 날이야. 패관소품을 미주알고주알 밑두리콧두리 캐듯 따지는 일로 청장관이 다쳐서는 결코 아니 되네."

규장각에서 이덕무의 지위는 절대적이었다. 관자(貫子)*

---

* 정삼품 이상 당상들이 망건 줄에 꿰던 고리. 당상관의 반열을 의미한다.

를 달지는 못했으나 규장각의 역사는 물론 그동안 모은 서책이 언제 어디서 어떻게 분류되었는가를 소상히 아는 이는 이덕무뿐이다. 또한 연경 유리창에 새로 나온 서목과 그 책들을 싸고 빠르게 구입하는 방법을 아는 이도 이덕무다. 우스갯소리로 '걸어 다니는 규장각'인 것이다.

"작년에 정유에게 들으니 청장관 또한 지병이 깊다더군. 눈병이야 서책을 즐기는 서생에게 따라오는 벗과 같지만 잠시만 앉아 있어도 목과 허리가 뻣뻣하게 굳고 아침저녁으로 배앓이가 심하다고 하네. 잔기침도 끊이질 않아서 마두령(馬兜鈴)이나 이진탕(二陳湯)을 먹어도 겨울 내내 누런 가래를 뱉는다는군. 기가 위로 치밀어 귀까지 멍멍하고 숨이 찬데 북삼도로 귀양이라도 간다면 큰일 아닌가. 전하께서도 그동안 청장관이 규장각에서 얼마나 많은 일을 성실히 완수하였는지 아시니 자송문만 쓰면 큰 문제는 없을걸세."

'열하광'에서 논의가 한창일 때 이덕무는 슬그머니 일어서서 뜰로 나가곤 했다. 왼발이 예전부터 좋지 않았는데, 발끝부터 종아리와 장딴지가 심하게 당겨서 앉아 있기조차 힘들었던 것이다. 이덕무가 의금옥에 끌려가서 형신이라도 당한다면 하루를 넘기기 힘들다. 무슨 일이 있어도 이덕무가 문초를 당하는 일만은 막아야 한다.

"알겠습니다. 그리 말씀 전하겠습니다."

짧은 침묵이 이어졌다. 박지원이 내 얼굴을 뚫어져라 노려보다가 불쑥 물었다.

"언제까지 서찰 심부름이나 하며 떠돌 생각인가?"

"떠도는 것이 아니라…… 명을 받들어……."

말끝을 흐렸다. 흰 눈썹이 부르르 떨리며 그의 표정이 더욱 성난 호랑이를 닮아 갔던 것이다.

"표창 따위론 세상을 뚫지 못해. 서책 안으로 깊숙이 들어오리라 여겼는데 아직도 빈둥빈둥 그 모양이로군."

박제가와 비슷한 충고였다. 패관기서와 소품 문체로 세상이 어지러운 지금 의논이라도 한 듯 왜 나를 매설가로 만들지 못해 이러는가.

"안의현에 머물며 애정 매설이라도 한 편 지을까요?"

못 이기는 척 끌려가 보았다.

"어림없는 소리. 서책은 머물며 쓰는 게 아니야."

"하지만 스승님도 연암협에 거하시며 집중해서 각 편을 탈고하시지 않으셨는지요?"

박지원이 가소롭다는 듯 두 눈을 끔벅이며 답했다.

"그야 서책 안에서 온통 대국을 휘젓고 다녔으니까 그랬지. 자네도 압록강에서 열하까지 주유하는 이야기를 만들겠다면 연암협이든 어디든 머물러도 좋다네. 한데 그곳을 충분히 둘러보고 꼼꼼하게 기록한 것이라도 있는가?"

"없습니다."

"그럼 길 위에서 쓰고 고치고 먹고 쌀 도리밖에 없겠군. 편하게 서책 쓸 생각일랑 아예 버려."

경쾌하지만 섬뜩한 충고였다. 나는 마음속에 숨겨 두었던 물음을 던졌다.

"『열하』로 인한 이 모든 일들 중 후회되는 부분은 혹 없으신지요?"

박지원은 즉답을 않고 눈을 감았다. 『열하』에 바친 시간들을 되살피는 듯했다. 이윽고 긴 한숨과 함께 뜻밖의 아쉬움을 들려주었다.

"한 가지 마음에 걸리는 일이 있긴 하지. 연경에서 돌아온 후 겨우겨우 스물다섯 편을 끝내긴 했지만 완전하지가 않아. 늘그막에 벼슬길로 나서지 않았더라면, 충분히 공을 들여 부족한 부분을 덧보태고 어색한 대목을 바로잡았을 테지. 그동안에도 틈틈이 개고를 했네만 겨우 예닐곱 편에 머물 뿐이고 그마저 흡족하지 않으이. 『열하』 때문에 어려움을 겪는 건 두렵지 않네. 하나 『열하』 스물다섯 편을 완전히 교열하지 못하고 죽는 것은 정말 상상하기도 싫으이."

9장

달의 몸뚱이는 언제나 둥글어 햇빛을 빙 둘러 받고 보니, 이 때문에 지구
에서 본 달이 찼다가 기울었다 하는 것이 아닐까. 오늘 저녁 저 달을 온 세계
가 한 가지로 본다면, 보는 장소에 따라서 달은 살찌고 여위며 깊고 옅음이
있지 않을까. 별은 달보다 크고 해는 땅덩이보다 크되, 보기에는 그와 달라 보
이는 것이 멀고 가까운 것이 아닐까. 만약에 이것이 참말이라면, 해와 땅과 달
들은 모두 허공에 둥둥 뜬 별들로 보임이 아닐까. 별에서 땅을 볼 때에도 역시
그렇게 보일 것이 아니겠는가.

— 박지원, 「태학유관록」

도성으로 돌아오자마자 탑전에 밀서를 올릴 예정이었
다. 자송문에 대한 박제가와 박지원의 심경을 금상께서도
무척 궁금하게 여기실 것이다. 나는 처음 계획을 바꿔 밀
서를 쓰지 않았다. 의금부 관원들이 나를 포박하기 위해
움직이는 상황에서 궁궐에 연통을 넣는 것은 위험했다. 누
가 나를 잡아들이라는 명령을 내렸고 이 일에 배치된 관원
의 수가 얼마나 되며 내게 덧씌워진 죄명이 무엇인지를 파
악하는 일이 급했다. 덕천을 살해한 혐의는 시작에 불과하
다는 느낌이었다.

　1월 21일 도성에 닿았지만 사흘을 옥류동에서 숨어 지
냈다. 성미 부푼 상춘객들은 아직 흰 비단을 다림질한 것
같은 살얼음이 깔린 물줄기를 거슬러 인왕산에 올랐고, 노

새의 텁텁한 울음과 기녀들의 버들가지처럼 간드러진 웃음이 묘하게 뒤섞여 내 좁은 방까지 밀고 들어왔다. 보름 정도만 지나면 완연한 봄기운이 한양을 덮을 것이며 진달래 개나리 봄꽃들이 피어날 것이고 내사악 외사악 할 것 없이 꽃달임*을 즐기는 사람들로 넘쳐날 것이다.

장사치로 변장하고 매일 운종가를 배회했다. 의금부를 오가는 상번과 하번의 면면을 향나무 뒤에 숨어 확인했지만 내가 찾는 이는 없었다.

손무재가 모습을 드러낸 것은 24일이었다.

의금부에서 나온 녀석을 대안동 골목에서 장맞이**를 하여 낚아챘다. 등 뒤에서 목을 감고 표창을 턱밑에 갖다 댔다.

"나, 나리!"

녀석이 넓은 어깨를 흔들며 버티다가 창 끝이 턱을 찌르자 눈을 치떴다. 녀석을 끌고 향나무 뒤로 돌아갔다.

"무재야! 어디서 게으름을 부렸던 게냐? 네놈 기다리다가 숨이 멎는 줄 알았다."

"게, 게으름이 아닙니다요. 이 표창부터 치워 주십시오."

---

* 진달래꽃이 필 때 그 꽃을 따서 전을 부치거나 떡에 넣어 여럿이 모여 먹는 놀이.
** 길목을 지키고 기다리다가 사람을 만나려는 것.

녀석을 뒤에서 끌어안고 이야기를 계속 나눌 수는 없다.

"좋다. 하나 딴생각 마라."

"배, 백 보 밖에서도 달리는 사내의 귓불을 맞히는 솜씨 잘 압니다요."

목을 풀고 표창을 거두었다. 녀석은 덩치에 어울리지 않게 가느다란 한숨을 내쉬며 향나무 굽은 줄기에 등을 대고 섰다.

"게으름이 아니라고 했느냐?"

"예, 경상도 안의현에 다녀왔습죠."

너도 화림에 왔었느냐. 관아 정당에 일렁이던 횃불 옆에서 있었더냐.

"안의는 왜?"

시치미를 떼고 물었다. 녀석이 즉답을 않고 혀를 내밀어 마른 입술을 적셨다.

"의금부 나장이 안의현까지 간 연유를 물었느니라."

손무재가 시선을 피해 땅을 보며 기어들어 가는 소리로 답했다.

"……살인범을 포박하기 위함입니다."

살인범? 불편한 마음을 감추고 다시 몰아세웠다.

"살인범이라니? 안의현에서 벌어진 살인이라면 안의 현감과 경상 감사가 맡을 일이다."

"그게 아니라……."

검은 눈동자가 떨리면서 말소리가 작아졌다.

"무재야. 나는 널 친동생처럼 아꼈다."

"압니다요."

"이실직고하렸다. 안의현엔 왜 간 게냐?"

손무재가 말머리를 돌렸다.

"그보다 소인 놈이 하나만 여쭤도 되겠는지요?"

"무엇이더냐?"

"작년 섣달 스무아흐레 날에 서빙고에서 소인 놈과 만난 것 기억하시지요? 그날 이후 지금까지 어디에 계셨습니까요? 근 한 달 가까이 의금부에 결근한 사람은 소인이 아니라 나리십니다요."

제법 심문을 맡은 위관(委官) 흉내를 냈다. 살인 용의자를 만났을 때는 행적부터 면밀히 따져 확인할 것! 가르침을 잊지 않은 녀석이 기특했다. 내 눈이 틀리지 않다면 손무재는 앞으로 의금부에서 중요한 일을 할 재목이다.

"나오지 않았다 하여 금부 당상들이 나를 찾더냐?"

"아닙니다요."

"일상 책무는 다른 도사들이 나누어 맡았겠지?"

"그렇습니다요. 예전에도 나리는 보름에서 한두 달씩 의금부를 비우신 적이 있습죠. 종친이시고 게다가 여러 어려운 사건을 해결하신 솜씨야 의금부 관원이 모두 존경하고 있습니다요."

핵심을 에둘러 멀리서부터 풀어 나가는 솜씨도 서툴지 않다.

"처음엔 또 밀명을 받으셨구나 생각했습죠. 한데 걸승의 시신이 북한산에서 발견되었고 곧이어 안의현으로 가란 명이 내려왔습니다요."

갑자기 이야기가 건너뛰었다. 비약은 수빠지지 않으려고 할 때 자주 쓰는 수법이다. 나는 손무재가 말하지 않은 부분에 가볍게 말곁을 달았다.*

"걸승의 시신을 직접 보았느냐?"

"……."

즉답이 없다. 손무재는 흉악범 잡는 일에 가장 먼저 자원해 왔다. 이번에도 발을 뺐을 리 없다. 불길한 예감이 뻗어 나간 곳을 천천히 되짚었다.

"연목구어(緣木求魚)라고 놀림을 받을지는 모르겠네만…… 혹시 수면 위로 튀어 올라 꼬리지느러미를 휘돌리는 물고기 두 마리와 만났느냐?"

"그게…… 걸승의 목에서 파닥이고 있었습죠."

---

* 말곁을 달다. 남이 말하는 옆에서 덩달아 말하다.

낚싯줄을 힘껏 끌어당겼다.

"스무아흐레 날에 네게 준 표창은 잘 간직하고 있겠지?"

"그, 그게…… 집에 두고 왔습니다."

강제로 끌어내기보다는 기진맥진하게 만들어 투항시키는 쪽이 쉽다. 다시 부드럽게 줄을 풀었다.

"이상하군. 내가 표창을 가르치던 첫날 뭐라 일렀느냐?"

"……표창을 몸의 일부로 여기라 하셨습니다요. 틈만 나면 표창을 꺼내 손에 익히라고도…….."

"하면 다른 표창이라도 꺼내 보아라."

손무재가 고개를 숙이며 답했다.

"없…… 없습니다요."

"없다? 연습을 게을리하였다 이 말이냐?"

"그게 아니라…….."

"네놈 짓이냐?"

목소리에 비수를 실었다. 당장이라도 숨을 끊어 놓을 기세로 다그쳤다.

"네놈이 걸승을 죽였어?"

손무재가 안간힘을 쓰며 버텼다.

"아, 아닙니다요. 소인 놈은 올해 들어 북한산 자락엔 오른 적이 없습죠."

나도 손무재가 걸승을 죽였다고는 생각하지 않았다. 그

가 평소에 불교에 심취한 것도 아니고 북한산을 즐긴 것도 아니며 살인을 저지를 이유도 없다. 범인을 잡는 데만 혈안이 된 충직하고 착한 녀석이다.

"그럼 내 혐의는 이렇게 정리되겠군. 의금부 도사 이명방이 무슨 이유인지는 모르겠으나 걸승을 표창으로 찔러 죽인 다음 안의현으로 달아났다! 아무리 생각해도 납득이 되지 않는구나. 무재야! 혹시 시체에서 이상한 걸 못 느꼈느냐?"

"어떤 점 말씀이신가요? ……흠 그러고 보니 한 가지 이상한 구석이 있긴 했습니다."

"그게 뭐야?"

"아무리 걸승이라도 염주 하나쯤은 지니고 다닐 법한데 샅샅이 뒤졌지만 없더군요."

제법 날카롭다. 부여현에 찾아왔던 걸승은 덕천이 아니라 덕천을 살해한 자란 말인가. 그는 왜 내게 덕천의 유품을 전하려 하였는가. 나를 살인범으로 몰기 위해서? 아, 찬찬히 따져 보자. 덕천을 살해한 자는 내가 정유 형님을 만나기 위해 부여현으로 간다는 사실을 안다. 또한 내가 서빙고 강가에서 손무재에게 표창을 선물한 것도, 덕천과 내가 두미포에서 대취한 것도 손바닥 보듯 파악하고 있다. 누구일까, 이 모두를 훤히 꿰뚫을 수 있는 자는?

"그것 말고 다른 거!"

손무재가 고개를 갸우뚱거렸다.

"글쎄요. 잘 모르겠습니다. 타살된 시신들은 다 거기가 거기지요."

"누가 보더라도 내 표창임을 안다면, 범인이 나라면, 난 왜 그 표창을 거두어 가지 않았을까. 현장에 물증을 남기는 건 참으로 의금부 도사답지 않은 짓이 아닐까?"

"마, 맞습니다. 소인 놈도 그 점이 의심스러웠습니다요. 더군다나 나리는 의금부 도사 중에서도 으뜸이시지요. 하나 의금부 나장이 무슨 힘이 있습니까요."

그물망을 빠져나가려고 발버둥을 친다. 더 촘촘한 그물을 이중으로 늘어뜨렸다.

"하나만 더! 혹시 내가 준 표창에 새겨진 글자는 살폈느냐?"

"'野' 말씀이십니까요? 야뇌 백동수 협사(俠士)의 호에서 따온 것이라 알고 있습니다요."

"아, 그거 말고. 손잡이 쪽에 '十七'이라고 아주 작은 글씨로 적힌 거 말이다. 눈 나쁜 사람은 거의 볼 수 없지. 집에 돌아가거든 잘 살펴보아라. 한데 난 왜 그 숫자가 적힌 표창이 걸승에 목에 박혀 있다는 생각이 자꾸 드는 걸까? 무재야! 오랜만에 내기 한 판 해 보랴. 넌 집으로 가고 난 곧장 의금부로 가서 걸승의 목에서 뽑은 표창을 확인하는 게다. 무엇을 걸겠느냐. 난 내가 가진 표창을 모두 걸까 싶구나. 넌 네 그 통통한 왼 손목 하나만 바쳐라."

협박이 먹혀들었다. 손무재가 두 무릎을 꿇었다.

"나리! 살려 주십시오. 표창은 서빙고 강가에서 나리께 얻은 날 밤에 잃어버렸습니다요."

맞장구를 치며 슬슬 내가 원하는 쪽으로 몰았다.

"오호 그래? 어쩌다가? 어디서 의금부 도사 이명방님께 선물받은 표창을 잃었단 말이더냐?"

"아무래도 광통교 거리에서 소매치기를 당한 듯합니다. 거지패가 시끄럽게 노래를 불러 젖히며 지나갔는데, 낙시조(樂時調)*가 따로 없었는데, 그 뒤에 살피니 표창이 없어졌습니다요. 진짭니다요. 믿어 주십시오."

손무재는 두 손을 맞잡고 빌었다. 나는 온화한 미소와 함께 녀석의 어깨를 잡아 일으켜 세웠다. 어깨동무를 한 채 속삭였다.

"믿지. 내가 믿지 않으면 누가 믿겠어. 하나 의금부 도사와 나장들은 네 말을 믿을까? 거지패가 표창을 가져갔다 자백할 리 없고 또 설령 가져갔다 해도 그 표창이 걸승의

* 사설시조를 얹어 부르는 가곡창의 일종.

목에 박혀 흔들린 건 어찌 설명하지? 내가 의금부에 가서 이 일을 밝히는 순간 무재 넌 죽은 목숨이다."

"나리! 살려 주십시오. 선물하신 표창을 잃은 죄는 크지만 소인 놈은 정말 걸승과 무관합니다요."

"내가 이 일과 무관함을 무재 너만은 알겠구나."

내가 살인범으로 의심받는 것은 표창 때문이다. 그런데 나는 그 표창을 손무재에게 선물했고 또 그는 표창을 잃어버렸다. 이런 정황에서는 내가 그 표창을 들고 걸승의 목을 찌르는 것은 불가능하다. 손무재가 크게 고개를 끄덕였다.

"좋다. 그럼 이제부터 너와 나는 한배를 탄 게다. 죽어도 같이 죽고 살아도 같이 산다 이거야. 누가 우리에게 누명을 덮어씌우려 드는지 밝혀내야 한다. 그러기 위해선 무재 네 도움이 필요해. 넌 어명보다도 내 명을 먼저 받들 수 있겠느냐?"

손무재가 짧지만 힘을 실어 답했다.

"예!"

"어디어디에 나장들이 잠복해 있지? 내 집 주위를 어슬렁거리는 녀석들은 이미 확인했다."

안의현에서 용의자를 포박하지 못하였으니 상경하여 그 주변에 잠복을 두는 것은 당연하다.

"교유를 두텁게 하신 분들을 중심으로 나장이 둘씩 짝

을 지어 숨어 있습니다요. 직각 남공철, 검서관 유득공, 규장각 서리(胥吏) 김진과 조리(曹吏, 도화서의 화원) 김홍도의 집입죠."

의금부 나장 여덟 명을 매일 잠복시키는 것은 판의금부사의 허락이 없으면 아니 된다. 의금부 전체가 나를 잡기 위해 나선 것이다. 다행인 점은 억권 홍인태나 명은주의 집에는 잠복이 없다는 사실이다. 저들은 아직 '열하광'을 모른다.

"한데 이상하구나. 왜 검서관 이덕무 댁엔 사람을 붙이지 않았느냐? 내가 연암 선생과 청장관 댁에 가장 많이 출입해 왔다는 것을 모르진 않을 텐데…… 복치*를 하려면 그곳부터 잠복을 시키는 것이 순서이거늘……."

"그게 말입니다요……. 청장관 그 어른이 오늘내일하신답니다요. 돌아가시고 나면 혹시 장례할 때 나리가 오실까 살피긴 하겠지만, 목숨이 경각에 달렸으니 소란스럽게 만들지 말라는 명이 내렸습니다요. 영단(靈丹)이나 금고(金膏, 선약(仙藥)의 일종)를 구하고 얼음 속에서 잉어를 잡아 와도 병을 다스리기 어렵답니다. 양예수나 안덕수**라도 환생해

---

* 사냥할 때 엎드리거나 앉아 있는 사냥감을 쏘는 일.
** 두 사람 모두 선조 시절의 명의.

야……."

"무엇이라고? 청장관께서 위독하시다고?"

10장

우리나라에 흘러 들어온 성현의 경전과 제자백가의 서적이 큰 집을 가득 채우고 우마(牛馬)를 동원해서 운반할 정도로 많은데도 모두 묶어서 시렁에 올려 둔 채 보지 않으면서, 오직 명나라와 청나라 이래의 패관잡기 등 상리(常理)에 어긋나는 책만을 탐내어 다량으로 구하고자 연경(燕京)의 서점으로 책을 사러 가는 자들이 도로에 늘어섰으니, 나는 매우 잘못된 것이라고 생각한다.

─ 정조, 『일득록』

초경 북소리를 시작으로 점마다 꽹과리 소리를 주우며 이경 북소리가 울릴 때까지 대묘동을 다섯 바퀴나 돌았다.

건천동에서 구입한 청심환(淸心丸) 두 개를 소매에 넣은 채 주위를 휘휘 살폈다. 김진과 예전부터 거래하던 집이니 가짜 청심환을 팔지는 않았으리라. 이덕무의 병이 위중하다면 이 환을 먹고 고비를 넘겨야 한다. 『열하』에 거듭 나오듯이, 대국 사람들은 조선 것이라면 대부분 얕보고 무시하지만 청심환만은 먼저 구해 달라 청하는 경우가 잦았다. 은빛이 감도는 건천동의 환은 보통 청심환보다 열 배는 효능이 뛰어나다고 했다. 약효를 배가시키는 일에 김진도 일조하였다. 자세히 가르쳐 주지는 않았으나 금강산에만 자라는 몇몇 약초를 환에 첨가한 듯했다. 어떻게 풀숲에서 약초를 그렇듯 쉽게 찾아내느냐고 물었던 적이 있다. 김진은 빙글거리며 비법을 가르쳐 주었다.

"간단해. 시간을 들여 원하는 풀이나 꽃 아래 드러누우면 돼. 그냥 누워서 졸라는 건 아니고 파란 하늘을 배경으로 꼼꼼하게 풀이나 꽃을 관찰하는 거지. 한참 들여다보고 있으면 잎이며 줄기들이 제각각 새롭게 보여. 남들은 알지 못하는 특징들이 드러나거든. 그걸 잊지 않고 적어 둘 뿐만 아니라 따로 풀과 꽃 그림을 반복해서 그리는 거야. 한 달만 누워 있으면 먹 자국만 보고도 어떤 꽃인지 알게 되지. 아, 참 한 가지 빠졌네. 냄새를 맡아 두는 것도 중요해. 거의 냄새가 없는 풀이나 꽃도 있지만 대부분은 자신들만의 독특한 냄새를 지니고 있어. 풀숲을 지나가다 보면 여러 꽃내음 풀내음 속에서 내가 찾는 냄새를 가려 맡게 돼. 그다음엔 허리를 숙여 풀과 꽃들을 살펴서 찾아내는 일만 남지. 간단해. 청전, 자네도 금방 배울 걸세."

대낮에 풀과 꽃 아래 누워 있기란 말처럼 쉽지 않다. 김진이 있을 때는 그와 함께 나란히 누워 이런저런 이야기를 나눴지만 혼자일 때는 엄두가 나지 않았다.

손무재는 잠복이 없다 하였으나 곧이곧대로 믿기 어렵다. 나장들에겐 그 집 주위에 아슬랑거리지 말라 하고 은밀히 의금부 도사들만 나섰을 수도 있다. 범인을 잡기 위해서는 내부 관원들끼리도 속고 속이는 곳이 바로 의금부다.

예감이 들어맞았다. 이제 갓 의금부로 배속된 스물다섯 살 동갑내기 의금부 도사 정만길과 동기협이 청장관 뒤뜰에서 정선방 쪽 협문 옆 참나무 꼭대기에 숨어 있었다. '방각살인'을 해결하기 위해 동분서주하던 스무 살의 나처럼, 범인을 잡기 위해 수단 방법 가리지 않는 녀석들이었다. 정만길은 유난히 키가 크고 술명하며* 동기협은 키가 앙바틈하고** 다리가 굵어 둘은 갈대와 통다리로 통했다. 처음에 둘은 네굽씨름***에 대한 각별한 애정으로 뭉쳤다가 이내 다양한 권법과 검술까지 함께 논하며 익히게 되었다. 한 외양간에 암소 두 마리가 사이좋게 지내기란 정말 어려운데, 주인집에 장(醬) 떨어지자 손님이 국 마다하는 것처럼, 서로를 배려하는 마음도 각별하고 손발도 척척 맞았다. 『방각살인』과 『열녀비록』에 관한 일화를 몇 번이고 반복해서 청하여 듣고 탄복하던 두 사람이 지금은 나를 붙잡기 위해 겨울 매미 노릇을 자처한 것이다.

정문을 버리고 협문을 택해라!

범인 잡는 묘수 역시 내가 가르쳤다. 죄를 짓고 쫓기는

---

* 수수하고 훤칠하게 걸맞다.
** 짤막하고 딱 바라지다.
*** 민둥씨름. 샅바 없이 하는 씨름.

자는 당당하게 정문으로 출입하는 법이 없다. 뒤뜰 협문을 지키되 문을 열어 둔 채 지형지물을 활용하여 잠복해라. 범인이 나타나도 당황하지 말고 협문으로 들어설 때까지 기다렸다가 따라 들어가서 포박해라. 범인이 문으로 들어가기 전에 성급하게 나서면 범인은 전력을 다해 거리를 질주할 것이다. 달리기 실력에 의지하여 범인을 쫓는 짓은 하지 마라.

나는 협문을 지나 정문으로 향했고 가볍게 공중제비를 돌아 담장을 넘었다. 정문을 중심으로 왼쪽 벽보다 오른쪽 벽이 낮았는데, 오 년 전 큰비에 허물어진 뒤 개축을 못 한 탓이다. 이덕무는 벽을 고칠 돈이 있으면 서책을 필사할 종이나 더 사 두겠다며 고집을 부렸다. 지난가을 각자 이 세상을 어떻게 하직하고 싶은지 의논이 붙었을 때, 이덕무는 서책을 읽다가 서안에 이마를 박은 채 죽으리라 했다.

안방에는 기척이 없었다. 내가 혼절한 채 새해를 맞았던 초옥 서실로 향했다. 손무재의 말에 의하면 열아흐레 날부터 감환이 깊어 규장각에 출근하지 못했다고 한다. 벌써 엿새째 병석에 든 것이다.

무재가 과장한 건 아닐까. 감환이 깊다 해도 목숨이 위태롭기까지 하랴.

희미하게 불빛이 새어 나왔다. 서안 앞에 비스듬히 앉은 우련한* 모습이 그림자로 비쳤다.

위독하다는 건 역시 풍문일 뿐이야. 곧 죽을 이가 어찌 등을 밝히고 앉았으랴.

갑자기 그림자가 고목 쓰러지듯 사라졌다. 나는 방문을 열고 들어섰다. 이덕무가 눈을 감은 채 모로 누워 잔기침을 뱉어 댔다. 어깨와 무릎을 감싸 들고 요 위로 옮겼다. 몸이 새털처럼 가벼웠다. 죽음이 가까우면 몸무게가 준다고 했던가.

'너무 아끼고 아끼셨습니다.

배고픔을 참으며 담장 너머까지 독서성(讀書聲)을 울렸다는 신화 아닌 신화를 접하였습니다만, 이제는 구태여 그리하지 않으셔도 됩니다. 왕실에서 내린 하사품은 물론이고 이런저런 돈으로 고기반찬에 쌀밥을 먹는데도 손가락질할 사람 아무도 없습니다. 규장각에서 검서관 열 사람 몫을 홀로 하신 분이 당신입니다. 조선의 무예도를 말끔히 되살려 정리하신 분이 당신입니다. 메지메지** 제멋대로 나눈 대국 서책들을 누구보다도 빨리 읽고 누구보다도 빨리 판단하여 나랏돈을 아낀 분이 당신입니다.

---

* 형태가 약간 보일 만큼 희미하다.
** 물건을 여럿으로 따로따로 나누는 모양.

고된 나날들이 당신의 몸을 이렇듯 가볍게 만들었습니까. 일찍이 연암 선생께선 청장관이야말로 손에서 책을 놓지 않으며 읽은 책은 망각하지 않는다 하셨지요. 또한 당신이 지닌 군자의 도리를 초에 비유할 수 있다 하셨습니다. 초가 형체를 지켜 나가는 것은 곧고, 천명을 완수하는 것은 바르며, 마음가짐은 중심의 도리를 지키고 같은 부류와는 반드시 화합합니다.*

아, 당신은 소중한 분입니다.

당신을 잃는 것은 곧 규장각이 한 뼘은 낮아지는 것이요, 당신을 잃는 것은 곧 백탑이 무너지는 겁니다. 용, 악어, 고래, 이무기가 한꺼번에 올라와서 해거**를 부리고 있습니다. 제발!'

이덕무가 겨우 기침을 멈추었다. 눈꺼풀이 떨리며 올라왔다.

"접니다. 청전!"

"당장…… 나가게. 얼마나 위험…… 컥!"

숨을 쉬기 어려운지 목을 뒤로 젖히며 컥컥컥 소리를 냈다.

---

* 『연암집』「원도에 대해 임형오에게 답함(答任亨伍論原道書)」 중에서 인용.
** 괴상하고 얄궂은 짓.

"말씀을 삼가십시오. 어혈(瘀血)이 장기까지 침입하여 병환이 위중하단 소릴 들었습니다. 소생 때문에 심려를 끼쳐 드려 송구스럽습니다. 밖에 잠복한 장정들은 걱정하지 않으셔도 됩니다. 저들은 소생이 들어온 것도 보지 못했고 소생이 나가는 것도 또한 모를 겁니다."

"정유…… 연암……."

딴기적은* 목소리가 점점 흐려졌다. 솜이불을 턱 끝까지 올려 덮었는데도 경련이 멎지 않았다.

"두 분 모두 편안하십니다. 정유 형님은 시력이 나빠져서 고생이시지만 부소산도 매일 오르시고 소생이 왔다고 개고기까지 내오셨습니다. 연암 스승님은 길게는 아니고 아주 잠시 만나 뵈었습니다. 의금부 관원들이 덕천을 죽인 범인으로 소생을 지목하고 안의현까지 내려오는 바람에 회포를 풀 여유는 없었지만 도성 상황에 대해서는 충분히 말씀 올렸습니다."

"왜…… 돌아왔는가?"

이덕무까지 박제가나 박지원과 같은 맥락의 질문을 던졌다. 평생 공경하고 의지한 세 명의 대학자가 모두 내게 매설가의 길을 가라 권하는 것이다.

---

* 기력이 약하여 힘차게 앞질러 나서는 기운이 없다.

"공석과 덕천을 죽인 범인을 잡아야지요."

"날…… 일으켜……."

서안을 곁눈질했다. 검은 글씨가 흐리고 삐뚤삐뚤 어지러웠다. 필체가 깔끔하기로 정평이 난 이덕무지만 병이 깊고 팔에 기운이 빠져 글자 하나하나에 정성을 쏟지 못한 탓이다. 몸이 이렇듯 아픈데 무슨 글을 쓴다는 말인가. 미처 완성하지 못한 서책들에게 미안해서라도 잠시 붓을 놓고 제 몸 다스리기에 진력해야 한다.

"오늘은 쉬십시오. 기운을 차리신 연후에 다시 글을 쓰셔도 늦지 않습니다."

이덕무가 눈으로만 웃으며 고개를 저었다.

"이것까지…… 쓰고…… 죽어도 죽어야지. 연암께서는 다른 말씀……."

잠시 망설였다. 중병을 앓는 이덕무에게 박지원의 충고를 전할 필요가 있을까. 이덕무가 손을 뻗어 내 손을 쥐었다. 차가운 기운이 팔꿈치와 어깨를 타고 머리끝까지 올라왔다. 죽음의 느낌이었다.

"자송문을 꼭 지으라 하셨습니다. 규장각을 더욱 굳건히 지키라 하셨습니다."

서안에 놓인 종이를 당겨 펴 들었다. 첫머리를 읽었다.

自(자), 訟(송), 文(문).

놀랍게도 이덕무는 박지원이 말한 바로 그 자송문을 짓고 있었다. 숨이 턱에 닿고 가슴은 뻥 뚫린 듯 쓰리며 손은 사시나무처럼 떨리고 온몸은 얼음장처럼 차가운데도, 곧 죽는다는 풍문까지 도는데도, 그는 자송문을 쓰는 중이었다. 병풍 아래 어두운 구석에 구겨진 종이들이 그득했다. 자송문을 쓰고 쓰고 또 쓴 고뇌의 흔적이었다.

　"지난 스무날에…… 하명이 내려왔다네……. 죽기 전에 이것만은…… 어서 나를…….."

　이덕무가 부들부들 떨며 허리를 바닥에서 뗐다.

　"안 됩니다. 지금 무리하면 큰일 나십니다. 쉬셔야 합니다. 글은 병줄을 놓은 후에 지으셔도 늦지 않습니다."

　거듭 만류했지만, 이덕무는 내 어깨를 디딤돌 삼아 서안으로 다가앉았다. 붓을 개신개신 쥐었지만 팔이 심하게 떨려 겨우 점 하나 찍고 그만이었다.

　"……점 하나…… 소고와 소금…… 대순 허억 대식……."

　나는 이덕무가 열거한 단어와 단어 사이를 이었다. 고문과 금문을 거론할 때 거듭 외우고 의논한 『열하』의 한 대목이었다.

　"이 한 점의 먹을 찍는 것은 순(瞬)과 식(息)에 지나지 않지만, 눈 한 번 감고 숨 한 번 쉬는 사이 벌써 소고(小古)와 소금(小今)이 갈라지누나. 옛날이나 지금도 역시 대순(大瞬)

과 대식(大息)이라 이르지 않을 수 없는데, 그사이에 온갖 명예와 사업을 세우고자 하니 어찌 슬프지 않으리."*

이덕무는 희미하게 웃으며 고개를 끄덕였다. 그리고 붓을 놓고 다시 '壽'와 '福' 두 글자가 멋지게 수놓인 솜이불 위에 누웠다. 오래오래 행복하게 사는 일은 참으로 어렵다. 숨이 더욱 거칠었다.

"자네가…… 불러 줄 테니 쓰게……. 우선 지금까지 쓴 걸 낭독해 주겠는가?"

나는 느릿느릿 자송문을 읽기 시작했다. 이덕무는 양손을 명치 위에 올려놓고 눈을 감은 채 귀를 기울였다.

저는 어린 시절부터 몸이 약하고 질병이 잦아 대문 출입조차 힘겨웠습니다. 세상을 배우고 익히기 위한 유일한 방편이 독서였지만, 집안이 가난하여 공맹과 주자의 서책도 변변히 없었습니다. 그러다가 문득 저절로 시 한 수 문 한 편이 완성되면 천하를 얻은 듯 기뻤습니다. 매일 어리석은 시를 짓고 거친 문을 다듬으며 차례를 지켜 천천히 나아가려 하였습니다. 생각하고 느낀 것들을 꾸밈없이 어린아이처럼 나타내고 싶었습니다. 성은을 입어, 규장각에서 검서

---

* 『열하일기』「일신수필」에서 인용.

의 일을 맡고 입연(入燕)하여 대국 문물을 접할 기회를 얻었습니다. 보고 듣고 배운 것들을 자세히 옮겨 적고 우리에게 맞도록 고칠 방도를 찾는 것이 또한 작은 즐거움이었습니다. 그러나 이 와중에 성정이 급해지고 여줄가리*에 집착하는 버릇이 생겨났습니다. 우아하고 정갈한 옛 문장을 본받기보다는 제 눈앞에서 벌어지는 순간순간의 움직임들을 담아내기 위해 때로는 비루하고 때로는 저속한 문장을 쓴 것이 못내 후회스럽습니다. 한 번 적어 내린 글을 주워 담기란 불가능하기에, 앞으로는 패관기서와 소품…….

문장은 '品'이라는 글자의 세 번째 네모를 반쯤 그리다가 그쳤다. 침착하고 정밀한 글이다. 박제가가 날카로운 창이라면 박지원은 무거우면서도 장난기 어린 도끼였고 이덕무는 깊이 품었다가 둥근 획을 그으며 날아가는 포탄이다. 작지만 멀리까지 가서 넓게 퍼지며 흙먼지 날리는 포탄!

"문장을 어떻게 마무리 지을까요?"

고개 돌려 이덕무에게 물었다. 답이 없다. 그사이 잠든 것일까. 느낌이 이상했다. 자송문을 서안에 내려놓고 이덕무의 두 팔을 쥐었다. 차가웠다. 서실에서 책장을 넘기는

---

* 중요한 일에 곁달린 그리 대수롭지 않은 일.

그의 손은 늘 차가웠지만 길고 가느다란 열 손가락은 기쁘고 슬프고 성나고 사랑스러운 감정과 함께 쩌릿쩌릿 깨어 있었다. 한데 지금은 다르다. 함박눈 맞은 딱딱한 쇳덩어리다, 옥폭(玉瀑)* 아래 쩡쩡 울리는 얼음이다, 처마 끝에서 자라는 고드름이다. 이덕무는 죽음의 문지방을 오가는 중이다.

양 어깨를 쥐고 흔들었다.

'곧장 넘어가시면 아니 됩니다. 빙빙 도세요. 물러나세요. 흩어지세요. 떨어지세요.'

"으응…… 으!"

신음 소리가 흘러나왔다. 아직 완전히 정신을 놓은 것은 아니다. 나는 급히 청심환을 꺼내 반만 떼어 이덕무 입에 넣었다.

"씹으세요. 다 씹어 삼키셔야 합니다. 정신을 놓으시면 안 됩니다."

이덕무의 양 볼이 오물오물 움직였다.

"그래요. 조금만 더 조금만 더!"

목울대가 튀어나왔다가 들어갔다. 환을 삼켜 넘긴 것이다.

"자, 이제 잠시만 기다리세요. 곧 생기가 돌 겁니다. 정

---

* 서울 삼청동에 있는 폭포.

신을 차리세요. 이대로 잠들면 아니 됩니다."

이덕무가 눈을 겨우 뜨고 오른손을 들어 서안을 가리켰다. 파리한 손끝을 따라 시선을 옮겼다.

"자송문…… 말씀이십니까?"

그가 오른 주먹을 쥐었다 폈다. 종이를 펼쳐 손에 쥐여 주었다. 그는 잠시 자송문을 쥐고 솔개가 병아리를 노려보듯 쳐다보았다. 이윽고 왼팔까지 들어 종이를 맞잡았다. 자송문의 위아래가 뒤집혔다. 글자 자체가 보이지 않는 것이다. 종이를 쥔 양손이 노를 젓듯 흔들렸다. 지진을 만난 땅이 갈라지듯 자송문이 반으로 찢겼다. 두 손이 허공을 휘저으며 때로는 부딪히고 때로는 흩어졌다. 둘로 뜯긴 자송문은 넷으로 여덟으로 쪼개지다가 다시 산산조각이 난 채 하나로 뭉쳤다.

"이…… 이…… 망할!"

눈덩이를 뭉치듯 종이들을 감싸 쥔 채 흔들다가 떨어뜨렸다. 환한 미소가 얼굴에 피어오른 것은 바로 그 순간이었다. 일찍이 화광 김진은 이덕무의 소리 없는 미소를 대나무꽃에 비겼다. 빙호추월(氷壺秋月)*처럼 맑고 푸른 기운이 치켜 올라간 입꼬리와 눈에 잡힌 주름에 가득했다. 철없는

---

* 얼음 담은 항아리와 가을 달.

아이 같고 수줍음 많은 처녀 같았다. 지난가을 문체 시비가 시작된 후부터는 웃음을 잃은 그였다. 시를 읊지도 않았고 벗들의 방문도 간곡히 거절했다. 그런데 그가 웃는다.

얼마나 쓰기 싫으셨을까.

청장관의 심정도 정유 형님이나 연암 선생과 크게 다르지 않으리라. 다만 연암 선생의 권유를 전하기 전에도 그는 자신의 역할을 또렷하게 알았을 따름이다. 그러니 죽음이 가까이 다가옴을 예감하면서도 붓을 들고 스스로를 뉘우치는 글을 지었던 것이다. 자송문이 어찌 청장관의 본심일까. 평생 어린아이에게도 싫은 소리 한 번 않고 살아오신, 학처럼 고운 분이다. 그런 분일수록 제 몸에 때가 묻었다고 인정하는 것도 어렵고 그 때를 이제 씻어 냈다고 알리는 것도 힘겹다. 하나 청장관은 자송문을 쓰기로 작정했다. 그 길만이 그동안 백탑 서생의 노력을 헛된 낭비로 돌리지 않는 일이므로! 한데 방금 자송문을 찢었다. 아, 이제 그 무거운 책임들을 내려놓으시는 것인가. 족쇄 없이 마지막을 훨훨 보내고 싶으신가.

"잘하셨습니다. 자송문 따윈 잊으십시오."

이덕무의 윗입술이 삐죽 튀어나왔다. 턱을 당기고 아랫입술을 떼기 위해 애썼다. 입술은 벌어지지 않았고 눈망울에는 놀라움과 두려움이 가득 찼다. 말문이 막힌 것이다.

'의원을 불러야 해.'

서둘러 엉덩이를 떼려는데, 이덕무가 내 팔목을 잡아 앉혔다.

"곧 오겠습니다. 치료를 받으셔야 해요."

이덕무가 검지로 내 손바닥을 긁어 댔다. 언문이었다. 나는 손바닥에 쓰인 글씨를 소리 내어 읽었다.

"가……라! 가라고요? 아닙니다. 이대로 떠날 순 없습니다. 아침까지 있겠습니다."

이덕무의 손가락 글씨가 거칠어졌다.

"은……주! 은주에게 가라 이 말씀입니까? 나중에, 나중에 가겠습니다. 지금은 의원이 급합니다."

갑자기 이덕무가 피가 통하지 않을 만큼 내 손을 꽉 쥐었다. 눈으로 작별의 말들을 쏟기 시작했다.

'의원은 이미 다녀갔다네. 의술로는 할 일이 없다더군.'

나는 그에게 임박한 죽음을 인정할 수 없었다. 인정하기 싫었다. 말똥에 굴러도 이승이 좋은 법이다.

'한 달 아니 열흘 아니 하루만이라도 더 살 길을 찾아야 합니다. 포기 마십시오.'

'포기가 아니라네. 이제 갈 때가 된 게지. 은주를 잘 부탁하네. 부모 잃고 의지가지없는 가여운 아이 아닌가. 내 더 살았다면 자네와 은주의 백년가약을 보련마는, 세상일이란 늘 부족한 부분이 남는가 보이. 번잡하게 굴지 말고 이제 그만 가시게나. 남은 일은 건넌방에 묵고 있는 가솔들이 알아서 할 걸세. 혹여 장례를 치르는 동안 기웃대지 말게. 그럴 시간 있으면 빨리 범인이나 잡아. 내내 성실하게 정의롭게 지금처럼만 사시게. 그럼 이만 나가 보게나. 나는 좀 쉬고 싶구먼. 자송문도 찢어 버렸으니 이제 정말 세상과의 인연이 다 끊어진 걸 실감하네. 규장각에 남은 일들은 백탑 서생들이 잘 뒷갈망하겠지.

시작은 제각각이로되 끝은 매한가지로세.

어여 가, 어여!'

몇 번이나 멈춰 섰다가 돌아와서 가슴에 귀를 대고 심장 박동을 확인한 다음, 깊이 잠든 이덕무를 두고 서실을 나왔다. 손발도 차츰 따듯해졌고 양 볼에 붉은 기운마저 감돌았다. 잠시 얼굴만 보려고 했는데 이곳에서 너무 많은 시간을 보냈다. 자송문을 고쳐 쓰려고 애쓰는, 한두 문장을 겨우 떠올렸다가 다시 지우는, 마침내 자신의 목숨을 갉아먹던 자송문을 갈가리 찢은 그를 두고 나올 순 없었던 것이다. 문득 지금 자송문을 쓰는 이들에게는 죄가 없고 자송문을 기다리는 이들에게만 죄가 넘친다는 생각을 했다.

그럼 나는 뭘까? 자송문을 쓰도록 권하는 서찰을 부여

와 안의에 가져다주고 또 한양으로 돌아와서 자송문 때문에 힘겨워하는 이덕무를 바라보며 맺거니 듣거니 눈물 짓는 나는? 『열하』를 주해한 모임에 속하면서도 그 모임을 적발하라는 명을 받든 나는? 아버지처럼 형제처럼 젊은 날을 함께 보낸 백탑 서생을 감시하라는 명을 거절하지 못한 나는? 의금부 도사이면서도 의금부 관원에게 쫓기는 나는? 내가 나이기 위해서는 내가 나였던 과거를 지우거나 내가 나일 수 있는 미래를 지워야만 하는 나는? 그 둘 사이에서 이리저리 휩쓸리는 나는?

불현듯 바로 내가 자송문이라는 앙똥한 확신이 들었다. 완성되면 허위로 가득 차고 찢어지거나 불살라야만 진실이 드러나는 문장이야말로 지금 내 처지를 대변한다. 이덕무는 저렇듯 평온함을 잃고 미친 사람처럼 발광하는데 나는 나를 지키기 위해 무엇을 했던가? 아무리 어명이라고 할지라도 백탑 서생을 몰래 살펴 고하라는 하교를 들었을 때, 피가 날 만큼 이마로 바닥을 치며 그 명만은 거두어 주소서 목숨을 걸고 아뢸 일이었다. 나는 너무 쉽게 자송문을 요구하는 쪽에 속하였고 급기야 자송문과 같은 신세로 전락했다. 나는 내가 맡은 책무를 완성할 수도 없고 접을 수도 없다. 명을 받들면 허위로 기울고 명을 어길 때만 진실과 만난다.

이왕 서책이 될 거라면 자송문이 아니라 『열하』로 거듭 날 일이다. 자송문을 쓴 이도 자송문을 읽는 이도 반성하는 문장에 진실이 없음을 안다. 많은 글자로 자송문이 채워졌으되, 그 글자들은 없음보다도 못하다. 차라리 빈 백지라면 새로운 시와 문을 지어 보련마는 이미 글자들이 빽빽이 들어찬 자송문 위로는 단 한 글자도 써 넣기 힘들다. 모름지기 자기반성이란 마음으로 하는 것이다. 예의를 갖춘 문장은 거추장스러운 노리개와 같다. 지금부터 무슨 일을 하든지, 지금까지보다 더 못할 때, 글자를 한 자 쓰는 것보다 빈자리로 그냥 두는 편이 나을 때, 나는 어찌할 것인가.

정문을 나와서 남쪽을 향해 바삐 걸음을 뗐다. 정만길과 동기협을 만나는 불상사를 피해 멀리 달아나는 일만 남았다. 이 길로 계속 가면 필동이 나오고 그곳에 명은주가 있다. 그녀의 긴 머리카락과 봉긋 솟은 가슴과 잘록한 허리가 그리웠다. 아침엔 구름이 되고 저녁엔 달구비*가 되어 무산의 열두 봉우리를 차례차례 오르고 싶었다.

먹장 갈아 부은 듯 어둠이 잠긴 거리를 종종걸음으로 가다가 숨고 또 걷기를 반복했다. 지나치는 행인 하나하나가

---

* 달구처럼 힘차게 내리는 비. 달구는 땅을 다지는 데 쓰는 쇳덩이나 나무 토막.

모두 나를 쫓는 의금부 관원 같았다. 당분간 나는 사람이 아니라 고양이처럼 박쥐처럼 족제비처럼 생쥐처럼 은밀히 다녀야 한다.

발소리조차도 삼키는 나와는 반대로 한 사내가 혼잣말을 시끄럽게 내뱉으며 허겁지겁 비파동에서 대묘동으로 올라왔다. 멀리서 보아도 첫눈에 달변을 자랑하는 성균관 상재생 이옥임을 알아차렸다. 골목 담벼락에 붙어 그가 지나가기만을 기다렸다. 이옥은 실성한 사람처럼 길을 가면서도 혼잣말을 계속 되뇌었다. 슬픔이 뚝뚝 묻어났다.

"청장관께서…… 이런…… 청장관께서……."

이덕무가 위독하다는 소식을 듣고 가는 길이 분명했다. 이제 겨우 눈을 붙이셨는데, 그 단잠을 깨울 수 없었다. 말문까지 닫으신 어른에게 불편을 끼치면 아니 된다.

나는 왔던 길을 삼십 보쯤 되돌아가 뒤에서 이옥의 어깨를 잡았다. 두 팔을 휘적휘적 저으며 뛰다시피 걷던 이옥이 깜짝 놀라며 걸음을 멈추었다. 강도라도 만난 듯 겁을 잔뜩 집어먹고 고개도 들지 못했다. 내 소매에 숨긴 표창이 그의 어깨를 찔렀을 수도 있다.

"어딜 그리 급히 가오?"

이옥이 움츠렸던 목을 빼며 올려다보았다.

"당신은…… 이 도사 아니십니까? 깜짝 놀랐습니다."

"천도계(天桃髻)* 새로 올린 유녀(游女)라도 왔습니까? 같이 가십시다. 그렇지 않아도 청명주(淸明酒) 생각이 간절했는데……."

시치미를 뚝 떼고 농을 걸었다. 이옥이 두 걸음 물러선 후 답했다.

"그럴 짬이 어디 있습니까? 소식 못 들으셨습니까? 하긴! 의금부 도사 노릇 하기도 힘들다더군요. 새벽닭 울음 듣고 나가서 서리 내릴 때 귀가하니 때론 등잔 밑을 살필 겨를도 없겠지요. 낮에 영재 형님 댁에 갔다가 대묘동 일을 알게 되었습니다."

유득공에게서 소식을 들은 것이다. 이옥은 아직 내가 덕천을 살해했다는 누명을 쓴 채 쫓기고 있음을 모르는 듯했다.

"대묘동? 청장관 댁에 더 맡긴 서책이라도 있나 보지요? 아니면 기어(奇語)를 몰골도(沒骨圖)**처럼 자유자재로 놀리며 청월(淸越)한 시문이라도 함께 논하려고 가시오?"

"청장관께서 몹시 아프시답니다. 웬만해선 규장각을 비우지 않으시는 분인데 벌써 엿새째래요."

---

* 천도복숭아처럼 머리 모양을 만든 쪽진 머리.
** 밑그림을 잡지 않고 곧바로 색칠부터 하는 그림.

"무슨 병이기에 그리 오래 결근을 하신단 말이오?"

"고뿔이라고 들었습니다."

"고뿔이 아무리 심하다고 해도 곽향정기산(藿香正氣散)을 복용하고 푸욱 쉬면······."

나는 말끝을 흐리며 이옥을 떠보았다.

"이 도사도 그리 생각하십니까? 고뿔 때문만은 아니라고 봅니다. 그건······."

이옥이 말을 하려다가 뚝 멈추었다. 남바위를 눌러쓴 늙은이 둘이 두런두런 이야기를 나누며 대묘동 쪽에서 걸어왔기 때문이다. 그들은 곧 성명방 쪽으로 사라졌지만 이옥은 이야기를 잇지 않았다. 내가 말꼬리를 붙잡고 되풀이했다.

"그건······ 무엇이라고 보시오? 따로 생각하는 이유가 있으시오?"

"정말 몰라서 묻는 겁니까?"

"무얼 말이오?"

이옥이 깊은 한숨을 쉰 후 답했다.

"이게 다 얼토당토않은 자송문 때문입니다."

"자송문 때문이다!"

"속앓이가 심하신 게지요. 원치도 않은 글을 짓느라 밤을 꼬박 새우셨을 겁니다. 청장관 선생은 특히 완벽한 문장을 추구하시는 분이니 쓰면 쓸수록 부끄러움과 비탄에

서 헤어나지 못하셨겠지요. 제가 가서 그 울적한 심경이라
도 풀어 드릴까 합니다. 청장관 선생이나 저 이옥이 대체
잘못한 일이 무엇입니까? 자송문을 쓰고 서생들의 놀림을
받을 만큼 우리가 잘못한 겁니까? 간신들만 공교로운 재주
로 성심을 흐릴 뿐 옳고 그름을 똑바로 가리는 충신은 사
라진 지 오래입니다. 저만 해도 이제 성균관에 들 때마다
무거운 돌멩이가 가슴을 누르는 것처럼 아픕니다. 정거(停
擧, 과거 응시 시험을 일시 정지하는 것)라니요. 원점(圓點)* 찍기
를 게을리한 적이 단 한 번도 없는 저를 하재생(下齋生, 성균
관에 입학한 유생)들까지 뒤에서 손가락질을 합니다. 아무리
제 문장이 초쇄(噍殺)하다 해도 이렇듯 강권할 수는 없습니
다. 참으로 어리석습니다. 문장을 바꾸는 것은 삶을 바꾸는
일입니다. 천곡(千斛)** 파도가 큰 길을 부수고 사악한 기운
이 안락한 풍광을 흔드는 충격을 청장관 선생도 받으셨을
겁니다. 이번 별시만 해도 그렇습니다. 상재생 가운데 유독
저만 과장에 나아가는 것을 금한답니다. 어찌 이럴 수 있
습니까?"

　"그 입 다물라!"

---

* 성균관 유생들이 식당에 들어갈 때 찍던 점. 아침 저녁 두 끼니에 점을
찍어 유생들의 출결 상황을 관리했다.
** 곡은 열 말. 천곡은 엄청나게 크고 많은 양을 뜻한다.

몰풍스럽게* 이옥의 멱살을 움켜쥐었다.

"아, 아니 왜 이러십니까?"

이옥은 발뒤꿈치를 뗀 채 버둥거렸다. 나 이명방이 이덕무와 친분이 두텁다는 사실만 믿고, 내가 또한 어명을 받들어 죄인을 잡아들이고 민심을 살피는 의금부 도사임을 간과한 것이다.

"지금 무슨 헛소리를 시룽거렸는지** 아느냐? 어명을 능멸하였느니라. 자송문이든 정거든 탑전에서 내려온 명을 어찌 함부로 어리석다 하는가. 이 무람없는*** 놈아! 정녕 죽고 싶은 게냐."

"아, 아닙니다. 그게 아니라…… 이, 이것 좀…… 숨이 막혀……."

길거리에서 이옥과 드잡이를 하는 것은 위험천만이다. 멱살을 잡은 채 골목으로 끌고 들어갔다. 손을 놓자 이옥이 허리를 숙이고 거친 숨을 몰아쉬며 기침을 해 댔다.

"명심해서 들어라. 지금 당장 오던 걸음을 되돌려라. 대묘동 근방에서 다시 나와 마주친다면, 어명을 어기도록 청

---

* 성격이나 태도가 정이 없고 냉랭하며 퉁명스러운 데가 있다.
** 경솔하고 방정맞게 까불며 자꾸 지껄이다.
*** 예의를 지키지 않아 삼가고 조심하는 것이 없다.

장관을 설득하려는 발림수작*으로 알고 의금옥에 가두겠다. 무슨 말인지 알아들었느냐?"

"예!"

이옥의 목소리가 잦아들었다. 쉼 없이 떠들어 대는 달변가가 청장관 서실로 가는 것을 막는 데 성공했다.

"상재생과 하재생 분위기는 어떠하오?"

직설적인 반말을 다시 부드럽게 고쳤다. 앞뒤 가리지 않고 많은 말들을 쏟아 내는 것이 버성겼을** 뿐이지, 이옥의 주장은 내 마음 깊은 곳과 맞닿았다. 문체를 바꾸란 것은 삶을 바꾸란 것이다. 서당 학동들이나 때늦은 출세를 바라는 도도평장(都都平丈, 시골 훈장)이라면 모를까. 반백년을 살아 버린 규장각 검서관에게 이런 요구가 가당키나 한가.

"공맹과 주자서를 읽느라 잠시도 쉬지를 않습니다."

이옥이 긴장을 풀지 않고 별미쩍은***, 그러니까 전혀 이옥답지 않은 답을 했다. 지난번 탑전에서 하교에 허둥대던 내 모습이 떠올랐다.

"『소대성전(蘇大成傳)』을 들은 적 있소?"

이옥이 내가 던진 질문을 혀끝으로 감은 후 조심스럽게

---

* 살살 비위를 맞추기 위하여 하는 말이나 행동.
** 분위기 따위가 어색하거나 거북하다.
*** 말이나 행동이 어울리지 아니하고 멋이 없다.

되물었다.

"언, 문, 매설…… 말씀이십니까?"

"그렇소. 남령초(담배) 가게에서 전기수*가 흔히들 낭독하는 바로 그 매설 중 하나라오."

"있긴 합니다만……."

"어땠소?"

"공맹지도는 전혀 없지만 우습고 신나고 그랬지요. 남녀가 이별할 때는 옷고름에 눈물 찍을 만하고 녹림(綠林)에 의로운 도적 떼가 모일 때는 손뼉 치는 이도 여럿입니다. 옥황상제가 다스리는 궁궐에서 재주 넘고 노래 부르는 이들은 사당(社黨, 사당패)보다도 추월(秋月, 영조 연간에 최고로 노래를 잘 부른 기생)보다도 더 솜씨가 좋고, 전쟁터에서 적을 무찌를 때는 조자룡이 헌 칼 놀리듯 수만 명이 한꺼번에 죽고 삽니다. 그 재미와 신기함만을 따진다면 패사(稗史)보다 나은 구석도 제법 있지요."

"하면 『시경(詩經)』은 종종 외우시오?"

"매일 손에서 놓지 않으려고 합니다만……."

"어땠소?"

"……."

---

* 고전 소설을 낭독하여 들려주는 것을 업으로 삼는 사람.

『소대성전』과『시경』의 간극은 너무나도 멀다. 이옥이 머뭇대기에 내 경험을 이야기했다.

"정유 형님께『시경』을 배울 때는『소대성전』을 읽을 때처럼 즐거웠다오. 형님은 주석에 패념치 말고 시를 시로 즐기라 하셨다오. 천하 만물에 정(情)을 붙여 노래하는 것이 곧 시라 가르치셨지. 한데 주자의 해석은 다릅디다. 무엇 하나 예의로부터 동떨어진 것이 없으니 시 읽는 재미가 확 줄어들었소. 혹시 기상도 나와 같지 않나 해서 말이오. 우리가 꼭 주자라는 안경을 쓰고『시경』을 들여다볼 필요는 없지 않겠소?"

이옥은 두 눈을 두꺼비처럼 끔벅거렸다. 나는 코끝이 닿을 만큼 허리를 바짝 숙인 채 이야기를 마무리 지었다.

"당분간은 마음에 품고만 있으시오.『소대성전』과『시경』을 읽는 재미가 같더라……. 이런 소릴 입 밖에 내거나 글로 옮기는 날엔 사문난적으로 몰려 목숨이 위태롭다오. 하나 말을 하지 않거나 글을 쓰지 않으면 어떤 일도 일어나지 않소. 물론 이런 깨달음에 관해 평생 단 한 자의 글도 쓰지 않고 단 한 마디의 말도 하지 않은 채 살아가기란 어렵겠지. 하나 벌써 정유 박제가와 청장관 이덕무와 나아가 연암 박지원까지, 기상과 내가 흠모하는 서생들이 모두 절벽 끝에 섰는데, 그리하여 그들의 문체가 더욱 널리 인구에 회자되고 있는데, 기상까지 자청해서 절벽에 설 까닭은 없소. 정녕 그곳에 서고 싶다면 이 광풍이 지나간 후에 해도 늦지 않소. 청장관도 기상이 그리해 주기를 바라실 것이외다. 정 답답하면 웃기만 하오. 미소만으로도 충분히 그대의 감식안을 빛낼 길이 있을 게요."

11장

이덕무는 도도하게 유행하는 풍속을 싫어하고 마음의 본바탕이 자유롭고
트인 것을 좋아하여, 뜻을 굳건히 지키고 운명을 믿어 담담히 욕심이 없으며,
쓸쓸한 오두막집에 살면서 빈천을 감수하였다.

— 박지원, 「형암 행장」

필동에만 오면 같은 꿈을 꾼다.

"아직 동이 트기 전 저고리와 바지를 바꿔 입었네.
저고리와 바지를 바꿔 입은 건 왕께서 갑자기 부르셨기
때문이지.
아직 날이 새기 전 저고리와 바지를 바꿔 입었네.
저고리와 바지를 바꿔 입은 건 왕께서 갑자기 분부하셨
기 때문이지."

시를 읊는 사내의 얼굴이 보이지 않지만, 그가 바로 나
라는 사실을 나는 안다. 금상께서 급히 나를 찾으셔도 필
동까지 선전관이 오진 않겠지만, 나는 아니 그 사내는 『시

경』「제풍편(齊風篇)」에 실린 「동방미명(東方未明)」을 외고
또 왼다.

의금부 도사는 바쁘다. 하명을 받아 범인을 쫓기 시작
하면 아침도 밤도 없고 어제도 내일과 다르지 않다. 선전
관이 어명을 지니고 찾아든 날에만 미명에 일어나서 저고
리와 바지를 찾아 입는 것이 아니다. 어둑새벽이면 불현듯
눈을 뜨고 명은주의 가슴, 엉덩이, 나부죽한 입이 아무리
고와도 어명을 받들기 위해 나선다. 그때마다 내 사랑이
한마디 한다.

"또 선전관이 꿈길을 달려 찾아왔던가요? 게으름 부리
지 말고 오늘을 넘기기 전에 범인을 잡으라던가요? 아, 정
말 꿈속 임금님은 너무하셔요. 시도 때도 모르시나 봐. 새
벽 한밤 가리지 않고 고운 님 불러내시니…… 싫어!"

눈을 떴다. 평소라면 눈을 뜨자마자 벌떡 일어나서 옷부
터 챙겨 입었으리라. 음전한* 명은주와의 운우지락은 물론
좋지만 필동에 머무는 동안에는 범인 쫓는 일을 잠시 접어
야 한다는 자책이 마음 저 밑바닥에 깔려 있다. 밤을 보내
고 새로 하루를 시작할 때는 어둠에서 즐긴 시간을 조금이
라도 빨리 만회하고 싶다.

---

* 말이나 행동이 곱고 우아하다.

오늘은 눈을 떴지만 황급히 일어나지 않았다. 그날과는 전혀 다른 오늘인 것이다. 드러누운 채 천장을 바라보았다. 낮에도 별들을 살피기를 원한 명은주는 천장에 검은 점들을 찍어 두었다. 김영의 도움을 받아서 고구려의 옛 천문도를 그대로 옮겨 제법 정확하다고 했다. 흔들리는 등불 위로 스치듯 점들을 흘려 본 적은 있지만 공들여 하나하나 살피기는 이번이 처음이다. 내게 소중한 일들은 하늘이 아니라 땅에 속한다. 지난날을 회상하기 위해 허리를 펴고 밤하늘 비성(飛星, 별똥별)을 찾기엔 나는 아직 젊다. 내가 천장을 보든 말든, 잠에서 깨어났든 아니든 명은주는 종종 별자리에 관해 이야기했다. 지금처럼 내가 오도카니 천장을 살피리라 예견한 듯이.

"북두칠성은 쉽게 찾을 수 있죠? 그 위로 북극오성이 있답니다. 옥황상제를 비롯하여 황실 사람들이 모여 사는 별자리죠. 이번에는 문창성을 찾아볼까요. 북두칠성에서 곧장 오른쪽으로 가면 여섯 별로 이루어진, 문학을 관장하는 문창성이 있답니다. 그중 여섯째 별은 사구(司寇)인데, 나라의 귀중한 보물을 지키고 도둑을 잡는 일을 도맡아 하지요. 당신처럼요!"

안의현 공작관에서 명은주를 만나기 전까지만 해도 나는 사구처럼 움직였다. 어명을 받들어 나라의 기강을 어지럽힌 흉악한 죄인들을 잡는 것이 책무였다. 한데 지금은 내가 흉악범으로 낙인 찍혔다. 한 번 상치 밭에 똥 싼 개는 이 개 이 개 하며 의심받는다 했던가. 내가 잡아들인 그 많은 죄인처럼 의금부 관원을 피해 달아나고 숨는다. 불안하다. 누구를 쫓을 것인지 목표는 사라졌고 누군가에게 들키지 않도록 준비할 따름이다.

어젯밤에는 그녀와 운우지락을 나누지 않았다. 자송문을 찢는 이덕무의 환영이 머리를 지지누른 탓이다. 그녀는 스스로 옷고름을 풀고 나를 안으려 했다. 나는 그녀 등을 다독거리며 말했다.

"대묘동에 다녀오는 길이야. 오늘은 이런저런 이야기나 나누지."

명은주가 내 옆구리에 두 팔을 끼워 넣으며 답했다.

"알고 있답니다."

포옹을 풀고 그녀와 눈을 맞추었다.

"어떻게?"

"소매를 봐요. 온통 먹물인걸요. 말은 나직하게 하시지만 목소리가 무척 떨리네요. 마음이 크게 흔들리고 계신 게지요. 화광도 없는 나날인데 먹물을 묻혀 나올 곳은 대묘동이 첫손에 꼽히겠지요. 청장관 선생께서 위중하시니 마음이 편치 않으신 게구요."

잠시만 관찰해도 알아차릴 일이다.

"한데 왜 옷고름을……."

"당신은 지금 위안이 필요해요. 모든 걸 잊고 쉬셔야 해
요."

"싫어."

"저를 위해 안아 주시면 안 되나요?"

그녀의 손이 희미하게 떨렸다.

"불안해요. 돌아가실까 봐……. 아버지, 어머니 돌아가
신 뒤론 물론 양부모님도 잘 대해 주셨지만, 청장관 선생
님께 기댔죠. 아, 정말 돌아가시면 어쩌죠?"

나는 손바닥으로 눈물을 닦아 준 후 그녀를 다시 꼭 안
았다. 그녀의 입술이 다가왔지만 고개를 돌렸다.

"미안해. 오늘 밤만은 이러지 않는 게 좋겠어. 당신을 위
로하고 또 위로받고 싶지만 오늘은 불길해. 운우지락을 나
누면 나는 아마도 미쳐 발광할지도 몰라. 당신과 사귄 후
이 방에 오는 밤이면 항상 운우지락을 나눴지. 그것도 한
번 두 번 세 번…… 네 번을 즐긴 적도 있었나? 하여튼 오늘
은 둘이서 이야기나 해. 당신 몸이 그립지 않은 게 아니야.
당장이라도 안고 싶고 부비고 싶고 핥고 싶고 당신 속으
로 들어가고 싶다고. 안의현에서부터 줄곧 당신의 벗은 몸
을 상상했어. 근데 오늘은 안 될 것 같아. 내 속이 갈기갈기

찢어지는 느낌이거든. 설명하긴 힘들어. 공석이 화살에 맞은 후부터 이 느낌이 들었는데, 점점 더 강해지네. 이 느낌을 당신에게 전하고 싶지 않아. 바보 같은 소리인 줄 알지만, 당신이 내 안으로 들어오면 당신도 찢길 것 같아. 그러니 그냥 안고만 있다가 따로따로 자는 거야. 부탁이야. 끝까지 내 옷고름을 풀어야겠다면 난 가겠어. 내가 가길 바라? ……고마워. 날 이해해 줘서. 다음에 잘할게. 약속할게."

손을 뻗어 어제 명은주가 누웠던 자리를 더듬었다.

그녀는 없다.

이레째 묘시(새벽 5~7시) 전에 대묘동을 들른다고 했다. 친아버지처럼 살뜰히 돌보아 준 이덕무 곁에 머물기 위함이었다. 어둠이 깊어 여자 혼자 다니기에는 이른 시각이었지만 명은주는 두려워하지 않았다. 나는 그녀의 단순하고 곧은 성품이 사랑스러우면서도 걱정스러웠다. 세상은 갈라지고 꺼지고 부풀어 오르고 뒤틀렸는데, 혼자만 올바름을 좇다가 몸도 마음도 다친 이들이 적지 않은 탓이다.

그녀의 질책을 견뎌 낼 자신이 없었다. 어명도 잘못되었으면 받들지 말고 끝까지 아뢰었어야 한다며 꾸짖는 소리가 귀에 쟁쟁거렸다. 내게는 종묘사직이 세상 그 무엇보다 귀하지만 그녀는 멀뚱멀뚱 내 얼굴만 쳐다볼 뿐 동의하지 않으리라.

그녀는 문장과 문장 사이에 숨은 뜻이나 문장 뒤에 도사린 의미 따위를 경멸했다. 하고 싶은 말이 있으면 글자 위에 당당히 새겨 넣어야 직성이 풀렸다. 이런저런 핑계를 대며 특별한 예외를 만들려는 자들이나 숨은 뜻과 다양한 의미에 기댄다고 했다. 백탑파이면서 백탑파를 감시해야 하고, 『열하』의 주해서를 같이 만들었으면서도 그 주해서를 만든 자들을 추적해야 하는 미묘한 처지를 어찌 설명할까. 그녀라면 이건 '미묘함'이 아니라 '우유부단함'이라 비웃을 것이다.

'백탑파면 백탑파고, 주해서를 만든 이들을 잡아들이기 위해 애쓰는 의금부 도사면 의금부 도사지, 어찌 이쪽도 옳고 저쪽도 옳아요? 더 망설이지 말고 선택을 하세요. 종친의 삶을 살 건가요, 백탑파의 삶을 살 건가요? 금상의 충직한 신하가 될 건가요, 연암 선생의 특별한 제자가 될 건가요? 둘 다 하겠다는 건 당신 욕심이죠. 세 살 먹은 아이도 이건 알아요.'

나는 양손으로 귀를 막았다.

'끝까지 숨기는 게 상책이야. 그래도 언젠가 알게 되면…… 그때 운에 맡기는 수밖에!'

명은주는 이덕무 곁에서 이런저런 서책을 읽는다고 했다. 유득공의 『발해고』도 읽었고 박제가의 『북학의』도 읽

었으며 이익의 『성호사설』도 읽었다고 했다. 어제는 젊은
날의 시문들을 모은 『영처고』를 찾았다고 했다. 『열하일
기』를 언제 읽어 달라고 하실까 기다렸지만 끝내 말씀이
없으셨다고, 오늘쯤 연암 선생의 문장을 찾아 달라 하시리
라 예측하며 웃었다.

문득 어제 잠들기 전 억권 홍인태의 근황을 물었던 일이
떠올랐다. 그제 딱 한 번 영재 유득공과 다른 검서들 틈에
끼여 병문안을 왔으며, 여러 눈들을 피해 겨우 뒤뜰에서
안의현에 다녀온 소식을 짧게 전했는데, 홍인태는 무척 당
황하며 엉뚱한 소리를 야기죽거렸다고 했다.

"엉뚱한 소리? 그게 뭔데?"

그녀가 내 오른쪽 어깨에 턱을 대고 답했다.

"아무리 청전을 사모해도 잠시 그 마음 접어 둘 때라더
군요."

"사모? 우리가 사귀는 걸 억권이 안단 말이야?"

"우리만 바보였죠. 우리가 숨기려고 애쓰는 게 귀여워
그냥 두고 보았대요."

몇몇 부끄러운 장면들이 지나갔다. 사람들을 속이기
위해 일부러 그녀로부터 동안 뜨게* 걷고 앉고 말하던 순

* 동안 뜨다. 동안이 오래다. 거리가 멀다.

간들.

"유쾌한 이야긴 아니군. 그게 단가?"

"물론 아니죠. 정말 엉뚱한 이야긴 따로 있죠."

명은주는 홍인태가 들려준 이야기를 털어놓았다. 덕천의 시신이 발견되기 전에 척독 한 통을 받았다는 것이다. 그 척독을 보낸 이는 덕천이고, 청전과 함께 북한산 옥천암에 며칠 머물 예정이니 왔으면 한다고 적혀 있더라는 것이다. 채비를 갖추어 북한산으로 떠나려는데 덕천이 살해당했다는 소식을 접했고, 청전 이명방이 강직하고 의로운 사람인 줄은 물론 알지만 솔직히 괴이한 느낌이 든다며 말을 맺었다고 한다. 덕천의 목에 내 표창이 박힌 데다가 그런 척독까지 받았으니, 내가 홍인태라고 해도 의심을 품었을 것이다.

"나는 두미포에서 정신을 잃었어. 북한산에는 간 적도 없다고."

"그건 당신 생각이고요."

다시 강조했지만 명은주는 믿지 않는 표정이었다.

진시(오전 7~9시)를 넘겨 사시(오전 9~11시)쯤 되었을까. 아무리 피곤해도 묘시에서 진시 어름엔 꼭 일어났는데, 오늘따라 눈꺼풀이 무겁고 몸이 축축 늘어졌다. 오장육부가 대못으로 훑어 내리듯 쓰리다. 기억을 더듬어 보니 어제부터 끼니를 해결한 적이 없다. 우선 나가서 군음식*으로 허기부터 채우자 마음먹고 일어서려는데 대필만 따로 모아 놓은 윗목 구석에 밥상이 보였다. 다섯 빛깔 무지개로 곱게 덮은 보자기만 보아도 침이 고였다. 보자기를 걷어 내자, 감투밥**과 자배기에 담긴 국에 나물 반찬 셋과 삶은 달걀 하나가 따로 놓였다. 식은 멸치국 아래 끼운 곱게 접은 쪽지를 폈다. '급히 준비하느라 이것밖에 없네요.'

몸조심하라거나 사랑한다는 말 한마디쯤 적혀 있을 법도 하지만 이 한 문장이 전부다. 청장관에게 시문을 배운 탓일까. 서책을 읽거나 쓰지 않는 곳에서도 생략과 여운을 즐겼다. 말로 할 필요가 없는 일은 하지 않았고 말로 할 필요가 있는 일도 다른 것들로, 예를 들어 손짓이나 눈짓 혹은 어깻짓으로 바꾸었다. 지금 이 순간만 해도 그렇다. 명은주는 축시(오전 1~3시)가 끝나기도 전에 일어나서 밥을 하고 국을 끓이고 또 달걀을 삶았으리라. 살인범 누명을 쓰고 쫓기는 사랑하는 남자를 위하여.

우적우적 걸귀(乞鬼) 들린 사람처럼 밥을 먹기 시작했다. 하나 둘 반찬도 짚지 않고 연거푸 밥을 퍼 입에 쑤셔 넣었

---

* 끼니 이외에 먹는 음식.
** 그릇 위까지 수북하게 담은 밥.

다. 청장관 이덕무의 해끔한 얼굴이 떠올랐다. 자송문을 찢고 말문을 닫은 채 맞이하는 첫날이었다. 명은주의 예상대로, 『열하』를 읽어 달라고, 연경 유리창과 코끼리와 마술사들을 추억하고 싶다고 하실지도 모른다.

삶은 달걀을 들고 껍질을 까기 시작했다. 쉽지 않았다. 껍질이 문적문적 부서지면서 흰자가 엉켜 함께 떨어졌다. 명은주는 둥근 달덩이처럼 잘도 깠다. 그러나 내가 깐 달걀은 곰이 앞발로 움푹 파헤친 벌통을 닮았다. 아직 껍질이 군데군데 남았음에도 불구하고 입에 쏙 털어 넣었다. 지금은 껍질째 씹어 삼켜도 속이 쓰리지 않으리라. 다시 숟가락을 들다가 멈추었다.

고개 돌려 아랫목에 나란히 걸린 세필을 살폈다. 어제 낮에 완성한 신품이다. 면빗*으로 빗어 넘긴 여자의 귀밑머리처럼 민감하여 작은 바람에도 몸을 뒤챘다. 방금 전까지는 계속 전후좌우로 흔들렸지만 지금 이 순간은 움직임이 없다. 문틈으로 새어 들던 바람이 멈췄다는 뜻이다. 문을 다시 고치지 않았으니 바람이 드는 통로를 누군가 차단하고 서 있는 것이 분명했다. 이 자리에선 보이지 않지만 살기가 느껴졌다. 나를 노리며 저 벽 뒤에 누군가가 도사리

---

* 관자놀이와 귀 사이에 난 머리털을 빗어 넘기는 작은 빗.

고 있는 것이다.

이 집을 완전히 포위하고서도 기다리고 있다. 저들은 집 안에 누가 있는지 안다. 섣불리 덤볐다가 표창의 달인에게 급소라도 맞을까 걱정하고 있으리라. 저들은 또한 물러서 거나 두려움에 떨지 않는다. 오랜 훈련과 실전 경험이 두려움을 누르고 있다. 싸워야 하는가. 행낭에 숨긴 것까지 합쳐도 표창은 열아홉이다. 밖에는 몇이나 숨었을까. 포위 망을 뚫고 과연 탈출할 수 있을까. 싸우기 전에 어떤 녀석 들인지 우선 알고 싶다. 입안에 가득 든 달걀을 넘긴 후 멸 치국을 한 모금 마시고 담담하게 말했다.

"나는 의금부 도사 이명방이다. 무슨 일로 여기까지 왔 느냐?"

낯익은 목소리가 들려왔다.

"접니다. 꺽다리 정만길."

뒤이어 동기협이 코맹맹이 소리를 냈다.

"나오세요. 표창을 쓰지만 않으신다면 저희들이 먼저 공 격하는 일은 없을 겁니다."

"거절한다면?"

"의금부 도사 여섯과 나장 쉰 명 목숨을 끊어 놓으셔야 할 겁니다. 편안히 의금부로 가셔서 소명을 하십시오."

"무슨 소명 말인가? 난 덕천 대사를 죽이지 않았네. 북한산엔 간 적도 없어."

동기협이 뒤떠 가며 떠들었다.

"걸승의 목에 꽂힌 흉기는 이 도사님의 표창이 분명합니다."

"내 표창이긴 해. 하지만……."

말을 멈추었다. 내 표창이 손무재를 거쳐 범인의 손에 들어간 이야기를 길게 늘어놓을 상황이 아니다.

정만길이 놀랄 만한 이야기를 이었다.

"검서관 이덕무의 죽음에 대해서도 하실 말씀이 있으시리라 믿습니다."

"뭐라고? 누가 죽었다고?"

"대묘동에 사는 검서관 이덕무가 진시에 숨을 거두었습니다. 한데 시신을 수습하는 과정에서 은빛 나는 환약 반덩어리를 발견했습니다. 건천동 의원 박상이 빚는 유명한 환약이죠. 급히 건천동으로 가서 어제저녁 환약을 구입한 사내의 인상착의를 확인했습니다. 그 사내가 누구인지는 저희들보다 더 잘 아실 겁니다."

그물이 점점 내 쪽으로 다가오고 있었다.

"내가 어젯밤 병문안을 가긴 했지. 너희들도 알겠지만, 건천동 박상의 청심환은 북망산에 오른 환자도 다시 살려내는 효능을 지니지 않았는가."

정만길의 목소리가 더 크고 날카로워졌다.

"건천동 의원 박상은 환약을 보자마자 자신이 만든 것이 아니라고 했습니다."

"무슨 소리야? 난 분명히 건천동 박상에게서 샀어."

"이 도사님이 거기서 환약을 사긴 했지만 청장관 서실에 있던 환약은 건천동 것이 아닙니다. 게다가 그 환약엔 생명을 앗아 갈 만큼 치명적인 독이 담겼습니다."

독이라고?

"모두 거짓이다. 내게 죄를 덮어씌우는 게야."

정만길이 받아쳤다.

"시간이 없습니다. 거듭 말씀드리지만 소명할 기회는 충분히 드리겠습니다. 지금 이곳에서 피를 뿌린다면 마지막 기회마저 사라지고 말 겁니다. 저희를 믿으십시오."

믿는다!

세필들이 다시 흔들렸다. 잠시 잊었던 사실 하나가 떠올랐다. 동기협의 목소리가 사라진 것이다. 정만길과 내가 방문을 사이에 두고 이야기를 나누는 동안 동기협은 급습할 준비를 마쳤을 것이다.

앞에서는 이야기를 나누고 뒤에서 심장을 노려라!

이것 역시 내가 가르친 전술이었다. 오른쪽에서 어르고 왼쪽에서 베는 수법에 내가 당하기는 싫었다.

어디야? 대체 어디로 올 작정이지?

방문 쪽엔 정만길이 있으니 제외다. 창문은 너무 작아서 어린아이라도 들어오기 힘들다. 어디냐? 동기협! 어디서 내 목숨을 노리고 있지?

이런 때일수록 허허실실 정만길에게 신경을 쏟는 척 꾸며야 한다.

"거절하면, 날 죽일 텐가?"

"아시잖습니까?"

흉기를 들고 공격하는 자의 목숨까지 배려할 의금부가 아니다.

"정 도사! 하나만 물어도 될까?"

"저희들 어리석은 질문에 답하시느라 그동안 바쁘셨는데…… 성심껏 답해 드리죠."

"지금 자네가 나라면 어찌 하겠는가?"

"역시 이 도사님다운 어려운 질문입니다. 저라면 목숨을 헛되이 버리지 않을 겁니다. 일단 살고 봐야 다음을 기약할 수 있으니까 말입니다. 여유가 없습니다. 의금부 당상들이 참을성이 없다는 건 누구보다도 도사님이 더 잘 아시지 않습니까?"

"그렇지. 저들은 날 몹시 기다리겠군. 생포하든 죽여서 시체를 끌고 오든, 시간을 맞추는 것 또한 의금부 도사가 갖출 덕목이지. 그럼 어디 시작해 볼까. 겨루는 법은 알지?"

행낭을 어깨에 걸친 후 양손에 표창을 들었다.

"가르침 받은 대로 열심히 한번 해 보겠습니다."

그 순간 흙가루들이 바닥에 떨어졌다.

위다!

점점이 별이 박힌 천장이 한순간에 뚫리면서 사내들이 뛰어내렸다. 모두 네 명이다. 나는 몸을 굴리며 표창을 날렸다. 그들의 목숨을 지켜 주기 위해 하체만을 노렸다. 가장 먼저 날아간 표창이 동기협의 허벅지에 꽂혔다. 나머지 표창들도 나장들의 정강이와 무릎, 종아리에 박혔다. 왼 무릎에 화살을 맞은 나장의 얼굴이 또렷하게 잡혔다. 목이 짧고 어깨가 두툼한 녀석은 분명 손무재였다. 녀석은 방바닥을 딛던 왼발에 표창을 맞는 바람에 몸의 균형을 잃고 쓰러졌다. 벽에 머리를 박을 때까지 표창을 놓지 않았다. 표창을 여섯째 손가락으로 여기고 아껴라! 이것 역시 녀석을 가르치며 강조한 대목이다. 표창을 놓치면 너는 죽은 목숨이다. 무슨 일이 있더라도 표창만은 손에서 떨어뜨리지 마라!

실신한 손무재의 몸이 갑자기 요동치기 시작했다.

"무재야!"

시선을 무재에게 두는 사이 방문이 열리면서 화살이 날아들었다. 뒤늦게 빙글 몸을 돌렸지만 화살 하나가 기어이 내 배를 찔렀다. 육량전이었다면 내장을 다쳐 목숨까지 위태로웠겠지만 그 화살에는 날카로운 촉 대신 뭉툭한 쇠뭉치가 달렸다. 쇠뭉치만으로도 충격이 심해 나는 허리를 숙이며 왼 무릎을 꿇었다. 그 순간 문지방을 칩뜨는 날렵한 두 발이 보였다. 권법에 특기를 보인 꺽다리 정만길이었다. 뒤통수를 정확하게 맞은 나는 앞으로 고꾸라졌다. 정신이 가물가물했지만 그다음 순서는 보지 않아도 훤했다.

의금부 관원에게 오라져 끌려 나갈 테지. 걸승 덕천의 목을 표창으로 찌르고 검서관 이덕무에게 독약을 먹인 살인자 이명방!

그게 나였다.

(2권에서 계속)

소설 조선왕조실록 07

열하광인 1

1판 1쇄 펴냄 2007년 9월 28일
1판 4쇄 펴냄 2007년 12월 7일
2판 1쇄 찍음 2015년 2월 10일
2판 1쇄 펴냄 2015년 2월 25일

지은이 김탁환
발행인 박근섭·박상준
펴낸곳 (주)민음사

출판등록 1966. 5. 19. 제16-490호
주소   (135-887) 서울특별시 강남구 도산대로1길 62(신사동)
             강남출판문화센터 5층
대표전화 515-2000 | 팩시밀리 515-2007
홈페이지 www.minumsa.com

ISBN 978-89-374-4208-7 04810
ISBN 978-89-374-4201-8 04810(세트)